漫娱图书
SINCE BOOKS

18个女生的18岁

今日夕 / 主编

长江出版社　漫娱图书

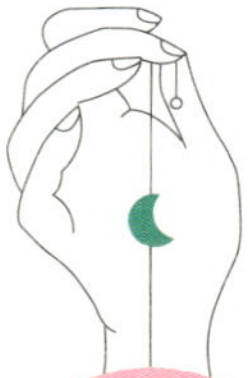

目录

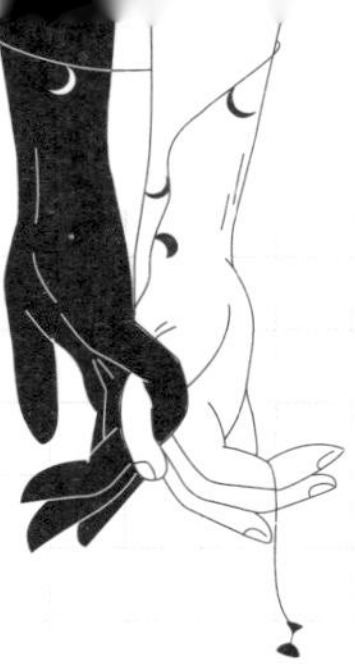

老女孩

职　业。翻译从业者
破　蛋。1987 / 32 岁
自述人。冬惊

记得几年前，微信朋友圈上曾流行过晒自己 18 岁时的照片。我回想了一下，我的 18 岁可能并没有留下过任何一张照片。

18 岁这一年我正由高二升入高三，每周只有周六晚上能回家，周日才吃过午饭就又要匆忙赶到学校。对于河南的高三生而言，一切都要给高考让路，因此这一年我似乎没有去过学校和家以外的什么地方。那时候学校禁止学生使用手机，我的手机似乎也没有拍照功能，自然不会留下什么照片。

那时候我很少去想自己是不是一个好看的女孩，对时尚杂志也不屑一顾，我更痴迷于文学、音乐、电影和动漫。年少叛逆的我把青春期的情愫全部寄托在虚拟的世界里，尽管暗恋的男孩就在500米开外的理科班。

18岁那年，哪怕我们每天都要6点起床出操，围着学校跑好几圈，几乎每天晚上我都还是会在操场上跑一圈。晚自习的课间去操场上跑步，主要是为了看星星。我们学校在高新开发区，开发区的夜空比市内更加高远。我曾不止一次对着星空起誓：一定要走出去，离开河南，离开这里，让我的子孙后代都不要再承受这种压抑。

如今十多年过去，留在家乡的同学无论当初在学校里考了第几名，现在大都结婚生子，在父母身边过上了稳妥的中产生活。

很多人听筷子兄弟唱的《老男孩》都会热泪盈眶，“当初的愿望实现了吗？事到如今只好祭奠吗？”真是一句“扎心”的诘问。有人给老男孩写歌，却从没有人写老女孩。可见青春对于女人是短暂的，没有“老女孩”这个词，只有“老阿姨”。

仔细想来，年过30却还没有结婚生子的我从来都是十分任性的。论年龄早就成了很多孩子的阿姨，但内心却始终抗拒着安定下来的诱惑，向往着更神秘的未知，更广阔的世界。

从18岁到今天，已经过了13余年。时间是否给了我想要的一切？

走了一万一千里路

《走了一万一千里路》是顾城文选的名字，出自他的同名诗歌。少年时代我最喜欢的诗人就是顾城，他有一首诗叫《我是一个任性的孩子》，是我 18 岁时最喜欢的诗。诗人的心敏感而纯粹，饱含赤子一般的热情。我亦是带着这种诗人般的热情，走向远方，走向我的青年时代。

人生前 30 年，最辛苦的大概是求学。小学离家步行 30 分钟，初中骑车上学 20 分钟，高中住校（坐公交大概 1 个小时），大学到了北京，大三交换去了保加利亚，研究生又到了英国。为了接受更好的教育，我曾两次转学，为读书辗转过五个城市，离家的距离越来越远，我的视野不断打开，价值观也在不断地接受碰撞。

19 岁那年，寻着一个翻译梦，我来到北外，来到梦寐以求的北京。

考上大学之前，学习是最重要的事情。然而走出家门，真实的人生才在面前铺开。直到现在，每次听到有人说“我的大学就是玩过来的”，我还是会有些惊讶。大学有那么好的设施，那么多要学的东西，竟有人真的任由自己玩了四年？

对应试教育下成长起来的中国学生来说，考上大学绝不是进了保险箱，而是自我教育的开始。北京给了我许多人生的第一次，比如第一次去剧院看话剧，第一次出国，第一次的爱情。还记得第一次进中国美术馆的时候，我看到有好多小孩正对着展出的画临摹，感慨他们有幸生在北京，从小就有这么好的机会。

到北京没多久，我就去国家图书馆办了一张卡。很多同学去那里是为了自习，而我每周去那看杂志、借书，继续做着我的文学梦。我没想过要成为领导人旁边的张璐，我更想成为一个译作等身的文学翻译和作家。

但也许我还是读错了专业。初来北外的我，很快就发现保加利亚语专业的就业前景并不乐观——这也怪不得谁，我是为了小语种保送的机会，不得已选了这么偏的一门语言。

保加利亚语的圈子很小，当时我国与东欧的交往并不密切，因此工作机会很有限。这个语种的文学图书更是鲜有翻译出版的机会，近二十年来国内似乎只出版过一本保加利亚语翻译过来的小说，或者说我只在图书馆见过一本，而豆瓣上只有13人标记读过，书店里就更没有卖了。我还很天真地问老师，那我们能不能把中国文学翻译成保加利亚语，他说这是需要保加利亚的汉学家做的，就像中国译者把保加利亚语文学译成汉语。

就业前景的黯淡让班里的女生更加努力，因为学外语的女生多，而用人机构则更倾向于招聘男生。学一门全新的东欧语言让我们的大一生活紧张如同高三，寝室里的同学都会在图书馆自习到11点，我带来的一把吉他也很快就蒙了尘。

很快我就发现，大学从来就不是我想的那样，到处都是草地、歌声和爱情，我也迟迟没有遇到一个能在我窗前唱歌的人。北外不缺女生，也不缺文艺人才。我参加了几个学生会的面试，校文艺部和系文艺部都没有录取我，虽然爱乐协会认为我歌唱得不错，但是传说中的女子乐队也并没有组建起来。

“女大学生”四个字总让人想起“年轻漂亮”“朝气蓬勃”这样的形容词，实际上除了少数家境富裕、外表出众的时尚女孩，大部分稚气未脱的大一女生久被压抑的青春才刚刚迎来蜕变。刚上大学时我很喜欢孙燕姿的歌，曾被她的一首《同类》深深触及内心的孤独：

雨后的城市 寂寞又狼狈
路边的座位 它空着在等谁
我拉住时间 它却不理会
有没有别人 跟我一样很想被安慰
风 停了又吹 我忽然想起谁
天 亮了又黑 我过了好几岁
心 暖了又灰 世界 有时候孤单得很需要另一个同类

那时我经常一个人在宿舍自习，有天晚上在就寝前循环播放着这首歌，终于在空无一人的寝室里哭起来。尴尬的是，哭着哭着室友都自习回来了，还以为我出了什么事情。

不爱抱团的我不知不觉就成了一个特立独行的人，总是在组建小团体上非常迟钝。记得班上一次集体出游，当我想邀请一位室友跟我在大巴上坐一起的时候，才发现隔壁寝室的女同学早就把她给预约了，我只好在同学们两两结伴而坐的欢笑中一个人戴上耳机听歌打发时间。

我的大学成了一场无组织的自由活动。我时常泡在阅览室看杂志，如饥似渴地参加各种文化活动和国际交流，结识天南海北的朋友，近距离接触著名诗人、学者、作家，并一直保持着创作的热情——18 岁时我想做却被老师家长以“不要影响学业”为由禁止的事情，到了大学里我终于可以“为所欲为”。大二那年我开始在《译林》杂志上发表自己翻译的保加利亚语诗歌，在《大学生周刊》发表自己原创的诗歌，在《世界文化》杂志上发表自己写的游记。大三那年我还写了一部中篇小说和一个短篇，得了两个网络原创小说大赛的奖。我参加了学生新闻中心、诗书画社、文学社、英语协会、爱乐协会、街舞协会和动漫社，虽然我在本系并不是名人，在大部分社团也不是核心人物，但我几乎在每个院系都有熟人。丰富的课外活动让我结交了很多志同道合的朋友，为今后的事业积累了人脉。

从大二开始，很多同学开始修金融双学位，而我开始学西班牙语，一方面是出于兴趣，另一方面也因为西语属于当时考北外高翻院研究生所需要的二外之一，我希望能在大四之前把它学到比保加利亚语更高的水平。

因为不想在本专业深造，又看不准未来的发展方向，所以总有一种迷茫笼罩着我，这也让我多了几分紧迫感。我总是害怕生活一成不变，看不到转机。同寝室的姑娘也在积极寻找赚钱和兼职的机会。有室友给招聘模特的公司投过简历，结果被人忽悠去花钱拍了一套艺术照；有室友找来读研的学姐给我们讲怎么化职业妆，后来我们发现这位学姐是搞传销的，想发展下线；有室友满校园收集矿泉水瓶想通过卖废品赚钱，连老师办公室的矿泉水瓶都“搜刮”了，最后攒了一大袋塑料瓶子，也不过只卖了几块钱。

在当时，我们小语种的学生实在没有太多与专业相关的兼职可以干。大二那年三月，一个朋友告诉我说有个做展会口译的兼职机会。为得到具体的信息，我一口气给五个不同的人打了电话，最后终于联系到了客户。到了展会现场我看到已经有一个英语系的学姐来了，不过老板很大方，虽然当天没什么老外来，还是给我们两个人发了工资。回去的路上这位学姐跟我说，大学四年她都没有谈过恋爱，现在大四了工作也没有着落，来做这个兼职就因为看上了一个包，需要挣点零花钱。听着她有些失落的语气，我心想大学剩下的两年半我要好好安排，学业、爱情、前途，每一样都要积极争取。

大二的暑假，我和班上的同学一起为2008北京奥运做了一个月的志愿者，担任保加利亚代表团的国家奥委会助理。这段原本应该是很光荣的经历也让我认识到基层工作的琐碎、辛苦以及很容易产生的倦怠感，于是我更坚定了继续深造的决心。大三下学期我开始准备去英国读翻译。那年我在保加利亚做交换学生，接连遭遇了失恋、扭脚、烫伤和因为奖学金纠纷上的误会被同班同学孤立，可以说是历尽挫折的一年。

在保加利亚首都索非亚，中国留学生大都住在郊区的大学生城（大学生城里只有宿舍而没有大学），那里以前是吉普赛人的聚居地，宿舍很老旧，蟑螂很多，宿舍楼前的几条必经之路一度因为无人清扫而堆满垃圾。

那个冬天，一尺深的大雪接连下了五个月，我们交换学生的课很少，宿舍楼前经常是整天都没有一个人经过，只有几个孤零零的塑料袋在风雪中飘零。不巧又赶上欧洲天然气危机和索非亚的罢工，但我在最困难的时候也坚持辗转一个多小时去上课。记得有一天公交车开到离市中心还有几站的地方就停运了，我一瘸一拐地在大雪中朝学校走去，太久没有修剪的刘海不停地滑下来，遮住我的视线。到学校我发现一大半同学都翘课了，教室里只有几个人。但我庆幸自己还是来了——即便处境艰难，人也总得坚持点什么。

那段时间我的室友除了上课每天都在寝室看电视剧，为了不影响她，我时常在洗手间里背《新概念》第四册。我听了十几部英文有声书，还申请去英语系听课，认识了英语系的大四学生伊万。我对伊万说毕业后我想去英国读翻译，他说那可真不容易，你得好好努力哦。那一年我为毕业论文搜集了各种资料，顺利完成了学业。

英国与我的翻译梦

2010年9月，我来到英国纽卡斯尔大学读研。最初产生去英国读书的想法是因为一个我深爱的人，但我却终究没能和他在一起。他也拿到了英国学校的offer，我们一起买了在迪拜转机的机票去英国，却在登机口分开。他先把我送去登机口，不等我回过头说再见就消失了。之后他去了伦敦我去了纽卡，从此以后我们再也没有见过，有一次我专程冒着大雪去伦敦给他过生日，他却提前一个月玩起了失踪，对我避而不见，甚至在社交网络上把自己的生日都改了。或许正是我的执着让他无力承受，避之不及。

不过现在回忆起在英国读书的两年，依旧是人生中最快乐的一段时光。一人一间宿舍，独立的空间给人隐私与尊严。美好的自然环境和浓厚的文化氛围，让我的感知变得比以往更加纯粹。严格的学术训练和高质量的专业课教学更为我今后的翻译工作打下了坚实的基础。

刚入学时，翻译系老师就告诉我们要"work hard，play harder"，我想我确实贯彻了他的旨意。纽卡的翻译硕士分为一年制和两年制，为了把基础打牢，也为了在英国多住一段时间，我选择了两年制。两年制的翻译硕士项目虽然时间比普通的一年制硕士项目更长，但也并不轻松，一周四天课之外我们还要花很多时间写作业、练口译。

第二学期我们开始学同声传译，第一次练同传的时候我发现自己真的可以做到一边听一边说。然后我花了更多的时间练习，期末考试同传科目得了 distinction（优秀）。第二学年我选了口笔译方向的文学硕士学位，并获得了去联合国维也纳办公室进行同传实习的机会。

维也纳是一个非常美丽的城市，但进了联合国的同传厢我才发现自己离真正的国际大会同传差了多远。各种各样的欧洲口音和十分专业的会议讨论内容让我张开嘴半天都说不出几句话来。这让我明白做翻译不能有一刻的松懈，既要苦练技巧，也要拓宽知识面。

和翻译系女同学一起走在维也纳的街头，我才发现她们都那么美丽时尚，相比之下我简直是“不修边幅”，穿的西装和皮鞋还是大学时为了面试买的。那一刻我突然明白，为什么跟我约会过的一个男生多次委婉提出我的穿着打扮太随意了。英国留学生大都家境富裕，女生也打扮得很精致，对各种香水和化妆品如数家珍，而我对此知之甚少，也没想过在这方面和别人比。我最关心的还是如何更好地完成学业。

纽卡的学术写作要求非常严格，本科时我从来没有用英语写过论文，因此我加倍努力，认真研读参考书目，写完之后一遍又一遍地修改，请英国朋友来润色，请擅长学术写作的朋友来看逻辑问题，如果译文涉及理工科，我还会找从事该学科的朋友来指点。和本科的时候一样，我是班上第一个写完毕业论文的人，为此也在 25 岁时就患上了腰椎间盘突出，因为我总是灵感来了就在那里一动不动地写好几个小时。

和大学四年的压抑相比，读研的两年真的太自由了。学到了喜欢的专业，虽然辛苦但也很快乐、充实。学习之余，我尽情地探索着世界和自己。听讲座、看话剧、看歌剧、看画展、看演唱会，我时常独自混迹在英国人之中，有时全场只有我一个年轻人，其他都是中老年人。

那两年我利用节假日去了英国的十几个城市和七八个欧洲国家，还去了一趟美国寻找工作机会。我经常一个人旅行，住青年旅馆，坐廉价航空，拿着青旅的免费地图在城市里暴走，不打车，不住宾馆，没时间去著名的餐厅吃饭，也没人给我拍照，我只是目不暇接地感受不同文化带来的惊奇体验。环游世界是我儿时的梦想，也是18岁时最大的憧憬。不停地接触新事物就少不了文化冲撞，但与欧洲的人文之美相比，这根本算不上什么了。我时常在博物馆与美术馆一泡就是好几个小时，这让我觉得一切为漂洋过海付出的艰辛都没有白费。

在英国我认识了许多朋友，有40多岁的英国“大叔”Keith，他曾教过外国人很多年英文，有很多中国朋友；有和我一样喜欢在社交网络“舌战群儒”的英国博士Nik，一次我请他帮我润色译文，我俩在学校一起讨论了好几个小时，他从下午帮我改到晚上八点表示还要继续改，于是我请他到宿舍吃了顿便饭，他从此迷上了酱油和醋混合的白斩鸡蘸料。

还有很多有趣的中国留学生，课余时间我们经常在宿舍里一起做饭做菜、涮火锅、玩“天黑请闭眼”和“三国杀”的游戏，还把几个外国朋友都教会了。晚上朋友们吃饱喝足都不想回家，在我房间玩“真心话大冒险”，玩到东方既白才恋恋不舍地离开。后来大家时常带点菜来我家做饭，我戏称宿舍为“人民食堂”。

2011年，我在纽卡的中文学校做了半年志愿者，教当地华裔儿童说普通话。志愿者的报酬不多，但让我获得了一次暑期去浙江大学参加留英中文教师培训的机会，因此认识了很多在英国各地教中文的中国老师。这些老师有的很多年没有回国，对祖国的发展（尤其是丰富的食品和商品）经常“大惊小怪”。这让我想起伦敦和纽约的唐人街，那些China Town不是抽象成了一些红墙绿瓦的中国符号，就是还停留在20世纪八九十年代的中国城市风貌——既和今日的中国脱节，又没有融入当地，自成一体。唐人街还有些出国十余年的同胞依旧不怎么会说英文，平常只和华人接触。

许多在英国教中文的老师既不是学语言出身，也不是专职教师，只是因为没有别的合适的工作而选择做中文家教。这让我不由思索起自己未来的发展：非英语母语的文科生在英国能从事的工作非常有限，中国留学生（尤其是文科生）能在英国学校教书或者进英国公司的是少数，大多数会去做留学中介或者打点儿零工。这离我的翻译梦太远，并不是我出国留学的初衷。就像后来我在央视“中国梦”的访谈中所说，我是一名翻译，我想让中国了解世界，也想让世界了解中国。这听起来像一句空话，但为文化交流做贡献确实是我的志向。

理想很丰满，现实很骨感

我曾打算在英国工作几年再回国，但不巧的是，硕士毕业那年，英国正式取消了PSW签证。没有PSW的留学生基本上只能在中餐馆打黑工，除非你能和有英国或者其他欧盟身份的人结婚。有的同学真的做到了，迅速和有身份的伴侣结婚——有些是真爱，有些是权宜之计。在英国的最后几个月，也有英国青年想和我交往，但我拒绝了，对他实在没有感觉，也没有必要因为想在英国找个工作而委屈自己。

于是交完毕业论文没多久我就回国了，准备赶快找工作。

我天真地以为国内招聘网站上有那么多英语翻译的岗位就意味着我会有很多机会，但事实上并非所有的机会之门都向我敞开。

从下飞机的那一刻起，我一下从英国的美好与浪漫跌回了赤裸裸的现实：祖国的机会虽多，但人更多。

秋天并不是留学生找工作的好时机，对于海归来说有点青黄不接。一来大国企的校招都结束了，我只能参加社会招聘。和其他竞争者相比，作为应届生的我没有任何工作经验，自然不占优势。二来英国的毕业典礼在冬天，我要等到十二月才能拿学位证，还要等教育部进行学历认证，以致申请高校的岗位时第一关就被卡住了。

曾以为自己有学历、有技能，很快就能找到一个体面的工作，没想到大把海内外名校的硕士博士为了北京户口，哪怕只有两三千块钱的工作也会挤破头去应聘。

北京的竞争比我预料的更加激烈，北京的地铁也比我印象中的更加拥挤。原来过去我一直待在象牙塔里，不知道生活的艰辛。求职的那几个月我才真正熟悉了北京的各个城区，懂得了北漂有多不容易：不租房的人不知道北京合租房的居住条件能有多差，许多房子破旧、狭窄、油腻、乱七八糟，或者都是隔断，根本没有客厅。

我也投过外企的口译岗位，后来听说 HR 一看我本科是学保加利亚语的就把我的简历刷掉了。还有一个同传的岗位，我过了专业测试，二面的时候 HR 也很满意，却在三面时杀出一个人事经理，非常敷衍了事地走了个流程，整个面试过程中几乎没有看我一眼，后来听猎头说他们没有任何理由就拒掉了我。

我还申请了香港中文大学的翻译博士和香港的政府奖学金，并且参加了电话面试。面试官是四位翻译系的教授，都穿着黑西装，看起来和他们的研究领域一样正统。他们问了我很多问题："你本科是学保加利亚语的？""你读的硕士是taught(授课型)而不是research(研究型)？""你一个本科是保加利亚语的学生为什么要研究美国当代文学的翻译？"

这让我想起那个帮我联系中英同传工作的猎头也问过类似的问题："你是欧洲语言文化学院的？这是北外的一个分校吗？"我有点无奈地回答"这是北外的正规院系"以后，她又问："那你为什么要学保加利亚语？"

"血统不纯"似乎成了我的原罪，让我比本科是英语专业的学生矮了一大截，尽管我通过了英语专八（北外为学小语种的学生提供考英语专四专八的机会），英国老师还曾给我的汉译英作业写过评语："你的英文很好，比大多数同学都好。"

那半年我一直处于待业状态，因为一心想做翻译，又没有遇到合适的全职翻译岗位，就暂时做着自由翻译。一毕业就自己接活儿并不容易，虽然我在学生时代就积攒了些人脉，但毕竟同学们与我都资历有限，不可能一下子就拿到很多项目。

找不到工作，住宿也是个问题。因为不知道未来会在哪里工作，就没有办法长租，而短租的条件以及安全系数都更糟一些——2012年的北京还没有几个成气候的短租平台。那时我在北京的朋友们才毕业不久，大都和别人合租，也没有什么方便留宿的空间，但大家都对我非常慷慨。那年北京的冬天很冷，十一月初就下了一场鹅毛大雪。一天晚上，我从很远的地方找房子回来，雨越下越大，把我唯一一双皮靴泡坏了。

接着，刚出地铁口外面就开始飘雪，很快变成了鹅毛大雪。

从英国托运回来的大衣我还没来得及去存放的地方拿，因为降温太突然，我又没有足以御寒的衣物，当晚就在日租房里面发烧了。第二天大雪封门，我想要搬走，但连小区都出不去，门口全是深深的积水。我只能和房东说再续一天。等第二天积水退了，我带着大包小包去玲儿那里投宿。玲儿是我大学时代认识的第一个好友，她是被我在寝室弹吉他的声音吸引来的。她那不到十平米的小房间收拾得非常温馨，我在那里借住了一个多月。她在广告公司工作，每天忙到快十二点才到家，我到处面试，屡屡碰壁。

十一月下旬，玲儿的母亲病危，她急忙赶回老家处理后事，于是小屋只剩我一个人。我买了一堆速冻食品囤在冰箱里，后来又买了几个锅。当时有点悲壮地想，记不清是第几次重起炉灶了，在保加利亚，在英国，冬天都是寂寞萧条得很。后来我把这段经历写进了诗里：

北方的冬天
空气干冷而有一丝清甜
我想起数次的迁徙
雪中的足迹早已被更多的雪覆盖
每一次重起炉灶
都像在冰上建立起一个临时的家
太重的锅不利于漂泊
瓷器和玻璃也不能多买
一切的一切
都要便于携带

其实我完全可以在父母的资助下先租半年房子，如果我愿意回家，找个工作也不难。但我不想伸手向父母要钱，也不想回郑州，我想看靠自己可以坚持多久。我拿着做同传和写文章挣的钱在北京“混”了三个月，还去上海看过工作机会。第二年初，在父母“赶紧找机会进体制，赶紧解决北京户口”的催促下，我又在春节前夕回到北京，去了一家国企面试。等待二面的那段时间也是北京最冷的时候，零下十几度，我搬到五道口附近的朋友家里打地铺。有一天去玲儿家里拿箱子，我发现自己又发烧了，只好留在她那里。那半年内她两次收留了发烧的我，这是怎样的情谊！

泯然众人的恐惧

2013年二月底，我拿到教育部的学历认证，三月初进了国企，除了偶尔做直播加个班，大部分时间都比较清闲。我在公司附近租了一个十二平米的小屋，每个月的工资仅够交房租，只能靠做点翻译兼职赚点外快。

在英国自由惯了，就很难适应国企的体制。我的工作岗位与翻译无关，公司虽然属于互联网公司，但与市场上的网络公司差距太大，这让我有一种从这里出去就会与时代脱节的恐惧。在新员工的入职培训上，一位老领导说了这样一句话：“如果不出什么差错，你们是要在这里待一辈子的。”这句话让我记忆犹新。他人眼中的“铁饭碗”，于我而言是鸡肋，如果年轻人没有机会去闯荡，只能在体制里论资排辈，这样的“一辈子”也太吓人。

在这家国企两年多的时间里我不止一次感到痛苦与迷茫。有不少女同事认为这是一个很舒服的地方，你不用拼命工作就能过得很滋润。但这并非我所愿。难道我走了一万一千里路就是要到这里来？我就要这样泯然众人？我就要像父母规划的那样，在国企熬年头，然后赶紧相亲找个人嫁了？那我这些年的努力又有何意义？

无数次想过辞职做回自由翻译，然而又不能下定决心。

2015 年春天我跳槽成功，回到北外西院上班，做英文编辑。我一度以为可以一直在那里工作，因为公司真的不错，薪酬待遇对于编辑来说也不低，而且很少加班。对一个到了不好换工作的年纪的大龄未婚女青年来说，没有不知足的道理。但是我在半年后就感觉到了厌倦。试题编辑的工作非常枯燥，我感觉自己快变成了流水线上的机器。我一度想走，却坚持下来，因为并不想知难而退。

工作之余我仍在译书，一共译了八本书，累计近百万字。节假日几乎都在翻译，颈椎病严重到了无法连续工作八小时的程度。最终决定辞职的导火索不是身体原因，而是发现自己这样拼命工作，也并没有做到让所有人满意，反倒因为只知埋头苦干，和领导缺乏互动而造成了不少误会。

私企不比国企，时间紧任务重，不能有丝毫的松懈。在我的身体和情绪濒临崩溃的时候，领导问我，这样坚持有什么意义？

是啊，有什么意义？编辑是不容出错的。我们做机考试题，一个错误，就可能会给公司带来很大的不良影响，成为一个人难以抹去的污点。我越来越清楚，自己不想长期从事网络编辑这个总是在复制、粘贴、上传和质检的职业。

那天和领导谈完话，我走到七楼阳台，在寒风中痛哭了一场。谁的职场都有委屈，但我心疼始终不能实现初心的自己。

看到自己以前写的东西，发过的宏愿，总觉得恍若隔世，好像忘了自己是谁。

人都是这样吧，为寻求自身的无限可能，也要经历无数次的自我怀疑与自我否定。

上天会眷顾执着的人

辞职前后我也面试过几个工作，几乎每个HR都会问我：“你结婚了吗？有男朋友吗？打算结婚吗？”甚至“和男朋友同居了吗？”即便我回答自己是个以事业为重的人，婚姻对我可有可无，依旧没有说服力。迫切期待我去上班的是另一个网络编辑的岗位，那家公司能提供更高的薪资，但我还是想做翻译。

于是我就裸辞了。

九月底辞职，十月初就接到了一个剧本翻译的活儿，为此我拉上几个翻译朋友创建了工作室，打造自己的品牌。大概是因为有了那么几年人脉与翻译经验的积累，以往担心的事情竟全都迎刃而解。我有了越来越多的大客户，也重回口译市场，实现收入翻倍。虽然颈椎病和腰椎间盘突出还是没有好，但我终于可以理直气壮地做自己。我感到，虽然我仿佛失去了一个办公室，得到的却是整个人生的新机遇。

辞职后有好几个同行想拉我合伙开公司，有的人一开始非常友好，后来因为我拒绝霸王条款而一再纠缠，甚至找了所谓的“律师”半夜打电话来威胁。我曾投诉过英国公司，摆平过北京房东，曝光过流氓客户，自然不会在威胁面前轻易妥协。这些年我也接触过很多客户和同行，明白做翻译也是做人，只有以德服人，方能实现长久的合作。幸而我最终找到了理念一致、诚实可靠的合伙人，我们宁可损失商业上的利益，也要对得起自己的良心。

随着业务不断扩展，世界各地的客户与合作译员让我手机上的世界时钟不断增加，身心经常处于极度疲惫的状态。创业这两年多，我愈发体会到运营公司与带领团队的不易。团队精神有多重要，竟是辞职后才有了最深刻的认识。有一个人不配合或者拖稿，整个项目都要受到牵连。而不论是入职公司，还是自主创业，要想取得成功，都不能孤军奋战。我很幸运地遇到了想跟我合作的朋友们，他们很多人经验比我丰富，水平比我高，有了这样一个团队我才得以完成很多大项目。

跳出职场的条条框框之后，人的思维方式也无时无刻不在发生着改变。以前我只想通过自己苦干挣钱，后来愈发明白资源与知名度的重要性。我开始大刀阔斧地做一些以前上班时不方便做的事，比如打造自己的 IP。我开通了简书，重新包装知乎，联动豆瓣、微博、微信公众号，ID 全部叫“冬惊”，从“狡兔三窟”的状态变成让大家更容易找到我。

创业之外，我也一直在坚持写作，写公众号、写文章、写小说等，也做翻译，还给《中国日报》的微翻译大赛当了八期评委。我时常写起东西就废寝忘食、茶饭不思，觉得这比以往那些工作更能创造价值，更让我能感觉到我在成为自己——一个有署名权、有知识产权的人，而不是一颗谁都可以取代的螺丝钉。

这两年时常有人扬言翻译很快就会被机器取代，或者同声传译者很快就要失业。其实不然，越是做翻译，越能体会各行各业对好译员的迫切需求以及大众对翻译认知的误区。

我谈翻译的文章被不少媒体转载，也因此接受了《新京报》《北京日报》《北京晚报》《大学生》等报刊的采访，还做了一些免费的公开课，希望能让大众进一步认识翻译这个行业。

以前我很害怕辞职以后接不到足够多的活儿，会变得颓废。还好这些事都没有发生，因为我有了明确的目标，它支撑着我比以往更努力地工作，并且去学习新的东西。我不再是为别人打工了，不必纠结我做的工作有没有意义，因为现在的每一秒都属于我自己，用它创造多大的价值也都属于自己！

我也曾一度觉得自己不适合做生意，因为我总有些文人习气，脸皮薄，坚持原则，不喜欢讨价还价，有时甚至给人打个电话都得想半天。以前我父母都不信我会创业，现在我也能拉客户、写文案，基本上翻译、审校、法务、财务、排版、项目经理、HR 都体验了一把，虽然很多时候比上班更累，压力更大，但还蛮好玩的！除了翻译业务，我们还推出了翻译培训和外教口语的课程，在获得初步成功的同时，更进一步体会到创业的艰难。

机会永远留给有准备的人。我要感谢自己那些年翻译了一本又一本书，包括在公司主持了那些教育类直播节目，一遍又一遍地编辑了一套又一套大学英语试题。是这些艰辛的工作让我有了安身立命之本，让我学会坦然面对压力、挫折和打击。不积跬步，无以至千里。客户是一个个积累起来的，做得多了，做得好了，就会有越来越多的人信任你、推荐你。曾经坚持上了三年半的班，我没有找到最适合自己的平台，也无意苦熬成主编。虽然有过重重顾虑，但这执拗的性格还是逼我跳出一切保障，去勇敢闯出自己的一片天地。能在裸辞后拥有这么多，我想我是幸运的。感谢翻译，感谢写作，让我这个不愿妥协的人能在这个世界上寻得自由，亦找到一个立身之地。

16 岁的时候我有了当翻译的梦想，18 岁的时候我梦想出国留学，申请留学的时候我曾经写过希望 30 岁时能经营一个翻译公司，现在竟然都实现了。上天会眷顾执着的人。

在事业中邂逅爱情

和学业、事业一样，我的爱情亦是坎坷曲折。大学时代的恋人都因为不同的人生选择而分手。曾想在英国找到一段爱情并和他一起留在那里工作或者继续读书，又几度所托非人。爱情曾让我狂喜，也曾让我抑郁。有时在失眠的夜里回想起青春的迷茫与疼痛，仍旧不能释怀。

迷茫，是因为人生轨迹有太多变动，也使爱情面临太多的选择和考验。疼痛，是因为用情太深，以为用十分的真诚就可以得到一颗真心，但如果选错了对象，也不过是感动自己。相比稳定的婚姻，我一直在渴望着一个灵魂伴侣，一个真正懂得我、接受我生活方式的人。他应当经历过风雨，但依旧渴望美好与纯真。

有很多次我都以为终于遇到了这个人，但与他们的缘分都是短暂的。我曾经在小说里写过一句话：女人总是在和男人交手的过程中感受到这个世界的无奈。如果你有幸在求学和求职中躲开了性别歧视，那择偶这件事更能让你体会到什么叫男权社会。而我作为一个女权主义者，对这些问题又格外敏感。

我曾去过很多地方，在旅途中迷过路，丢过东西，出过意外，也有过艳遇。我交往过通过不同途径认识、从事不同行业的男友，有的来自富裕家庭，有的来自农村，他们都是聪明而有才华的年轻人。但即便是受过高等教育，甚至出过国的男性，有些思想还是非常保守的，尤其是在女性问题上。

有的人认为女孩子不必那么拼，有的人认为我“气场太强”“太文艺”，或者“经历太丰富”，有的人不理解我为什么要执着于翻译与写作。在感慨女性做自己真是不容易的同时，我从不曾因为别人的评价而后悔过自己的选择。不难理解人们在择偶上追求稳妥的心态，但我更希望我的伴侣能不同俗流。

作为一个女性创作者和创业者，我到底需要怎样的伴侣？我也曾考虑过一些硬性条件，但遇到爱情的那一刻，所有的要求都会变得苍白。

E 是一位意大利朋友介绍给我的，他是自由翻译，也有志于写作。一开始在微信上和 E 聊天，我还以为我们是同龄人，他比我更跟得上潮流，谈起自己感兴趣的事，那种文艺小青年一样的热情让我根本看不出他竟然比我大六岁。依赖上他是从一次熬夜赶工的翻译任务开始。那时我还在前公司上班，和他也只有一面之缘。一天下午，一家石油公司经朋友介绍来找我翻译东西，几十页满是专业术语的 PPT 要一个晚上翻译成英文。我知道 E 的英文水平很高，问他有没有兴趣，他说可以帮忙翻译，我才有底气接下了这个任务。那天他一整晚没有睡觉，我也是熬到凌晨两点，六点多又起来继续校对，八点多出门上班。到办公室不久，他就给了我一份从内容到格式都非常漂亮的译文，得到了客户的好评。

再次和他见面是我代表公司作为企业导师去给合作院校

英语系的研究生讲课时。因为讲的是翻译话题，我想找一个人来做口译示范，便临时想到了E。我以为住在通州的E离那所学校不远，后来才发现他离那儿有20公里，并不比我近。E说他家门口很难打车，离地铁也很远，可能无法按时赶到。我以为他不会来了，谁知讲完课一推门发现他就等在门口。那天北京的气温接近零下15摄氏度，来的路上我的手机都冻得没电自动关机了。看到有人在门口等我，我心中升起一阵温暖，才发现自己已经孤单了好久，欣慰于能有一个等我的人，不然我一个人要多次转车回到20公里以外的小屋，一定会觉得落寞又孤单。

有了E，我终于结束了心灵的漂泊。我们虽然性格迥异，但直到今天还在一起。他就是那个我渴望的，正直、温柔、善良而纯粹的人。物质上我们没有太高的要求，能一起看展览、看电影，一起压马路、逛书店就觉得很快乐。

作为同行，我们争吵最多的还是翻译问题。我时常提醒E，商业翻译因为有时限的要求，不可能做到十全十美，能满足客户的要求即是好的翻译。但E经常绕不过这个弯，他不能允许译文里有中式英语和不地道的词语搭配存在，宁可交稿晚一点，挣钱少一点，也一定要保证质量。他给我们采购了各式各样的词典，甚至还有已经成为“古董”的词典。

E是我们团队的审校，批评人的时候毫不含糊。以前在教育行业，领导同事都比较宽容，但E对同事指出的问题总是一针见血。他看稿极其仔细，给的反馈足以让很多学艺不精的翻译无地自容。

有一次我扔下译文给他校对就跑出去办事了，回来以后他又严厉地批评了我，说我这样做太没有责任心，怎能自己没好好检查就把译文交给别人校对？从那以后我对待翻译更加谨慎，自己翻译的东西没看完三遍之前不会交给他。E 翻译水平比我高，查资料也比我在行。他严谨的态度更让我明白，文字工作者的一字一句都不可松懈，不可儿戏。

和我一样，E 也是个遇到不公正的事情就会想要斗争到底的人。遇到不懂翻译的客户对译文妄加评论，他就会帮我写下详细的批注，让对方心服口服。但如果对方说的确实有道理，他也会心悦诚服地接受，从来不会包庇谁的错误。我们经常一起讨论翻译问题，点评谁的译文更好，谁是值得合作的译者，谁一看就是偷懒用机器翻译糊弄。

E 经常是我的原创作品和译文的第一个读者，他为我的进步与成就高兴，把我的事业当作自己的事业，甚至比我更加“较真”。我想这就是我最需要的伴侣，一个能帮我实现梦想的男人，一个把我从“女人”的束缚中解放出来的男人。我不需要他成为一个高大全的英雄，不需要他能够时刻保护我，我愿意和他一起创造，一起学习，在为自己负责的同时，一辈子天真单纯下去。

和同行在一起，就会变得工作和生活分不开。我们每天在一起工作，忙的时候经常顾不得吃饭，下午三点多才想起来午饭还没吃。E 曾经开玩笑说，如果将来有孩子，要让他当客户，千万不能再当翻译。

母亲一再劝我不要这么辛苦，也曾希望我能找一个理科生做男朋友，因为她觉得男人学理科会更好找工作，也能生活得更宽裕一些。我知道我年过 30 还没结婚并且不想生孩子一度让父母非常失望，但我还是太迷恋精神生活，太执着于事业。

有时我也会羡慕那些才貌双全且早早完成人生大事的人。但我更想终一生，成一事。像一个殉道者，朝闻道，夕死可矣。

回看过去，从 18 岁到今天，已经走过了 13 个年头。18 岁的我是一个稚气未脱的青年，现在的我已经有了好多白发，但经常会高兴地唱起儿歌，仿佛还是一个少女。我从来不敢说自己是一个成功的人，甚至时常觉得自己活得有点“非主流”。但这又如何？生活原本就没有标准答案。

一个人要走多少弯路才能找到真正的归宿？也许这世界于我并没有什么一成不变的归宿。正如一位朋友曾说，无所依托，才是真正的精神。

走过千山万水，只是为了不辜负当初那个拼命奔跑的自己。

职业。作家 编剧 导演

自述人。豚二

恒久的嘉年华

我很小的时候开始念寄宿学校，每天熄灯前女孩们会轮流念一段睡前故事。

我整个青春期都在学校度过。每周妈妈会给我十五块钱的“周俸”。除了坐车回家，大多数时候这些钱都会被我存起来，然后变成一张张盗版 DVD。

我最喜欢周五，像出监似的从学校里跑回家，兴冲冲地去淘碟。那时候一张质量比较好的盗版碟会卖到12块钱左右，这对我来说，就意味着要牺牲其他的所有，可我还是会买。

我买的第一张碟是《恋爱中的莎士比亚》。那张碟的封面上印着很醒目的“14禁”，我记得自己很慌张地用手捂着那个字眼，一路狂奔回家，生怕别人发现我是个偷看黄碟的小姑娘。这段往事说起来很好笑，大概人生所有私密而伟大的体验都可以总结为——回到家，锁好门，拉上窗帘，迫不及待地开始。

当然事实上，那是一部非常干净的电影。

Judy Dench扮演的女王发现了Viola和Shakespeare的情事，她说："Those whom god has joined in marriage, not even I can put asunder."（那些上帝使之结合的人，即便是我也无权拆散。）那是我第一次了解到情感上的遗憾是有美感的（这些年很流行用一个词来描述那种体验——“虐”）。遗憾缔造的美，这让当时的我觉得很新鲜。我看的电影越来越多，很喜欢的那些大多都有这类细腻的情感特征，《新桥恋人》《玛莱娜》《中央车站》《青木瓜之味》《屋顶上的轻骑兵》《英国病人》《戴珍珠耳环的少女》《天与地》《甜蜜蜜》《喜福会》……它们关注情感关系和人类（女性居多）命运中的无常。我就这么看啊看，从十三四岁开始，一路看到成年，成了一个内心敏感、感知敏锐的人。

时间悄然来到了18岁，我人生中迄今为止最为坎坷的一年。那时我在上海的一所市重点高中念书。高三的第一天，一位转学来的插班生成了我的克星。那位女同学也不知是哪里看我不顺眼，处处都要为难我。如果单独把这些事情一件一件拿出来讲，那都是小事，乃至微小的事。可如果小事一天二十四小时都在发生，累加起来就变成了一种无法抗衡的力量。彼时“校园霸凌”的概念闻所未闻。在大人眼里，小孩子之间都是小事，和迫在眉睫的高考相比不值一提。

更糟糕的是，这位女同学被安排进我所在的寝室，我的另两位室友也不喜欢她，但又不想正面对抗。她们俩采取的方法居然是制造更多这位女同学对我的误解，让她专注于攻击我。高三分班之后我才认识她们，同住一间宿舍，本无交集更谈不上过节。这个细节令我胆寒。那年电视上，宫斗剧鼻祖《金枝欲孽》播得热火朝天，一如现实中校园里的恐怖乖张。我从来没有遇见过这样的事情，每周末回家跟父母哭诉，换来的也只是叹气声和“你不要理她不就好了嘛”之类的点评。后来我的情绪实在太差，我妈妈也只是看着我说：“你已经长大了，要学着像大人那样独立解决问题。我们不好来插手的。”我问她，如果是她要怎么解决这件事，她只说了一个字：“忍。”

我妈妈并不知道，“忍”根本解决不了我的问题。因为这一切正在摧毁我。

那时的班主任是一位极其娴雅的女士，她察觉到我和这位女同学的问题，点到为止地提醒我不要影响学习。我的朋友们听我抱怨也听出了耳茧，但能做的也只是草草地安慰我，然后迅速埋头到高三的奋战里。我像个溺水的人，知道死亡正在发生，但无法自救也没有人听到我的求救声。

这样的情况持续了高三上学期的大部分时光。我的成绩直线下降，精神恍惚，我觉得自己大概是考不上大学了。

有一天，全班同学围成一个圈正在上体育课，老师要求大家两两组队完成一个活动，大家纷纷照办。不知怎么的，那个插班的女生最后一个人孤零零地站在圈的中央，没有人愿意和她组队。她平日里用钱或者小礼物“收割”的塑料友谊在群体立场前根本不值一提。逆光里，她暗沉的脸上布满愤恨的神情。

那一幕带给我的震撼非常强烈，她环视四周时眼神里的恨意使我突然想起，她刚来时有一次和我聊到她的家庭：妈妈意外早逝，爸爸另娶他人。年轻的后母同她爸爸讲，不喜欢家里有那么大的孩子。她便被送到上海来念寄宿学校，孤身一人。有那么一刻，我几乎想站出来说，我和你一起吧。

但我终究没有，也许那时恨意还是太强烈。不管怎样，我决定自救。

最关键的决策是搬出那间寝室，尽量杜绝与各位事主打交道。没有交集就能停止事端，把情绪冷却下来。隔壁的房间只有一个同级的女生住着。她与我同在文学社，素来交好。我征得了她的同意后，向宿管老师提出申请。宿管老师答复我说只要班主任同意就行。班主任对我说她没有意见，符合学校规定就行。我便大着胆子同宿管老师说班主任同意了。于是我很顺利地搬了出去。

不出所料，之后我的情绪状态逐渐回稳，成绩也开始回升。而原来宿舍里的三个人继续新一轮的斗争。压抑了很久之后，我学习的动力变得格外强大，我先是在全市的影视编导排位考试里取得惊人名次，继而又通过了中国传媒大学的艺术类专业考试，拿到报考资格，让所有人惊掉了下巴。其实他们只是不够了解我，我很清楚这不过是多年来兴趣爱好转化成能力后的一次小小展现。可即便是这样，当我宣布高考志愿要填传媒大学的时候，我父母仍然诧异不已，觉得我一定是疯了。传媒大学的录取线非常高，每年的报考人数也非常多。亲眷们小心翼翼地评论："那是名人家的孩子考的学校，我们家没有人做这行，你能考得上吗？"耳边不时有冷言冷语传来，我心里却十分相信自己一定是考得上的。我这人有一天赋，就是对一些事情的发生有一种天然的直觉，即使有些事情在那些个当下，看上去是那么不可能。而且，我离开上海的心意很强烈，所以高考结束拿到传媒大学的录取通知书那天，仿佛报了大仇。

很多年后，我读到戈尔丁的《蝇王》才明白，18岁时的我究竟处在何种境地。少年人的"社会"其实很残忍，天真里混合着天生的恶，而无知加上未被伦理完全"驯化"，又让人的底线变得更加诡谲。那时我在念硕士，师从一位著名的组织行为学教授，他的研究方向是组织内部权力变化。他开设了一门很著名的实验性课程，叫作"权力实验室"。这门课程分为两个部分：理论和实验。实验的部分，把学生分为"上中下"三种阶级，置于封闭的环境内，在事件和刺激下观察人类社群中权力的互动和变迁。整个过程中所有参与的学生都会被人类学家全程记录，结束后会针对每个人进行个案分析。这门通常只对沃顿商学院的MBA二年级学生和我所在的NPL专业硕士生开放注册的课程，是众所周知的一次"神秘而令人惊叹"的经历。我上完理论课部分后，教授劝我放弃这门课程，理由是根据他对我的评估，我有心理创伤的前科，我的状态没有办法参与这个高度紧张的课程。校园霸凌和强奸一样，都是带有集体暴行的伤害。当年同学间的恶意，老师和家长的不作为，观众的冷漠统统都是凶手。雪崩时，没有一片雪花是无辜的。那位女同学其实和我一样，也是这一切的受害者。

多年后，即便我头顶精英的人设，过往的痕迹依然在我身上。它们像长在我身体上的疤痕，不时地疼痛，提醒我“人”的可怕。如果说 18 岁的一切真的教会了我什么，那便是人在绝境里如果想要突破，只能依靠自救；而人性的恶不分年龄，认清这点才配谈“理性”；认识到这些真相后，如果仍然拥有对抗恶的能力，拥有疗愈的能力，才配称得上“善良”。

18 岁最苦难的时候，唯有电影和艺术安慰到我。后来入读传媒大学，乃至如今我的职业生涯就可以理解为意料之外，情理之中的归属了。我的母校中国传媒大学号称“海底捞大学”，其服务学生的意识之高，全国上下也难翻出第二所。我一直觉得一所好的学校是必须要淬炼出自身独特的气质的。传媒大学的气质里就有一种“戏谑 + 包容 + 自由”的东西。

在传媒读书的时候，我花了前三年来试错，发现自己不喜欢做记者，不想进电视台，不想当经纪人。我大四的时候很焦虑，每天踌躇自己要找什么样的工作。某天有家电影公司来学校招聘，我忽然想，我很喜欢电影啊，大学里念了那么多故事写作、视听语言之类的课程，为什么不去做电影呢?

第二天我去了宣讲会，那家电影公司的负责人站在台上，对着台下几百号人说，这是场淘汰赛，最后赢的那个人才有 offer。台下的人一下子就炸开了，好多人说开什么玩笑。我坐在下面却一下子就燃了，在一片唏嘘声里，好胜心被挑了起来。也几乎是那一刻，我知道自己一定会赢，时至今日我也无法解释，但那真的是一种很笃定很笃定的感觉。

前两轮结束后进入决赛。三组抽签，拿到各自的研究课题，每天要在评委会面前 report 进展，被打分，一周后拿出 final report，得分最高的人就是赢家。决赛第一天，负责人来看我们，说当天得分最高的人有奖品，奖品是和马楚成喝下午茶。他看各组没有反应，便问："你们不会不知道马楚成是谁吧？"我心想：知道啊，他是《甜蜜蜜》的摄影师嘛。我在心里笑出声来。

大四上学期快结束的时候，我拿到了这家公司的offer。我好像是班上最早拿到offer的人。

上班是很辛苦的，每天很早从远在定福庄的传媒大学赶到朝阳门上班。常常要加班，一不小心回去晚了就没有热水洗澡了，也没有饭吃。我那时候留着一头及腰长发，回去晚了只能去学校门口那家开到很晚的理发店里洗头发，每次洗的时候我都能睡着。一个月后我父母来看我，说："天呐，你怎么瘦成这样了。"

可是那段时光，现在回想起来都是很开心的，我每天都跟打了鸡血一样如饥似渴地学习。电影业太好玩了，做电影的人也太好玩了。那是2010年，中国电影市场开始高速发展，我赶上了一个前所未有的好时机。那时为了翻译一部片子，我可以整夜不睡觉，白天也不过就是晚去公司两个小时，然后照常上班。每天看各种剧本、策划书、商业计划书，听各路导演、制片人跑来宣传他们的项目。他们中的有些人是这个行业里的大前辈，你小时候看着他们的电影长大，而眼下你在和他们一起策划下一部电影，实在是很奇妙的体验。

然而就在我快速建立对电影业的认知的时候，电影部门的负责人却突然离职，同事们也陆续离开，整个电影部门分崩离析。我的第一位老板对我而言不只是上级，也是半个老师。他本人在美国习得一整套娱乐业知识和技能，也以此教我看待这个行业的视角和专业的态度。其实直到今天，国内电影行业也是野蛮生长中的一锅乱炖。而那时我已经在一种很先进的思维中耳濡目染。那时 IP 的概念根本还没有被提出来，而他已经在运用泛娱乐化的思维，为内容增值。

同事们久经沙场，对于这种变故的反应相当熟练。有人按兵不动，有人开始站队。我每天表面上平静无波，内心却是惊慌无措，分分钟要哭出声来，像遭遇了人生的重大变故。彼时有一件事情让我印象深刻，老板离职前，向公司高层要求安排好我的位置。他说我是他花了很多心血寻来的人，要好好培养。

一直到今天，我想起这件事的时候，仍旧是感激的。职场如战场，战场能有什么人情呐，别人没有义务要对你好啊。

当然我最终也没有留在那里。公司把我调去参与上市项目，可我想做的是电影啊，这一切都有什么意义？于是我又成了我们班上最早失业的人。

我妈妈后来形容说，那是一段“每天都在哭”的日子，她说我每天都不高兴，每天都能哭出一缸水。那时候，大学同学里有好几个申请了英国的硕士要出去念书，所以约了一起吃饭，算是饯行。我那天磨蹭了好久才去，假装自己在加班。现在想想，那时的自己也是蛮幼稚的。之后，我去了另一家电影公司做开发，但是一切已非原来可比。

几个项目都进行得不顺利，制片人突发心脏病，演员毁约，导演换人。我隐约觉得自己进入了一个瓶颈，有时甚至觉得天要亡我。纷乱中我需要重新去相信一些事情才能继续走下去。我承认，这当中有些许逃避的成分，但我打算先从电影业离开，去理一理这个纷乱的局面。离开前，我手上最后一个评估项目是严歌苓的《扶桑》。我当时反反复复把原著看了好几遍，虽然扶桑这个角色的面目还是模糊到极致，可是我喜欢极了。严歌苓写的故事里，我最喜欢这个，天生与那种漂泊和坎坷血脉相通，其中的淡定和隐忍又是人生的一种启示。我要暂时走开。

重归校园，我跑去了大洋彼岸的宾夕法尼亚大学念硕士。常春藤的学生是全球的精英，顶着巨大学习压力的日子可谓是以泪洗面，以至于我在图书馆度过了数不清的不眠之夜。不过还是很感激 Dean 把当时看上去蔫了吧唧的我给招了进去。Penn 除了逼着我好好学习之外，也确实带给我一些线索好好审视自己。前半年过得极其痛苦，在只有我一个中国人的班级里，很难找到自己的存在感。从前觉得什么种族、文化隔阂都是瞎扯，可是当众人开心地聊着童年回忆你却怎么也插不进一句话的时候，才明白那真的不是开玩笑。那时候认识的好朋友是个在泰国长大的美国女孩，她有一半哥伦比亚血统。她告诉我："你在这间教室里感到难受的地方我都懂，有那么些时刻我也很难受。"

暑假的时候，原本我会被强制送到西岸的叔叔家，去婶婶安排的 NGO 做义工，但我严正拒绝了，于是我和家里人产生了争执 。家里人说："你为什么不去尝试一下，也许以后就能凭此找到别的工作机会了。能在美国工作嫁人，人生多圆满啊！" 我回答说："为什么要尝试？我的愿望从来不是去图书馆工作，更不是在美国嫁人拿绿卡啊！"

在费城，电影是做不了的，不过可以做舞台剧。我没多想，就真的去做了。

2013 年秋季学期开始，我回到费城做了舞台剧版的《红玫瑰与白玫瑰》，那是我一直想做但之前没有机会做的一部作品。好的作品中包含一整个世界，当你对这个故事有最深刻的理解的时候，那个世界里的一针一线你都想要呈现出来。我不喜欢田沁鑫版本的结构，觉得它破坏了故事本身的美感和叙事，所以请编剧重新写剧本。我对红白玫瑰都有很深的执念，选角做了好几轮，坚持要找到心目中的最佳人选。我很幸运，在那个时候遇到了最好的团队。台上的佟振保、王娇蕊、孟烟鹂、王士洪，幕后的 chair、producer、production team……他们每一个人都刚好在最合适的位置上，所以做出了一部很特别的戏。不好说这个版本的“红白”究竟有多好，但是当时教东亚研究的老师买了好多票带她的学生来看。而我的教授来看戏后说，她看到了小说中刻画的一切细节和气氛；在话剧上颇有造诣的学妹说，她看到了红玫瑰的天真，她说红玫瑰骨子里是很天真单纯的女人，可惜以往的呈现里只有她浮于表面的风骚。我心想，在某种程度上我和王娇蕊其实是同一类人。

我一面制作着自己的戏，一面跑去费城很著名的 Arden Theater 剧院公司学习。剧院的创始人是一对夫妻。男主人 Terry, 是个才华横溢的戏剧导演，普利策奖得主。女主人叫 Amy，教授说 Amy 是她见过的最好的 NGO 管理者之一。Arden 并不是商业性质的剧院，而是一个非盈利组织。剧院的运营不全靠商业收入，很大一部分来自于筹款。Amy 就是那个为剧院找钱的人。我在 Arden 学到的东西也被用在了制作《红玫瑰与白玫瑰》上。

这段经历对我的影响很大。一方面，我终于能够重新竭尽全力做一件专业的事，开始体会所谓的“匠人之心”；另一方面，它提醒了我，我有讲故事的天分和技巧。这解答了我一个很大的困惑：如果我要回去做电影，切入点究竟是什么？

公演结束后一个多月，2013 年 12 月 28 日，我在过马路的时候被一辆车撞倒，躺进了急症室。我被撞飞到半空中的时候，听见自己喊了声上帝，后半句我噎在了心里，我在心里大喊：**Is this the end?**

年末的急诊室很冷清，我在做全身检查的时候，警察跑进来说:"女士,你包里为什么有管制刀具？"说着晃了晃我的菜刀。我笑得眼泪快要出来了说："sir，我在搬家啊，想拿些厨房用具去新公寓，怎么会那么不巧被车撞了。"他后来还是没收了我的菜刀。

我做完检查，没有大碍，一个人走回家，途中还买了杯咖啡。我一边走一边想，人命太脆弱了，不知道什么时候就没了，所以要好好活，要做真正想做的事。

后来，我认识了一位很有名的易经老师，他看过我的命盘后说我的人生非常孤独，我就想起那个被车撞后自己从急症室出来并若无其事走回家的夜晚。在 ER 的时候，我有想过这种情况应该给谁打电话，是父母、亲友、前男友还是闺蜜，结果发现其实没有人可以依靠，于是一个电话也没打就泰然自若地自己走了。

那时费城是座空城，我只有我自己。

那位易经老师的话还有后半句：你的人生非常孤独，但你很会享受这种孤独。

2013 年就在这些史诗般的顿悟里结束了。

2014 年初始，我在家里养伤，顺手投着简历找工作。当时国内的一家电影公司在找开发人员，我投了简历，很快过了前两轮筛选，拿到面试通知后便兴冲冲地飞去洛杉矶。

面试我的是这家公司的老板。他见到我开口第一句话说：“你不是学电影的？”

“恩，硕士不是，本科是，而且我一直是做电影的。”

“那你为什么来美国不学电影呢？”

因为我缺钱，而学电影太贵了，我学不起。这是事实，但我说不出口。

那位老板最后很客气地对我说，这世上的工作分两种：一种是真心热爱；一种就只是工作而已，挣钱糊口。我想他一定觉得我是后者。

去美国读硕士，平均一年的花费大约在 30 万 ~40 万，对我来说是很大一笔钱。为了筹够去美国念书的钱，我在新东方做了一年半的培训老师。最忙的时候一天讲 12 个小时的课，回到家的时候再也说不出一句话。没有寒暑假，没有节假日，一天跑三个校区。我以前一直不相信有人会在地铁上睡着，结果做老师后，我常常在地铁上睡到错过站。后来外婆去世时留给我一笔钱，加上宾大给的奖学金，最终我才惴惴不安地走上了大洋彼岸的土地。而挣到的钱对我来说真的只是数字而已，素未谋面，它们就变成学费躺在学校账户里了。

可是，谁又会在乎你用了多少时间，流过多少眼泪，花费了多少机巧才站到他的面前？那时我已经学会不再为这些外界的眼光浪费时间伤心难过。

我飞回费城，继续做自己该做的事。3 月，一次偶然的机会让我联络到姜文导演的团队，我邀请姜导来宾大演讲访问。其间，双方团队洽谈商讨了三个月，终于成功签订协议。导演在 9 月成行。我请了 Princeton 的 Jarome Silbergild 教授来做座谈嘉宾。他本人是研究中国美术的专家，也是姜文电影的研究者，他原本没有空，却经不住我三番五次软磨硬泡，终于答应。Jarome 后来跟我说，他看见台下 800 个座位满满全是人的时候，觉得真是没有白来。他说："你为我们这些喜欢他的人做了件很了不起的事，真棒。"

后来《一步之遥》在纽约做后期，制片人把我和好友找去帮忙配音，那刚好是王天王表演马走日杀完颜英的戏，我们在录音室里说着上海话一顿吱哇乱叫，给这杀人的场景配音。姜导时不时点拨一下。录完了出来和姜导聊天，姜导说："你们俩都不像上海人啊。"

我们的确不是典型的上海姑娘。心有犄角，漂泊四方。姑且当导演是在表扬我们了。

我做 Athena Film Festival 的项目时，知道自己是时候回来了。硕士的同学里有个华裔。第二学期的时候，她的大女儿突然得了一种很凶险的脑瘤，她只好休学回去照顾孩子。那时我们才知道她已经是两个女孩的母亲。系里八卦这件事的时候，那些出身很好的家庭的白人姑娘们轻描淡写地说："I just cannot understand, how come she left her children, I will never do that."（我不能理解，她怎么能丢下她的孩子，我永远都干不出这样的事情。）

听到这种评价，有一种悲凉从心底升起。孩子生病了，她的先生在别的国家外勤，她中断自己的学业回去支撑整个家庭，却还是会被同性批评，仿佛她结了婚有了孩子还出来念书就是犯罪一样。结了婚就不该有梦想吗？

时代更迭，女性的选择却依然少得可怜。外界的阻力像潮水一样从四面八方涌来，阻碍着她们选择想要的人生。

2015年，我在Athena（纽约雅典娜电影节）看了闭幕影片《Difret》。那是个埃塞俄比亚电影，一个当地少女被抢婚，被强奸后杀死了那个劫掠她的男人，却被部落要求按照传统处死偿命。一个女律师处处为她维权辩护，一路艰辛。终于，少女被判无罪释放，但是她的村庄她是回不去了，只要她回去，村落就会按照自己的法律杀死她。她只能勇敢地去一个新的地方继续活下去。最后她拥抱了一路守护着她的女律师，微笑着转身消失在泛着白光的人群中。一切那么平静，仿佛那些可怕的事情从未发生，这世上再也没有能够击垮她的东西了。从那一刻开始，我决定了自己一生创作的母题：女性的命运和情感经历。

那时候我在纽约做电影节策展人，好朋友也打算回国发展，我心里好高兴。有的人即使相识不久，也像是认识了几辈子那么长。我们有很多相似的包袱和压力，也有各自的坚持。她说，回去也很好啊，可以一起复兴上海的电影工业啊。时间兜转，我们被带向了下个路口，继续陪伴。

现在我生活在上海，职业是作家、编剧、导演。我出版了自己的小说，从读书人变成了写书人。我开发的电影项目在电影节拿了大奖，我有了很棒的合作伙伴，正在筹备第一部长片。我也有过一些爱情，但作为一个无可救药的理想主义者，我还在倔强地等那个命定之人的出现。很多人告诉我，那个人也许永远都不会来，生活最终是一场断断续续的叹息。可我怎么记得，十八岁的那年有人在我的耳边说过，真正的“英雄主义”是看清了生活的本质，但依然热爱它。我每天遇到各种各样的挫折，对抗着烦恼，但始终记得18岁那年教会我的一切。

职业。自媒体人

破蛋。1990 / 28 岁

自述人。倾心蓝田

28 岁，一切美好，如期而至

28 岁的我站在这个当口回望 10 年前的自己，过往就像老电影一样，一幕幕有画面感的场景翩然而至，记忆匆匆闪过，我问自己：是否过上了 18 岁时想要的生活？仔细思考后，我发现 18 岁距离自己已经那么遥远了，远到我甚至记不起，那时候的自己究竟想要什么样的生活。

但可以肯定的是，如今的我，很满意自己这10年的变化。

人生的美妙之处就在于起起落落，你无法站在遥远的过去去设定一个美好的未来，却能够在对未来美好的不断期许中，努力让自己变得越来越好。

18岁，叛逆中成长

18岁那一年，我正高二，那时候的我处于叛逆期，不顾及任何师长、家人的劝说，只坚持自己内心最想要做的事情，于是在很多人都埋头学习的中学时代，我不仅偏科，还早恋了。

对于我喜欢的英语、语文课程，我竖起耳朵仔细听，认真回答老师的问题，课后作业也是第一个完成，单科成绩可以排到全校前列。而面对我不喜欢的数学、地理等，我则采取放任自流的态度，无论老师讲得多么精彩，我依然我行我素，要么课上睡觉，要么就在各种卷子后面写我喜欢的小说和打油诗。还记得那时候我爸恨铁不成钢地质问我："以你这个学习态度，也能考上大学？你写的这些文字，日后能当饭吃？"

他对我咬牙切齿的指责以及力不从心的劝说丝毫没有改变我的任何想法，他也未曾想过，多年以后，我真的依靠写自己喜欢的文字过上了自己想要的生活，并且过得还不错。

人生的变化太多了，对我来说，中学时期对语言和文字偏执的热爱，大概也造就了我人生中的第一场蝴蝶效应。但那时候的我如同我爸一样，对后来的一切都无从得知，我只是跟着自己的内心走，做自己开心并愿意坚持的事。

有人说高中是灰暗的，因为总有做不完的作业，学不完的课本，总是黑着脸的班主任，还有不允许早恋。但对于沉浸在自己的小世界，对外界一切都本能抵抗的我来说，中学时代很美好，因为在那段时光里，叛逆的我只享受我喜欢的课程，与此同时，我还第一次与一个很优秀的男孩子萌生了懵懂的爱情。

任何时候回忆起自己的18岁，我都认为自己是不够美好、不够可爱的。那时候我的牙齿因为水质问题黄黄的，开口大笑对我来说都成了奢侈。但突然有一天我就收到了一个男孩的情书，他说每次看到我笑着露出小黄牙，都会忍不住跟着开心。

他的存在，仿佛一束光，照进了对外貌不自信的我的内心，仿佛突然之间打开了一扇门，让我看到了另一个自己，一个虽然并不完美，却也有人关注，有人喜爱的自己。

19岁那年，我做了牙齿美容，将一口小黄牙换成了标准白的整齐牙齿。起初我并不习惯这个改变，依然是他，笑着认真说："你怎么样都好看。"这大概也是他对我很重要的原因之一吧。有一个人，知道你所有的秘密，知道你的不美好却又毫不在意地喜欢着，而后又陪伴着你一路变得更好，除了他，我想不到除了父母以外的第三个人。

中学时期的爱情很纯洁，确立恋爱关系后并不会每天腻在一起，而是在校园里、楼梯间遇见，彼此交换一个眼神，送去一个微笑，抑或是晚上散步的时候牵牵手，都能开心激动好几天。我们彼此诉说心意，聊学业，聊有我有他的共同未来。大概是我们太年少，所以从没想过日后会因为种种原因，最终还是在青春里走散了。

中学时期的我们，总觉得日子很漫长，总是在忙碌的学习中期待高考尽快来临，好在高考后去一个共同喜欢的城市，摆脱家长和老师们的束缚，继续携手一起前进。

生活并不如我们所想象的那样美好，高考就像一道分水岭，将原本熟悉的同学分散在各个不同的城市，我和他也未能如期盼的那样在一起，而是各奔东西。

偏爱英语的我，在高三刚开学的时候就跟学长借来了选专业和学校的书籍查阅，很快我便锁定了大学的目标：我要去一座北方的沿海城市，学习我热爱了多年的英语，而他则去了距离我10多个小时车程的另一座城市。从此，我们开启了漫长的异地恋。

18岁的我，以为牵了手便是一辈子，谁料一辈子太长，发生任何事都不足为怪。我们如同其他初恋情侣一样，没能逃得过分手的结局。其间很多年，我们也曾彼此怨恨过，但好在多年过去我们再次相遇时，竟然能够坦然淡定地说出对彼此的真心祝福，我们终于能放下那些遗憾，也终于愿意承认，在这场年少无知的爱情里，彼此都有过错，而错过，只是一个不可避免的结局，这个结局丝毫不能影响那些美好过往的存在。

《后来的我们》电影播出后，他曾给我打过一个电话，那时候他已经是一个三岁孩子的父亲，而我也已经结婚，放过彼此的我们，终于能像许久不见的老朋友那样聊生活、聊工作，最后又异口同声地说："电影里的故事，远不如我们的好。"那一刻我们都知道，这段已经结束了的感情，有过许多遗憾，改变了许多，同时也留下了许多，比如共同经历的成长，多年相处留下的默契，比如爱恨纠葛过后对彼此的真心祝福。

青春的消逝，都会伴随着失去一些什么。对我来说，可能就是那段懵懂却又很美好的爱情吧。

22 岁，从象牙塔到社会的角色转变

人总是在不断成长中逐渐变成熟的，大学时代的结束，意味着我不再是受父母、老师保护的少女，而是一个需要独立思考、独立生活的职场女性了。

有句话叫父母在，不远行。作为独生女，我无法像其他同学那样为了更好地运用大学里所学的商务英语技能去南方沿海城市打拼，恋家又舍不得父母的我最终选择了北方机遇最多的城市——北京。

高中时期我不大喜欢学习，甚至放任自己偏科，但大学时期因为更加成熟懂事以及所选专业就是自己所爱的缘故，学习成绩一直都很好，所以大学实习时，我便很顺利地在北京找到了一份外贸业务员的工作。

加入北漂大军后，我的生活也如同其他北漂那样，在起点低的情况下，只能在能力范围内尽力给自己最好的生活。不得不说，最初的那段日子即便你再努力，因为各种现实问题，依然会苦不堪言。

我的第一份工作在北京西直门附近，北京的生活成本太高，我只能租得起床位或者隔断间。

有人说，北京是一座钢筋混凝土的城市，不要奢望这座城市有太多人情味。但生活久了你会发现，没有人情味，是因为刚来的时候人人都自顾不暇，没有人会关注一个陌生人的生活有多艰难。

最初的半年，我租住在距离公司半小时的部队大院里，每个房间都大概五六平方米的样子，有两个上下铺，里面住的大多是考研的学生和刚工作几年的白领，每月床位费只需要 290 元。除了居住条件一般，活动空间有限外，早上洗漱和晚

上洗澡也跟打架一样，闹铃在五点半以后便此起彼伏地响起来，而当我的闹铃也响起来后，便要立刻起床，马不停蹄地去拿洗漱用具，冲到水池边打水，再找一个稍微空档的位置快速洗脸刷牙。每个人都像极了训练有素的战士，短短几分钟时间，便能光鲜亮丽地出门了。踏出屋门的那一步，仿佛一切不堪的生活条件都被抛在脑后，留下的只有眼前繁荣的城市和尚不属于我们的热闹。

后来部队大院不再允许租住给外界无关人员，我们就被无情地“劝说搬离”了。还记得那时候刚好赶上有事回学校，而我的房东下了最后通牒：一周时间必须搬走，否则一切私人物品都将被当成垃圾处理掉。

每天早上起来挤公交没觉得苦，初入职场学很多东西没觉得苦，偶尔被客户、经理骂都没觉得苦，但被房东强制要求搬离的那一刻，突然觉得北京真的太不友好，也是第一次感受到这座城市的冰冷与北漂们的无奈与无助。

人在遇到困难的时候，如果还能哭出来，说明困难还不够大。当困难就放在你面前，不得不解决的时候，你会发现流泪都是一种奢侈，你无暇顾及自己的感受，能做的只是想办法解决。

于是在接下来的时间里，我一边处理学校的事，一边不敢懈怠地看房子，终于在看了十多套房子后，决定租下距离公司很近的一个隔断间，开启了我两年不见天日的隔断生活。

那个房间比床位房还小，大概只有3平方米，除了一张床、一张小桌子，再没有其他地方，于是所有的衣服都被我叠放在整理箱里，放置在床下，小桌子上只能放我日常看的书和洗漱用品。房间由于是隔断，也就不存在能见到光的窗户，为了能够不憋闷，中介在石膏墙上挖出了一个面对着屋外的小窗口，透过这个窗户，除了能够呼吸到屋外并不新鲜的空气外，并没有其他任何作用。

冬天的时候需要插电暖器，而夏天则是一进门就需要开电扇，否则呼吸都困难，但即便是这样恶劣的环境，房租也占据了我当时工资的四分之一。

好在北漂的辛苦大多来自于内心，而非身体，所以即便是在这样的环境里，工作还算顺利的我也从未觉得日子有多苦，反而每天走路上下班的日子，让我节约了很多通勤时间，每天很早便能回家吃饭，这给我留出了很多读书和写字的时间。

当一个人的内心充盈时，也便不觉得日子过得辛苦了。

时间就这样一点一滴过着，刚毕业的两年，我从象牙塔踏入社会，北京的生活让我切实体会到了在举目无亲的城市里，唯一能够依靠的只有自己。也正因为此，在同学聚会上，回老家工作的同学明显不如我们在外面打拼的更独立、更果敢。

任何事物都是有两面性的，我们失去了一些东西，就一定会相应地赢得一些东西，这个世界，还是很公平的。

24 岁，思变求变

很多人都说，本命年犯太岁，会有很多不好的事情发生，但对我来说，24 岁的本命年却是我人生中的转折点。从这一年开始，我的感情、工作、生活都开始向着好的方向极速发展起来。

北京是一座不断促使你思考的城市，有人形容说，在北京生活，你总会感觉钟表的指针在追着你跑，你稍微一懈怠，指针便会将你拦腰折断。

这个比喻，毫不夸张。

来北京生活的人，可以分为两种：一种是想着年轻时在大城市赚钱，往后回老家发展定居的；另一种被很多人称作异想天开的疯子，不管自己当下有多大本事，就敢做扎根北京，在这座房价、物价都高不可攀的城市里定居的梦。而我，就是后者。

24 岁这一年，我搬到了五环外 30 平方米的房子，不仅拥有了独立的卧室，还有了自己的厨房和卫生间。虽然条件依然不怎么好，但这个地方终于看起来不再是宿舍，而是一个家了。那时候虽然距离公司更远，我却丝毫没有浪费地铁上的通勤时间，每次出门必然会带一本书，所以毕业几年下来，我阅读了很多杂七杂八的书籍。或许这些内容并不会为我带来直接的改变，但却一点点打开了我的格局，升华了我的认知，也教会了我更多的思考方式。

当生存问题解决后，便会考虑生活和发展问题。

工作两年依然薪资三千多的我，关注着北京各个楼盘的房价，在看完郊区房价之后，我突然决定，我要离开这个传统行业，去一个提升自我更快、赚钱更多的行业发展，于是“思变求变”也就成为了这一年的关键词。

人一旦想要做出改变，并且坚定了信念，就会发现路会变得很清晰。而接下来你要做的，不过是不怕失败地大步向前。

做外贸期间，我的薪资也涨了一些，但持续关注新鲜事物的我发现，对比起互联网行业，我的成长速度与薪资涨幅，简直不值一提。所以那时候我又开始异想天开，幻想着自己零基础跳槽去互联网公司任职。

人有时候真的很可怕，有些梦敢做就真的会成真。

领英的创始人曾经说过，每个年轻人都该有3个计划：A计划是你可以长期发展的工作；B计划是你的兴趣爱好；C计划是你的存款，而B计划在成熟的时候，可以转变为A计划。他的这段话，对我影响很大，因为那时候我的A计划是外贸工作，而B计划则是我一直没有放弃的写作。

想要离开传统行业，我需要一个跳板。在查阅各种资料后，很快我便发现写作这个技能能够帮我迅速踏上绿色通道。于是，在做了一些准备后我离开了已经工作两年的公司，顺利跳槽到一家互联网公司，零基础做起了跟文字相关的互联网运营工作。

工作两年，我所积累的经验都是与外贸相关，所以互联网运营对我来说，是全新的开始。那段时间我每天都像一块海绵，在跟领导、同事交流的时候，任何不熟悉的内容我都会记录下来，晚上则疯狂补知识，吸收着一切我不曾见过、不曾接触过的内容。大概是熟悉文字的缘故，三个月后，我便开始感到工作越来越得心应手了。

转行进入互联网行业，对我来说除了工作的转变，更像是打开了新世界的大门。以往做外贸行业的时候，身边大多是思维传统的同事，每天聊天的内容也都更稀疏平常，而换了行业后，同事们聊的更多是前沿信息科技，或是互联网行业里的最新动态。而接触的内容越多，人的思维方式也就更活络。思维方式的改变，也为我的未来带来了更多良性的蝴蝶效应。

24岁那一年，工作稳定后的我突然意识到，既然是做运营，为何不用运营思维将自己的情感问题解决掉呢？于是我将自己想象成一款“产品”，在思考了受众群体后，将一篇用心介绍自己的文章发布到了某网站。大概是自己写得太过真诚，两天时间我便收到了 300 多名“目标用户”的来信。我将这些用户按照地区、年龄、学历、工作等进行划分，最终又通过深度沟通，选择出一位符合我各方面要求的男生，而这位通过精心挑选的男生也在不久后成为了我的正式男朋友，1 年后，我们领证结婚了。

有人说，20 几岁的女孩想要什么就会得到什么。在经历了很多事以后，我越发确信这话的正确性。当你目标明确知道自己想要什么时，似乎一切都会如你所愿，水到渠成般顺利。

24 岁那一年，是我人生中一个重要转折点，除了零基础进入互联网行业并找到了可以携手一生的爱人外，我还出版了自己的第一本书。也是在这一年，我和当时的男友、现在的老公在北京的摇号中中签，购买了人生中的第一辆车。

这一年对我来说，是欣喜的，是付出多多、收获多多的。如今回头看，我很感谢那个敢想敢做的自己，正是因为当年的无所畏惧，才有了后来更顺风顺水的自己。

26 岁，梦想照进现实

人生如同一条长河缓缓流过，似乎每一天都没太大变化，但当你认真度过每一天再回头看的时候，就能想起很多重要的时间节点。对我来说，基本是 2 年一个大的改变，所以 26 岁这一年，我又有了新的人生方向——自由职业。

26 岁这一年，我来京已经 4 年，那时候考虑的已经不再是生存问题，而是发展问题。于是我和老公很快便将买房这件事提上日程，与别人不同的是，我们并没有在攒够足够首付的时候才去看房，而是在没钱没底气的时候，就不断在北京以及周边的各个楼盘闲逛，加了很多中介，不停地看房、算钱，并为在京购房提前做着准备。

2016 年端午节过后，我和老公决定曲线救国。在京购房需要的资金太多，无法做到一步到位的我们决定先购买一个 30 平方米的小开间，如此一来，我们便能有自己的小天地，每月不再是付房租，而是还月供。也正是因为当时大胆的抉择，才让我们日后有了更容易换房的资本。

一线城市的北京将很多年轻人的焦虑以及需求无限放大，机会更是稍纵即逝，但好在我们抓住了。端午节后购买的那套房子半年后涨价了 70 多万元，而若是凭借自己辛苦工作去攒钱，大概需要耗费当初薪资并不高的我们几年的时间。半年后，努力工作、不断做各种开源的我们又有了一笔存款，当时算了下同小区三居室的价格，发现卖掉小房子，加上存款，便能够换三居室！

在北京生活，最大的好处就是机会随处可见，而只要你用心，便总能抓住些什么，并且当你真的做了，或许你能比别人节省很多年的奋斗时间。

不依靠父母，从开间换三居室的经历后来也被很多人当成了传奇。但只有我们知道，任何传奇的背后，都离不开对信息的掌控以及不断的努力和坚持。人生都是一步步走出来的，当你踏踏实实去做，很多你曾想要实现的都会如同水到渠成一样自然而然地实现。

为了能够在这座城市生活得更好，让自己进步得更快、过得更充实，从毕业开始，我除了工作外一直都有自己的 B 计划，就是写作。当一切都稳定后，我决定将这个兴趣爱好提升为 A 计划。于是在 2016 年底，我做了一个决定——依靠写作成为一名自媒体人，开启自由职业。

每个人都对自己有一些满意或者不满意的地方，而我对自己最满意的地方，就是任何事都提前规划，而也正因为此，我做的任何决定基本都不会出现大问题。开启自由职业后，我并没有因为离开工作岗位而失去原有的收入，反而因为此前的资源积累以及更加用心地做自己的事而使得收入不断增加。

从事自由职业一整年后，我的收入总和比在职场翻了三倍还多，对这个结果，我和老公都很满意。到了第二年，一切更加顺风顺水，而我也抽出了更多时间去做自己想做的更多事，也有了更多时间去陪伴和照顾家庭。

28 岁，一切美好，如期而至

28 岁这一年，我已经从事自由职业两年，工作和时间被我安排得更加合理。有时候我只需要每天工作三小时，其余时间就能够阅读我热爱的书籍，画一些我喜欢的彩铅画，研究一些新的烘焙小吃，这样的生活让我感到很惬意。

一切都安稳后，我和老公做了一个新的人生决定：要一个孩子。

于是我们在年初便开始认真备孕，顺利怀孕后终于在 2018 年年底迎来新的生命！一切都如同我们所期望的那样向前进行着，有时候当我们依偎在沙发上看电视，享受空闲时光时，总是忍不住想要感谢生活带给我们很多，总是忍不住感到欣喜和快乐。

站在 28 岁回望 18 岁懵懂、莽撞的自己，我很感恩，也很知足。我想，若是能够与 18 岁的自己对话，她一定不会对现在的我失望吧。或许还会窃喜，即便当年的自己有些许任性，但逐渐长大变成熟的我并没有将路走偏，而是通过努力，距离自己想要的生活越来越近。

18 岁到 28 岁，是我人生中的黄金十年。对工作，我从起初的认真努力丝毫不敢懈怠，到后来的逐渐学会了根据时代发展去思考个人改变并最终不断做出调整，成为很多人心驰神往的自由职业者；对爱情，我从起初的任性、懵懂，到后来在经历过许多事许多人后，终于遇到了一个能够携手一生的人，并跟这个人一起建立了家庭，彼此包容，一起努力奔向共同目标；对生活，我从最初的跌跌撞撞，到后来的逐渐学会提前规划并认真践行，最终在北京这座曾经可望而不可即的城市购房定居，并过上了舒适自由的生活。

如果让我给这 10 年做一个小小的总结，那大概就是：一切美好，如期而至。

人生还在继续，故事也还在继续，我不会止步于此时此刻，未来还会有无限可能，而新生命的到来，也必将给我们的生活带来更多的欣喜和快乐。对于未来，我向往着，并翘首以盼。

最后，愿你的生活也能通过自己的努力，让一切美好，都如期而至。

给不合群的自己，创造一种不需合群的生活

职业。自由撰稿人

破蛋。1992 / 26 岁

自述人。格一

如果说，在我不长不短的二十六年人生里，有什么事情是我一以贯之地在坚持的，那就是我一直在寻求一个答案：一个“不合群”的自己该如何在生活中自处。

18 岁的那个生日总是充满象征意义。从那天起，我开始试着做好一个逻辑自洽的成年人，认识自己，接纳自己，寻

找适合自己的生活方式。

现在，我大学毕业三年，一个人住，自由撰稿，远程工作。如果我愿意，可以24小时不与任何人说话。每天醒来先喝咖啡，查邮件回消息，确定一天的待办事项。然后给自己做顿营养均衡的早餐，蔬菜肉蛋主食一锅出，口味清淡。在工作间隙，借规律运动作为生活的锚点，一周三四次力量练习，一两次跑步。有感兴趣的展会、演出、电影，我心血来潮就一个人去看。经常工作或阅读到凌晨，实在没有睡意会喝点酒。

这样的生活，我过得怡然自得。从没在哪一刻有过这样的念头：啊，我现在好孤独。

站在当下往前回望，我感觉18岁那一年就像一个分水岭。

18岁之前，不合群的性格是身边人公认的我的一大缺点，也是我的一块心病。

很小的时候，我就不是一个合群的孩子。我在幼儿园里只待了几天，在那几天里，我本能地抵触幼儿园所有的安排。

我不明白为什么吃过午饭所有小孩都要上床去睡觉，我从来没有午睡的习惯，但在幼儿园里，不午睡却成了不守规矩、不听话的表现。我不喜欢事事被安排，在那种环境中又不得不被安排。我小小的不合作，换来的是老师、同学、家长的全员责怪。

读高中的时候，因为“住得离学校近”，我被迫竞选根本没人想竞选的卫生委员。每个周五，有所谓的“领导卫生检查”，检查细到桌面上的铅笔画都要用橡皮擦擦掉。而值日生们从不好好做，每次看着值日生嬉笑打闹，我从不多说什么，只是放他们回家，然后一个人默默打扫偌大的教室。叮叮咣咣的，桌椅板凳仿佛列阵的敌军。

从小学、初中到高中，老师给我的期末评语总是列举些爱读书、作文写得好之类的优点，然后加上一句“只可惜性格太内向，如果你可以敞开心扉，开朗一点融入集体就更好了”。而同学录上的寄语，也总是以“希望你开朗起来”作为结尾。

我一直被教育：人是群居动物，要外向，要融合，要情商高，要锻炼领导能力。

在这十几年的时间里，我感觉我像天生自带了一个缺陷一样。我性格比较孤僻，从小喜静，对集体活动不太热心，也不怎么喜欢和同学一起玩，课间就在位子上自己看书。结果，这样的性格给我打上了“不合群”的标签。每天都身处在班级学校这样的大集体当中，这个标签与我自己的行为形成了互相印证的循环，我像一个感觉自己是清白的，却无法证明自己无罪的人，承担着来自各个方面的指责，所有人都在要求我改变。

18岁的前一半，我承受着迄今为止承受过的最大恶意。可能是封闭的校园环境和沉重的高考压力让学生们的精力无处发泄，我因为一个说出来幼稚可笑的原因，成了众矢之的。

某一个周五放学，我从小一起长大的表哥从外地过来，到学校门口接我。当时是夏天，我一走出校门，就看到许久未见的哥哥，他戴着一副墨镜，露着肌肉虬结的手臂，笑着给了我一个大大的拥抱。之后那一个周末的校园网上，关于我“交往校外男友”的新闻在年级间疯传，各种添油加醋捕风捉影的小道消息，荒诞离奇的编造故事，一个比一个言辞凿凿。回到学校，我百口莫辩，本来一直在尽力降低存在感的我，突然之间成为了所有人孤立的对象。

自那之后，路过之处总有嘈嘈切切的耳语，我极力避免所有需要与同学共处的情景。为了不听见闲话，我不去食堂吃饭。大半年的时间，每到中午，我就一个人坐在空荡荡的教室里，嚼一个面包或者一盒饼干。

那样的气氛令人压抑至极，我既无改变舆论的心力，又没有脱离环境的可能。每天所想的，无非是希望自己能从这集体的一团乌云中消失，然而也只能是想想，对一切都无可奈何。

18 岁的后一半，我高中毕业，进入大学。大学的环境宽松了许多，一个班的同学再也不需要从早到晚地坐在一起，老师和学生之间的联系也不如中学那么紧密。密不透风的人际关系网终于撕开了口子，我像一条透出水面的鲸鱼，终于能够呼吸。

我不再强求自己融入，不喜欢集体活动就不去参加。同学们风风火火地参加社团，竞选学生会，而我总是独自一人去泡图书馆。当时的我，心里很忐忑，不能确定这样做是否是可行的，不知道是否应该兼顾学习和社交，常常质疑自己是不是不敢去面对集体中“锻炼”的机会才用学习做挡箭牌来逃避。

好在，在大学里，没有老师和家长时刻盯着，耳提面命地告诉我应该如何不该如何，我也就懵懵懂懂地任由自己过着“独行侠”的日子。

我每天六点钟起床，没有课的时候就去图书馆。那时候尚未建立自己的读书口味，也没什么阅读计划，作者是我听说过的或者书名引起了我的兴趣，我就稀里糊涂地钻进去读。如此过了两年，终于算是有了些阅读基础。为了更好地阅读文学作品，我看了不少讲阅读方法的书，然后发展到以读美学和文艺理论为主，我发现自己在这方面很感兴趣。

大三那年，因为在网上与人讨论读书，我认识了几位做编辑的朋友，通过他们，我知道了图书网络营销的各个环节，其中重要一项是：图书公司的营销编辑会找人给书打分、写书评。出于对与出版行业有交集的向往，我开始在网上写书评。那时没想过能有什么回报，只要是收到出版社寄来的新书就很开心。如果有的书脊上会盖着“××出版社　样书”的章，我就更是如获至宝，感觉自己与买书借书的人都不同，是与出版公司有合作的人了。

如此过了一段愉快充实的收书、写书评的日子，有一天，我收到一条消息，是一位地方报纸的编辑，说看了我的某篇书评很喜欢，问能否刊登在他们的报纸上。

书评见报，我很快收到了两百多元的稿费，那是我第一次收到学生征文比赛之外的稿费。自那以后，读书写评变得更加频繁，在学生这个身份之外，我开始有了“书评人”的头衔。学习之余的精力，同学们都在忙于混社团、做兼职，扩大自己的交际圈，而我沉浸在自己的世界里，愈发显得特立独行。

慢慢地，我写作的范围开始扩大，除了读书写书评，还开始尝试写小说、杂文，也有越来越多的文章刊登在报纸杂志上，还与朋友一起出了三本书。随着新媒体的崛起，一些平台和自媒体品牌的编辑也向我约稿，赚取的稿费开始覆盖我在学校的一切开销。有了这些成绩作为支撑，同学老师口中的我，从一个奇怪的、不合群的人变成了一个特别的、有主见的人了。

但是，即便读书写作带给我大量的精神满足，我却从未想过这能够作为一项职业，我把它看作一个可以偶尔赚点外快的爱好，最主要的作用是，给自己找一个拿得出手的借口，用“我要去看书写文章”来当作推托校园集体活动的说辞。

毕业之后，我进入了一家广告公司做文案。

公司在一个很大的广告产业园里面，写字楼里每天进出的人，男男女女呼朋引伴，都打扮得精致有个性。

做广告行业，黑白颠倒是家常便饭，我和我的同事们通常在家睡到九点，调休到十点半到公司，吃过午饭后才开始工作。其他工作到了下班高峰期，我们的客户需求反馈才陆续进来，晚上才是一天中最繁忙、压力最大的时候。

每天加完班，虽不至于晚到回到家洗漱完毕倒头就睡，但也实在是没有一个完整的夜晚了。同事们带着这一天不能就这样过去了的不甘心，组各种各样的宵夜饭局。我对于这些聚会总有些抵触心理，感觉在工作环境里待了一天，几乎已将我的社交能量耗光，好不容易加完班，还要与同事一起吃饭聊天，让我感到很是为难，大多时候就能推辞便推辞。

后来，我的领导离职，我临危受命，被推上了项目组组长的位置。为了做好工作，也为了搞好关系，我感觉自己无法不响应聚会的号召，甚至有些时候，比如在搞定了一个大项目或者团队拿了奖的情况下，我还要牵头去组织聚会。

可能与高中时期被排挤有关，我极其在意自己在别人口中的样子。为了显示融合，大多数时候我都会去维持一个从善如流的形象，在聚会上谈笑风生。但回到家关上门后，我常感到心力耗竭，必须要再拿出一点独处的时间来给自己充电。

我保留着大学时期的爱好，以读书写字作为我充电的方式，即使洗漱完已是深夜，总要给自己留点时间，看些闲书，接几篇书评，在这样的独处时间里，我才能感觉到自己的存在。每每身处这样的时刻，就会想起18岁大学校园里的那个自己，那种不在乎周围环境如何，只一心沉浸在自己喜欢的事情中的状态。

除了聚会应酬，工作环境本身我也并不适应，虽然尽力掩饰，工作成效也不错，但仍然觉得不是自己理想的工作状态。

现在的公司都流行开放式工位，大家坐在一起，方便沟通，也方便了余光在空气中四散。广告公司尤其活跃，身边的人随时有可能叫你一起讨论什么，老板会突然从办公室里走出来大声说半个小时之后开会。同事互相之间随时沟通的便利，建立在每个人都可以随时被打扰上面。在这样的环境里，我总感觉难以集中精神。我越来越贪恋深夜独自读书写字的感觉，没有了周围环境的打扰，没有了老板的指挥和客户的意见，对自我的掌控感才能够显现。

我常常在深夜回想自己在职场环境中的种种不适，为了融入集体花过的那些心思，时时调整的心态，反思自己是否努力得不够，但是收效甚微。最终我确信，在职场环境中，我无法达到自己理想中的工作状态。

确认了这一点之后，我终于转过念头——能不能不再强迫自己融入呢？不去融入集体，独立工作生活，是不是可行呢？于是我给自己创造了另一种工作环境，凭借从大学开始积累的出版行业知识、认识的编辑和书评同行朋友的提携，我开始自主写稿，脱离职场，开启了自由职业。

然后我发现这样的工作状态很适合自己，我不喜欢在工作中被别人管理，但我可以很好地自我管理。我不擅长跟许多人打成一片，但我可以与彼此需要、彼此认同的人建立起深度联系。我不再被职场上的社交绑架，也不再强迫自己在各种各样的饭局会议上表现得大方开朗，在所有与自己相处的时刻里，我才能清楚地感觉到自我的存在。

现在，我做自由职业一年多了，真正全身心地投入新的工作状态后，我还真发现了自己的一个算不上什么特质的特质——在一个人工作的时候，我具备长时间沉浸的能力。

我有时写书籍解读的稿子，有时也写小说，除了特意给自己放假的时候，我不是在写稿就是在想怎么写稿。我可以在灵感来时从房子的任何一个角落瞬移到电脑前。工作和生活的界限越来越模糊，自己也很享受这种状态。

听过几个朋友尝试自由职业失败的经历，大多败在了不自律上。明明是自己想做的事，一旦可以自由地去做了，反而怎么也管不住自己，努力了半年无法养活自己，还是又回去上班。有些人不在团队中就无法好好工作，这是因为有团队就有旁观者，自由职业却没有。而有的人需要旁观者监督，那样就可以好好做事。有的人需要旁观者消失，那样才可以好好做事。

我就属于后者。我认为能够通过团队合作发挥自我价值的人很棒，也明白一个好平台对个人价值实现的意义。但既然现在自由职业的工作方式更适合自己，我希望能在这条路上好好走下去。

经过了这些兜兜转转，我开始能够慢慢相信，过去的那么多年，我并没有做错什么。我们应该接受各种各样的性格，各种性格的人都应该过上舒适的人生，我希望每个人都能接受自己难以更改的那一部分。

站在当下往前回望，18 岁那一年，我在中学经受了被集体排挤却无法脱离的困境，又在进入大学后第一次体会到脱离集体，自己安排工作、生活、学习的感觉。在那一年里，我体会到了那种没有牵绊的专注所能带给我的力量。当时的我并没有意识到，这会给我的职业生涯、生活方式带来什么影响，只是粗粗感受到了脱离集体自主工作带给我的生命力。而从小到大读书写字的爱好，大学时期放手让自己去沉浸的那一段时光，前者给了我能力，后者给了我信心，成就了我现在的模样。

现在，从学校的阴影和社交的困境中走出的我，大部分时间是一副岁月静好的模样，也时常在网络上分享一些关于我自由职业、独居生活的日常状态，分享自己的性格以及如何受性格的影响决定走上这条路。有一些朋友跟我说，看我讲自己在集体中的不融合，被排挤，感同身受，说自己与我是同样的人，纠结要不要如我一样，做自由职业。

我认为，不必把自由职业看得太过特别。自由职业，也是从事一种职业，不过是工作方式和其他上班族不大一样，能够远程工作，不必坐班。如果要说自由职业者们的共同点，大概是可以不依赖公司平台体系，独自输出一个相对完整的产品。我认识的自由职业者朋友们，差不多一半是撰稿人，一半是插画师，还有几位手艺人朋友，做木工或皮具之类。

走上自由职业道路的原因有很多种，我认识的大部分朋友在工作能力上都很强，技能成熟，出于热爱，想给自己更大的创造空间。而我个人的原因，更多是出于对自我弱点的谨慎思考，出于和集体的不融合以及从社交活动中感受到的强烈消耗。既然在撰稿方面的积累能够给我提供一条不一样的出路，我就乐于改变，且努力去经营了。

很多人说，向往我过的生活。我想，有向往是件很好的事，这是感性层面的，希望自己也能过这样的生活。但触发向往的总是美好的部分，可能看到我错峰旅行，看到我可以在下午两点出门晒太阳，带着电脑去咖啡厅工作，就觉得很向往。但如果要做决定，发起改变，还有很多理性考量需要去做。

我现在确信和坚持的，就是不断地认识自己，考量自己的生活和工作状态是不是合乎自己的性格和爱好，这是在温饱层面之上，关乎生活品质和精神世界的事情。

我不鼓励脱离集体，也认为自己的经历属于小众情况。我鼓励的，是每个人都应该保持对自我的一份关心，包括我是什么样的人，我喜欢做什么事情，我适合在什么样的环境下工作和生活，我在什么状态下能够把自己的价值最大化地发挥出来。有的人独立工作可以达到最佳状态，有的人在集体生活中八面玲珑如鱼得水。我们想要的，是过上让自己感觉舒适的生活。要找到自己的热爱所在，其实并不容易。

我从小就爱读书写字，这是我幸运的地方，长大后出于脱离集体寻求出处而沉浸在这件事情中，并有机会得到精神上和金钱上的认可，更是我无比感恩的事情。但在过上现在这样的生活之前，我也经历了很多的折腾，在试图融入集体，试图走大部分人走的职业发展之路的过程中，经历了许多的阻碍。可能，要找到理想的生活状态是需要一些天分，一些挫折，一些运气，再加一些勇气的吧。

希望各种不同特质的人，都能勇敢地拥抱自己，过上适合自己的生活。

人生无用之 3 Tips

职　业。编剧
破　蛋。1992 / 26 岁
自述人。闲铜匠

18 岁那年，我找到了值得热爱一生的事业，并将它当作此后的人生目标。那一年，我还遇到了一个人——我至今都非常非常喜欢的人。

18 岁那年，基本上是头顶每天都在炸烟花的日子。生活中充满了无穷的动力，叫醒我的从来都不是闹铃，而是梦想。

我和我喜欢的L每天约好在操场见面，晨跑之后，一起去食堂吃一份白粥。我的书桌上堆满了从图书馆借来的故事创作理论，我的笔记放在最上面。遇到好看的书，我甚至可以将整本书抄下来。

无数次和朋友聊天，聊起“如果能回到过去，自己要回到哪一年”，我的答案是永远不变的——18岁。

一辆大巴穿梭在坑坑洼洼的乡间土路上，大巴里装满了人。车上的人分为两拨，一拨是感性派，他们不停地打着电话，边打边哭，越哭声越大，活像是被人拐卖了的孩子。还有一拨是理性派，他们面无表情，一脸厌世，时不时抬眼瞥一次旁边痛哭的人，那眼神就像是长途飞机商务舱中，刚做完两个亿生意的总裁，对一个打扰他睡眠的孩子流露出的厌恶。

我也在这辆车上。

大约一个半小时后，大巴晃晃悠悠地开进了一块玉米田中，车上的人终于坐不住了。就连那些“冷酷总裁”也开始皱起眉来，开启了国骂模式：“搞什么啊！这他妈是哪啊？！”那拨“被拐卖的孩子”哭得更凶了。此时车上诞生出了第三拨人——一群从没见过庄稼的城市孩子。他们兴奋得像是来秋游的，拿起手机，在200万像素的屏幕上捕捉路边的田野风光。

这就是我的大学第一天，大巴从北京总校区出发，载着我们开往位于河北某郊区的分校区，车上都是我的大学同学。

18岁，这是我第一次独自来到北京，第一次要和一群陌生人在这同住四年。

我被分配到了六人间中，房号是325。到了傍晚，天色渐黑，最后一个广西人拉着行李姗姗来迟，住在了我的上铺，成为宿舍最晚到达的人。她和我一样，喜欢看书，自称文青。因为她名字里有许多六，所以我叫她老六。老六与我同住了整整四年，成为了目前为止，与我同住时间最长的记录保持者。

如果到了人生尽头，一定要评选出一个对我的大学生涯影响最深远的人，我一定会投给老六。如果没有她这些年来的帮忙答到和借我笔记，我极有可能根本无法从大学毕业，也极有可能错过喜欢上 L 的那一瞬间。

大一下学期的那个夏天，太阳还有余晖。我和老六穿着短袖短裤，依照惯例吃完饭去操场聊天。我们从理想谈到人生，从社会谈到进化论……反正，除了学习我们什么都谈。

临走时，操场旁的篮球场还有人在呐喊。老六提议："不如去看会儿打球？据说今天咱们系比赛。"

我们从操场门口又转回了篮球场。一个留着齐耳短发的侧脸撞进了我的视线。天光加持，晚霞滤镜。那个人额上沁出了细汗，脸色有些涨红，正仰着脖子喝水。他转头向这边扫了一眼，我的心脏跳个不停，脸也迅速变得发烫，呼吸急促得像是个刚跑了三千米的人。

"那个……那个人是谁？" 我侧过脸问老六。

老六用一种发现智障的眼神看向我："大哥，你到底旷了多少课？这是咱们班同学啊。"

扑通。

扑通。

扑通。

我的心脏就像是 L 手中的篮球，无数次触底又反弹，重回到他手中。

如果说 13 岁的初中，是刚刚开始对恋爱产生好奇和懵懂的阶段，而 16 岁的高中是开始初次尝试恋爱游戏，但并不认真也无意持续的游离阶段，那 18 岁的大学则是有着更为复杂的向往，但尚未掌握追求和维持关系秘诀的探索阶段。

18 岁在篮球场边看见 L 的那一瞬间，也是我人生中头一次将爱情和丘比特之箭联系在一起的瞬间。箭头锋利又细长，我一边舔舐着自己的伤口，一边掩藏它的存在，不想让它伤及 L。

不喜欢看到 L 和其他女生待在一起，又不能有所表达。想看他对着我笑，同我讲话，又害怕他只是朋友的眼神和语气。隐藏得最好的那段时间，我也曾同 L 形同一对密友。我曾站在篮球场边为他递水，同他低语，他的手也曾落在我的肩上；他坐在我身旁时，我用黑笔在他手上画满手表；他给我说他儿时披着床单假装大侠的趣事；我们约好一起去操场晨跑，一起看书，一起变得更好。

如果不是我心口插着长箭，我几乎可以把它美化成歌词里的故事。但那伤口白天也痛，夜里也痛。时刻都在提醒我，L 对我，不过是以朋友相称。

“你真的喜欢 L 啊？”老六问我。

“他不会喜欢我的，对吧？”我回问。

“那你准备怎么办？”

我和 L 就像是河水绕着松树，清风带走种子，太阳温暖岩石。我们并肩站在一起，注定是一对朋友。若是要发展出爱情，就好比让河水停留在一棵松树旁，松树横卧水中。清风里充满种子，种子一直随风飘摇。太阳终日守候，岩石要去太阳上存活。

是时候停下了。

在图书馆看完最后一本书。我笑着告诉L："以后不要见面了吧。"

L嘴角向下扯着，我从未见过他露出这样的表情。原来简笔画里的悲伤小人真的存在。

"为什么？"L问。

"每天都做一样的事，太无聊了。我累了。"我依然笑着，一点悲伤都没有流露，转身离开。

第二天在教室里，L坐到我身旁，给我推来一盒小饼干，我推了回去，告诉他："不需要，谢谢。"

我拿着书，坐到了教室另一侧。那是我跟L说过的最后一句话。

18岁的时候，一心认为爱情与友情相悖，完全不能容忍自己喜欢的人只将自己当作朋友。如果能够重返18岁，我一定要把自己抽醒。我会愉快地吃完小饼干，然后给L道歉，告诉他我昨晚喝多了，说过的话都不能算数。但没有人能够回头。

不用每天和L晨跑看书，我的时间空出了一大块。我整日和朋友打闹，过得没心没肺，浪得无边无际。

大二那年，我终于浪出了圈。

事情发生得很简单。我和我的另外两个好友——阿树和阿飞，一起剃了个光头。剃头的原因也很简单。我们在讨论社会性别属性时，一致地对现代性别刻板印象进行了抨击。所以千万不要误以为我是为了疗伤而剃头，18岁的我满脑子操的都是整个世界的心，如果有人怀疑我剃头是为了疗情伤，我除了白眼，不能给他其他回复。

"为什么这个社会会有刻板的性别印象？为什么男生就

不能穿裙子？为什么女生做得好不如嫁得好？为什么男人要负责强大承担，女生就要温柔贤淑？”

讨论到兴起，我们三个二话不说，去了最近的理发店，剃了光头。

18岁的我真的十分行为艺术。我们一举成名，全校都在讨论那三个剃了光头的女生。

说出来你们可能不信，但剃头这件事真的让我收获了有史以来最多的搭讪。

只要我和阿树、阿飞一起出现在食堂，就总会遇到前来问好的女生。她们询问我们做决定前的心理活动，做决定后的心理准备。有几个陌生人甚至告诉我们，她们也想这样不管不顾地放肆一次，但只是想想就会被家庭以及身边的目光击垮。还有几个女生给我们诉说了她们剪发时的苦恼。自从学校有三个女生剃了光头的事件流传出去，其他女生只要去学校周边的理发店剪头，刚坐下就会被问道："剃光吗？"甚至有个理发师因为没有接到我们这笔大单，造成了终生遗憾，逢人就宣传——女生剃发，免费。

搭讪的人，不光是同学，还有老师。

自从我剃了光头，我的乒乓球课老师就会隔三差五地找我聊天，她边摸我的光头边跟我回忆，说我剃头后和她儿子长得有多像。就这样摸着摸着，差点摸出了义子情谊。在我的乒乓球期末考试依然是三发三不过网后，乒乓球老师居然还是一脸慈爱地给我打了及格。

搭讪的男生也是有的。

某次，我在场边看L打球。一个之前社团里熟识的哥们儿看到我后就兴奋地冲过来，激动地重复："是你啊！就是你啊！”兴奋得我一头雾水。然后他解释道：“男生宿舍都传开了，三个姑娘剃了头。我在校园里转了一星期，就只遇到了俩。没想到啊！第三个就是你啊！”

另一个搭讪的男生，辗转几人要到我的电话号码，非要约我单独吃饭，然后在吃饭期间，他单刀直入地问我，有没有什么需要咨询的心理问题，他想找我练练手。

剃头这个冲动的决定，让我们三个人都在大学保持了整整四年单身。直到现在，我在大学里认识的那群人，对我的称呼还是——小光头。

扪心自问一下，你会和一个外号是小光头的女孩子谈恋爱吗？

人生无用的Tip 1：如果你（一个女生）想要广泛撒网，遍地桃花，那就千万不要剃光头！光头是会让你在人群中独自发亮，但绝对不是你想要的那种一见钟情的亮法。

我的情感史聊到这会儿差不多就告一段落了，现在请容我跟大家说说，我波澜壮阔的事业。

众所周知，我是学管理的，那个普通的二本院校没有教会我太多知识，但好在考试简单，因此我大学四年有着不少看电影以及写作的时间。我对自己的写作水平一直充满自信，发挥也始终稳定。选修课上，所有人的论文都是从百度上摘抄的，只有我是原创，所以拿了满分。学校里组织的散文比赛，我随意发挥就拿到了二等奖，奖品是一套双层饭盒。期末论文，其他人都是从两个月前就开始巴心巴肝地组织语言，只有我敢在截稿日头一晚熬夜赶稿。结果我的论文还成了全班三篇不用修改的论文之一。

到了快大学毕业，我凭借着这种自信，坚定地认为自己是一块尚未被人发掘的写作天才。于是我拿着我的二本管理学学位，孤注一掷地海投着各大影视公司的策划职位。当时不少人都劝我，要两条腿走路，写作可以当作爱好，但找一份和专业相关的工作才是正经事。再说了，有哪个影视公司会把项目交给一个拿着二本管理学学位，所有成绩都是擦边及格的毕业生呢?

我没有听劝，因为天才不需要第二种选择，我的邮箱里依然只有一封封发送给各大业内知名影视公司的求职信。那会儿的我非常挑剔，一心只想去做院线大片的老牌影视公司，视频网站和网剧工作室之类的根本不在我的考虑范围内。

就是这样极其盲目的自信，但谁能想到，我居然还真的被选中了。

大四刚毕业，我就去了一家业内认可度不错的老牌影视公司。公司里的同事一半是国外学成归来的海归派，一半是中传北电这类国内一流学府培养出来的毕业生。只有我一个是异类。

影视公司的特点之一，就是只要一开会，你就会发现人人都是天才。如果说时尚公司的员工是拿着五千月薪，教月薪一万的人如何过出月薪五万的效果。那我们影视公司的员工就是拿着五千月薪，给月薪十万的人出如何赚到二十个亿的点子。

大会上，每个人都拍着脑门，说着某个方案一定能赚二十亿。唯一缺的就是个执笔编剧。当时在公司待了一年，我们策划部十个人，大概攒出了三四十个能赚二十个亿的点子。就光我手上的两个案子，保守点说，卖个五十亿不成问题。

老板还说，我手里那个科幻项目，如果剧本过关，光投资说不定就得投二十亿。

我连续好几天做梦都在想，拿到奖金后我该怎么花。

工作后，我第一次痛哭是在南锣鼓巷的一家清吧里。那天白天，我刚和某位第五代导演洽谈完一个电影项目，晚上，几位好友约我去清吧喝酒。

当时，我正在阅读一本天文学通论的书籍。喝完两杯 **see you tomorrow** 之后，我就开始痛哭流涕："人类的生命太短暂了。这些物理学家即使解出了恒星坍塌原理又如何，我们永远无法活到亲眼验证这些现象的时刻。就好像一只蜉蝣，无法参透人类的一生。"

席间一同前来的有两个小男模。其中单身的那个长着我此生现实中见过的最好看的脸。

他递给我一张纸巾，拿过我手边的天文学通论，连连发出赞叹："哇，你工作很酷啊。我能不能问你一个问题。"

"说。"

"美国登月是不是假的？我看网上都说那是摄影棚拍的。"

上帝真的是公平的，当他赐给你一张帅脸的时候，同时就会取走一些其他的东西。

那段时间过得真的相当浮夸，身边一群美人，人人都讲着大家听不懂的话。我们就像一群被天堂选中的幸运儿，一直徘徊在云端，不肯下凡。

两年以后，我开始觉得有些不对劲。

我刚进公司就开始接手的项目，至今连成型的大纲都没做出来。项目研讨会天天都开，一半时间聊票房，一半时间唠家常。编剧换了三茬，国内外资源都快被得罪完了。老板整天想着引进大数据、大 IP……心思根本就不在剧本创作上。原本的科幻大纲为了实现中美合拍，被改成了太空家庭伦理剧，又为了迎合小镇青年市场，硬加了两个年仅二十岁但天赋异禀的男主角……

工作就是这样，能将任何爱得要死的东西都变成不是那么棒的东西。身边所有人都开始步入恋爱，获得晋升，只有我工作路上颗粒未收，爱情路上空无一人。

两年时间，我没有做成任何项目。最初对这个行业拥有的热爱也被磨得一干二净。想要跳槽，但文凭和经验都不够。继续待在这个公司，又毫无长进，纯属继续浪费时间。

那是我工作之后的第二次痛哭，就像一只被关在笼子里的鸟，不知道何去何从，也不知道该如何破笼起飞。

24 岁，不知道是不是本命年那条红绳起了作用，就在我身边同事开始陆续离职，公司里的工位越来越空时，一位之前合作过的编剧发来了微信：我看你朋友圈发得都挺有意思的。刚好 XX 最近要做情景剧，大概二十五分钟，四千块一集。你写吗？

XX 这个名字，大概从我有记忆以来就在春晚上听过。当我看到 XX 名字的时候，我就想起了我爹。自从工作以来，我说起过的所有人名我爹都没听过，所以他一直认为我是在给骗子打工。现在，我终于接触到了一个我爹听说过的人，他应该不会再这么想了。

于是我立刻回复了对方：没问题啊。我写。

在此之前，虽然我足足做了两年的电影策划，但却从来没有亲自写过剧本，我心里十分忐忑，只能努力将稿子改了又改，把初稿里的所有烂梗找出来，再编出更新的转折。最后，我交过去的几个剧本都通过了。编剧告诉我，XX 从二十多个现有剧本中挑了五个当范本，其中就有我的。

我给我爹打电话，告诉他我正在给 XX 写剧本。两天就能写一集，一集四千块呢。

我爹说："你亲眼见到 XX 了吗？"

"没有。"

"我怎么觉得你又遇到骗子了？"

还好，我没有遇到骗子。拿到第一笔稿费的那天，老板叫我们开会，说要讨论下现在网上的热点新闻，看能不能将其融入电影故事中。

"比如这个婚礼现场，闹死伴娘。这新闻多震撼，能不能加入我们的科幻作品中？"

"还有这个，男会计挪用六百万资金打赏女主播。这个背景十分科幻！完全可以融合啊！"

"动动脑筋啊！年轻人！我昨晚一晚上没睡着，就在想怎么能从我们的电影中看到时事新闻，让观众对我们的电影产生社会共鸣！"

银行卡里多出来的存款让我实在没法和老板共鸣，我提出了辞职，开启了我的自由职业生涯。

那一年是"网大元年""科幻元年"，北京的各种影视公司如雨后春笋般地冒出来，我认识的业内人士，十个里有八个都开了自己的工作室。而我无意经营，只想赚点快钱，出去玩。

可能真的是本命年的红绳保佑，我陆陆续续又接了两三个项目，不到一年的时间，又赚了十几万。

我约了刚辞职的老六出国放风。我们换了三个国家的海，足足躺了两个多月。天热的时候就在宾馆躺着，凉爽一些的时候就去海边躺着。世界各地的人躺在一起，谁也听不懂谁的话。

无论哪个国家的海边都有啤酒和烤肉。天色渐暗，有的海边晚霞是金黄的，有的海边晚霞是粉红的，还有的海边除了蓝色，一天到晚什么颜色都不染。

老六问我："还不谈恋爱？"

我在脑子里过了一遍这些年来认识的人，显然，丘比特真的就只朝我射过那一箭。我把遮阳帽盖在脸上，想起了喜欢上L的那个瞬间。那天的晚霞和这里的一样美。

"如果我说我还喜欢L，你会不会觉得我神经病？"

老六呛了口果汁："我的天，你神经病吧你！你居然还记得他？"

我发现我有点不记得L的模样了。他对我来说，不仅是一个六七年没说过话的人，还是一个我连长相都不记得的人。我可能真的有神经病。

"我觉得我当年也不对，现在奔三了，才开始理解到万物没有不可能。如果我当年多鼓励你一下，说不定你俩也就成了。"老六说。

"这和你没关系，我就是当年太喜欢他，喜欢到不知道该怎么接近他。"

我和老六相互为对方开脱，就好像我们相互鼓励就真的能追到L一样。两杯黑啤再加上老六的唠叨，我在群里找到了L的头像，发送了好友申请。

通过了。

第二天，我和老六从宾馆醒来。老六问我："昨晚聊得好吗？"

"我昨晚没和他聊天啊。"

"那你捧着手机捧了一晚上？"老六一脸黑人问号。

"哦。我在做攻略呢。"

打开手机浏览记录，满满的都是"论聊天的正确方式""论聊天的正确步骤""论寻找共同话题的技巧""如何追到一个不喜欢你的人？""如何判断一个人喜不喜欢你？""念念不忘真的是执念吗？""执念该不该有？"……

我决定了。"回国吧，我钱快花完了。我要回去工作了。"

"说好的聊天呢？你加了好友不说话，你不觉得你很神经病吗？"老六依然黑人问号脸。

想到L的时候，我总觉得自己还没准备好。我还不够漂亮，事业还不够成功，性格还不够温柔。我总想准备得再完善一些，让自己变得更好一些，再站到他面前，微笑着对他说："好久不见。"

"朋友，你别光自顾自地决定啊。你难道不用问问L吗？说不定人家不需要你更好看，不需要你更有钱，不需要你更温柔，只需要你像朋友一样好好聊个天呢？"

"不行。就算只当朋友，我也应该变得更好一点！"

我决定回北京再接两个项目，攒点钱，就去上海见L。

回到北京后，我就再也没有接到活。

互联网经济中有句话，叫作"风吹起来的时候，猪站在风口上，也能飞起来"。现在，风停了。我发现我就是那只猪。

人生无用的Tips 2：如果你不小心迅速地赚到了一笔钱，请不要用出国两个月看海的方式将它们花得一干二净。因为很可能此后的两年，你一分钱都不会再赚到。

我不仅没有攒到去上海的钱，我连北京的房租都付不起了。我退了房子，搬回了十八线小城的家里。

回家之后我才意识到，在我的事业起起落落的时候，我爸妈居然一直在稳扎稳打，不断扩充着家业。他们买了小城中心的小别墅，隔壁就住着年入千万的首富。

我妈说："反正平时二楼没人住，你回来刚好添点人气。35 岁以前，你要的一切我们都可以支持你。"我爸说："我们对你也没啥要求，你活着就行。如果你想谈恋爱，我倒是瞅中了一个人，你知道隔壁家侄子多有钱吗？比你小一岁。长得也不丑，个子一米八呢……咱们近水楼台先得月……"我妈打断了他："你想谈恋爱就自己找，想让我们介绍我们就给你找。不想谈恋爱也随意。别理你爸。"

小城很小，经常有叔叔阿姨向我爸妈打听，我回来要待多久，能不能去和他家小孩相亲。

我爹虽然在我面前屡次夸赞隔壁家侄子，但对外的回复一律都是——孩子还小，就是回来散散心。爱情需要自然而然地发生，我家不考虑相亲。

最后的保留节目，就是我爸笑盈盈地在电视上点开我之前写的电视剧。"来来来，一起看看。我家闺女写的，看到没，编剧那栏的后面就是我闺女的名字。"

我还想写些东西，但很久都写不出来。一旦脱离了项目委托制开始真正地自由创作时，我才发现我自己想出的主题都太泛泛而谈，又假又空。故事背景不切实际，科幻元素相互对冲。我脑子里的所有矛盾，都落在我的笔头上，以至于我的故事都像是基因错乱、四肢萎缩、苟延残喘的怪物。难看到我自己都不想读第二遍。

我放下笔，去各个亲戚家借住。想以联络亲情的名义，暂时忘记自己写作水平的贫瘠。

小叔问我："你这算是失败了？还是暂时歇会儿？"

我答不出来。

奶奶说："失败也没什么。虽然在你们还是孩子时都被寄予了厚望，但大多数都还是会以失败告终。父母之所以包容，是因为他们当年也是在这个岁数承认了自己的失败，开始以普通人的身份度日。你看见你小叔的吉他了吗？还有你妈那一沓手稿？你爹从小就想上大学，还考了三次呢……都失败了。"

我在家里翻出了自己小时候写的东西。我的诗集不过就是从唐诗三百首里摘了几句，变了几个字拼凑在一起的读物。我的作文都是老套的总分总结构，结尾一定是心理升华。当初，大人们不过是为了哄我开心，才装模作样地夸我有才华吧。如果他们当初夸我会修电器，那或许我的人生目标就是当个电气工程师；如果他们夸我会画图，那我的人生目标或许就是做个画家；如果他们夸我挺拔好看，那我可能会向往舞台……

这些年来的自信和喜爱都是错觉吗？

看完了一波亲戚，我又去朋友家蹭饭。反正就是开启逃避模式，整天不着家，不想想正事。我的高中好友宁子开着车，来载我兜风。车子后备厢里装着帐篷，那天晚上，我们睡在湖边草原上，头顶上是一望无际的星空。

新疆的星空真的很美。我们没有带相机，宁子拿出她的国产手机递给我说："据说现在手机拍照也很厉害，你要不要试试看？”

我调出专业模式，居然真的拍出了一整片星空。天空灰暗，密密麻麻的星星点缀着夜空，像是散落的碎金子。我想起了我在南锣鼓巷的那次痛哭，那时我因为物理学家们无法完整看到一颗恒星的诞生和消亡而感到悲伤。而这漫天的星空，让我忽而又感到庆幸。星星最美的瞬间或许不在诞生或消亡，而是在存在本身。

我的生命就像是背后那一袭黑夜，而所有我经历过的人和物则是夜空中点缀的星。写作是一颗星，L 是一颗星，还有每天陪我闲聊的老六，开车载我跑了整个新疆的宁子，一起剃头、中二地想要对抗刻板印象的阿树、阿飞，还有我三百六十度无死角的天真貌美小男模，还有在我没钱度日的时候承诺给我零花钱给到三十五岁的爸妈，以及给全家人灌输包容思想、不允许长辈打压我们的爷爷奶奶……在你未放弃他们之前，他们都是一颗常亮的星星，点缀在你的生命中。

我就像是个在废墟中被掩埋了百年，忽然被充电开窍的机器人。或许我的领悟迟钝了一些，但好在我记忆力超群，仍能记得你们所有的陪伴。

谢谢你们。

我想，我不会逃避，不会放弃了。因为我不想我的夜空中缺少任何一颗星星。

回家后，我告诉我爸："爸，高考不限年龄，你要是还想上大学就继续考吧。"

"妈，现在家里也不差钱了。你想写东西就写吧，我可以帮你修改。"

我爸妈依偎在一起看着电视，投给我一个"发现智障"

的眼神。

“我现在什么都不想做，就想躺在沙发上和你爸有一搭没一搭地唠嗑。”

“要不再养只猫吧？我看隔壁那猫挺可爱的。”

爹妈的世界真是斗转星移。随便吧，开心就好。

我问奶奶：“普通人失败以后都是怎么生活的？”

奶奶说：“该吃吃，该睡睡。有力气的时候就做事，没力气的时候就休息。没什么不同。”

于是，我从网上买了十几本写作教材，从头开始一页一页地学习。什么是三幕式，什么是叙述视角，故事分为多少类型，写作需要什么准备……在家闭门了几个月之后，我的朋友老三风尘仆仆地来找我喝酒。

我去机场接老三，她落地后的第一句话就是——好冷啊。

北方的冬天真的很冷，我觉得老三这种南方人可能难以存活。

餐桌上，从事自由职业多年的我开始跟老三抱怨之前在北京上下班的严寒以及晚高峰的地铁。而一直自诩恋爱天才的老三则开始跟我抱怨她的相亲进展。这些年来，她习惯于和各种渣男交往，当她想找个靠谱男人结婚的时候，却突然发现她完全不知道怎样吸引一个正经人的注意。

“不考虑重回以前的恋爱风格吗？”我问。

“不行，以前的路线太不靠谱了。结婚这种事，肯定得找一个成熟稳重、适合一起养娃的人。”说好来找我喝酒的老三，嘬了口手边的果汁。泛红的西瓜汁落下去小半，杯中的液体成漩涡型摇晃。就好像我们的人生，在不被耗完之前，注定无法停止动荡。

当年在学校被认为最有写作天赋的我，现在竟然因为能力不够，从头开始学习如何写一个好故事。而那个每天恋爱不停、邀约不断的恋爱天才老三，居然成了一位搞不定木讷相亲对象的相亲苦手。就像是印证了奶奶说的那句话，到了这个岁数，大多数天才都跌回了普通人的世界。

送走老三的时候，老三伸出手，问我要不要抱一下。

我拥抱了她，她依然抱怨着加班太累、恋爱太烦的琐事。

我拍着她的后背，轻声对她说："欢迎来到普通人的世界。"

老三走后，我依然在家和写作艰难抗衡。没想到一个表姐突然开始隔三差五地给我打电话，询问我的近况。

"直说吧，啥事。"在接到大概第八十七通电话后，我单刀直入地问她。

"没啥大事。"

"你不说我就挂了。"

"哎呀，我这不是刚开了个晚托班吗？你来帮忙吧。"表姐终于说到了她的正事。

"我有事，每天写东西特忙。"

自从我开始自由职业，我就基本每天都能接到亲戚们的问候，不是让我下海帮忙卖衣服，就是让我跟着一起倒腾干果。长辈们都习惯性地把宅在家的工作等同于没有工作。

"不耽误你写。我家三层整个给你住，有卧室，有书房，定期有保姆做饭、保洁扫地，你啥都不用管，你就下午两点到六点去店里，看着店里的小孩别受伤就行。"

"要是我拒绝，你还会再打来吗？"

"嗯。"

"说吧，去哪？"

致　岁的我：

你好呀！

打开这封信有没有觉得很惊奇？终于决定给你写这封信是因为

不知道现在的你有没有感到迷茫或者焦虑？生活嘛，总是如此。和你分享一下我的近况

虽然不可能，但真希望能收到你的回信。希望你一切安好。

岁的我

致上

“上海。”

就这样，我稀里糊涂地来了上海。爸妈对我的去留没有任何意见，只说让我自己保重身体，觉得累了就随时回家。

在上海，我凭借着折千纸鹤、手动比心和偷偷送糖三大技能，迅速成了签单率百分百，小孩见了还想见的甜心派老师。

在店里看着一群齐腰高的小朋友们低头念书的时候，从一个年近三十岁的成年人角度看过去，一眼就看得出这群孩子中谁天资聪颖，而谁又稍显笨拙一些。有些小孩从小就思路清晰，做事前先画思维导图，每天都有自己的时间安排；有些小孩则反应敏捷，但缺乏耐心，往往第一时间发现了解题思路，但又懒得去求证正确答案；有些小孩刻苦努力，但爱钻牛角尖，所以一番拼搏后，仍与正确答案失之交臂……在这些小孩中，我看见了儿时的自己。

我学着儿时爸妈夸奖我的样子，夸奖他们的绘画、写作以及拼乐高、折纸的能力。或许我的鼓励会让他们未来成为工程师、画家、设计师、程序员，或者和我一样，开始爱上写作。

一颗星星又亮了起来。希望他们的夜空，都会有群星点缀。

我给 L 发了信息，我将那片草原上拍到的星空发给了他。

L 回复了我：好漂亮，你在哪里?

我发送了我的定位给他。他回复了他的定位给我。我们之间隔着一站地铁，1.6 公里的直线距离。走路 20 分钟，骑车 8.5 分钟。

在这个大城市中，真的，好巧。

我就像是回到原点。9 年前，我也是每天读着那些基础的故事创作理论，我的 L 也在距离我如此近的地方。

要见面吗？我问。

然后，等待着他的回复。

这次买小饼干的任务就交给我吧。

人生唯一有用的Tips 3：记得感谢那些点缀你黑夜的星星，还有，不要放弃他们。

职业。创业者
破蛋。1991 / 27 岁
自述人。栗子

生命中的冬天

18 岁那年，从小在南方长大的我，第一次在北方过冬。北京的冬天非常冷，冷到让我觉得我之前 17 年过的冬天就不能被叫作冬天。对于从小到大没遇到过什么挫折的我来说，这也算是我人生中经历的第一个冬天，是我 18 年人生中最为坎坷的一年。

我高中就读于市重点中学唯一的文科重点班。我在班里的排名属于中下，但放到学校里，名次就比较靠前，因为这个班里的同学们个个都是学霸。我的班主任三十出头，已经带过三届文科重点班，其中最好的一届考出了十个北大。

我不是学霸，也从来没敢想过考清华北大。我的目标是高考稳定发挥，考上任意一个 985 的大学。直到高二下学期的某一天，我被班主任叫进办公室。因为他发现我一直热衷于参加文艺活动，就建议我选一个文艺特长突击半年，然后参加北大清华的艺术特长生招生，这样或许能找到一条走进“清北”的捷径。他的建议自然来自他之前几届的成功经验，他有几个原本成绩、名次都属于中等的学生，都是通过这样的方式进入了清华北大，成了学弟学妹们的仰慕对象。

我们或许都有过这样的感觉，听别人的成功故事，总会自作多情地往自己身上代入。于是我回家和爸妈讨论之后，决定接受这个建议。

我选了自己喜欢且有一定基础的播音主持和表演，从高二暑假开始正式学习，一周一次。高三开学后，学习节奏更紧了，因为全国大学的艺术特长招生考试大多集中在年底。一周需要拿出两到三个晚自习上课，学校的小礼堂、多功能教室、老师的家里、老师工作的广播电台……这些地方都是我上课的场所。我一边遗憾那些被耽误的晚自习时间，一边又窃喜自己被选中，走上了这条一般人走不了的捷径。

学了差不多快半年，就进入了密集考试期。招收艺术特长生的 985 学校并不少，但我的目标一直很明确，所以只报考了北师大和清华北大，其中北师大作为热身，因为以我的成绩，不出意外不需要特长加分也能考上。我的全部精力，都放在了那两所中国最好的学府上。

十二月的一个夜晚，我和一同参加考试的同学以及带队老师一行十来人降落在北京，包车前往清华的临时宿舍。我们在清华租住了一个小四合院，白天各自练习或是参加不同的考试，晚上回到小院儿一起吃饭。我和两个女生同住一屋，她们一个学长笛，一个学笙。招收长笛特长生的学校最多，练长笛的女生几乎每天都要去一个不同的学校考试。我的考试最少，清华北大的考试时间也比较靠后，空闲时间比较多，在北京我也不认识什么朋友，所以白天我常常自己一个人在校园里四处晃悠。

北京的冬天冷得刺骨，让人清醒。清华的校园很大，除了中午饭点，学校里人都不多。河面上结了冰，凝固着一些塑料袋、饭盒之类的垃圾。我走在路上，看着路过的三三两两裹着厚厚羽绒服的学生，心里又兴奋又紧张。这就是北京，这就是全中国学子都梦寐以求的地方。但我从来没有想过我为什么想来这里。或许是在某一次历史课上了解到这所学府曾发起过的运动而心生向往？又或者只是单单想给自己贴上“北大清华”的标签，让学弟学妹们仰慕自己？

那时的我并没有想这么多，我只觉得我的人生才刚刚要开始，我迫不及待想跟这个世界发生一切可能发生的关系。我站在这条自以为不为大部分人所知的捷径上，想要去到全中国最好的城市里的最好的学校，过最好的生活。

几天后的考试，反而印象并不深刻了。只记得很早起床，晨练开嗓，化妆做头发，急匆匆赶往考试地点，登记拿号码，然后是漫长的排队等待。北方冬天的白昼很短，考完出来天已经完全黑了。我觉得自己发挥得不错。从小到大几乎没有经历过任何挫折，一路顺风顺水心想事成的我有一种不知道哪来的自信，觉得上天就会一直这样眷顾我下去。

两周后，各个学校的特长生录取名单陆续出来了。北师大录取了我，清华北大没有。

这个结果很讽刺，因为它对于我来说毫无意义。

查到录取结果的那天晚上，我在学校的电脑教室里坐了很久。后悔、自责、失落、害怕，所有的情绪交织在一起。我后悔自己选择了这条捷径，那种努力了且抱了很大期望却又落空的感觉让我觉得自己是一个失败者。

一同去考试的同学有好几个收到了清华北大的通知，和我同屋的两个女生一个被北大录取，一个被复旦录取。大家纷纷祝贺一只脚提前迈入名校的同学们，我也跟着祝贺，同时接受他们的同情，以及那些稳坐前十的同学投来的"北大清华可不是谁都能上的哦，认清现实吧"的高傲目光。

录取结果出来后几天的一个晚自习上，我被班主任叫到了办公室。我大概也知道他是想找说辞安慰我，让我忘掉特长生考试，现在开始重新投入到学习中之类，所以心里一直在盘算一会儿应该怎么回答他。

谁知班主任给我倒了一杯热水，没有寒暄也没有铺垫，他就这样说了一段对我触动很大的话，以至于十年后的今天，我还能一字不差地回忆起来。

他说："我想以我三十多年的人生阅历告诉你，人生里没有白白付出的时间，你做过的努力，每一步都不会白费。过往的经历一定会在未来的某处帮到你，相信我。"

不知道为什么，现在想起来，以我当时的心智和人生经历，其实并不能完全理解这段话。但莫名地，我突然就大哭了起来，并不是因为难过，而是因为被人理解后终于卸掉防备，心一下子完全释然。

班主任没有再说话，只是递给我纸巾，静静看着我哭。我哭完后，他说，没事了，回去上自习吧。

后来我高考很顺利，正常发挥去了另一所名校。我在大学里参加了很多文艺社团，曾经学的东西也算派上了用场。我主持过文艺晚会、辩论赛，表演了话剧、音乐剧，那些原本学来应付特长考试的东西，让我度过了丰富又充实的青春时光。我开始有点明白班主任当时的那番话了。

人生中会有这样的时刻，过去后退，未来打开，那是选择面对不确定性的时刻。有些人会转头回到他们了解的世界里，有些人会径直往前走，走进未知里。

十年过去，我再一次走上了未知的“捷径”。

大学毕业后我出国留学，机缘巧合下和几个同学一起来到硅谷开始创业。我们运气好，赶上了全民创业的风潮，我凭借一个简单的电商项目拿到了著名投资人的天使投资，一时风光无限。我的投资人年过六十，在圈里很有声望，也是我非常尊敬和感激的人。我第一次见他是在他位于国贸写字楼的办公室里，那次我们很开心地聊了一个多小时，他给我泡了最近刚买的红茶并打开一盒白色恋人让我吃。当天晚上，我就接到了投资经理打来的关于准备签投资协议的电话，激动得差点把手机扔出去。挂上电话后我立刻打给我的合伙人，“我们有钱啦！有钱啦！”

就这样，我带着“90后创业者”“美女海归”“名校学霸”等一系列光环从硅谷彻底搬回到北京，一头扎进了竞争非常残酷的互联网创业中，陷入一场看似充满斗志，实则却是毫无意义的与周围人的角逐、与自己较劲的乱斗之中。我一边承受着巨大的压力，一边窃喜自己这次真的找到了捷径。比同龄人都跑得更快的我，一心只想要跑得更快一点，把别人都甩在身后。我非常着急，着急向父母、朋友、陌生人……向这个世界证明自己。

但我要跑去哪里，其实我从来没想过。如果你问那时的我，具体想要证明什么呢？证明我的脑袋比别人更聪明？我的能力比别人更强？我比同龄人认识更多的大佬？比他们更会赚钱？创业为了什么？金钱？名声？认识厉害的人？实现阶层跨越？

我说不出来，可能不是上面的任一项，也可能是上面的所有项。我也不知道自己想要什么，只是很着急，被时代的浪潮和同伴压力推着向前跑，不断给自己心理暗示：我得赶紧做点什么，证明给别人看。

那时的我就好像十年前去参加特长生考试的我，为什么要上清华北大？因为这样会过上让人羡慕的人生吧。

这个社会很浮躁，每个人都迫不及待地想要成功，想要实现财务自由，想要拥有权力、地位，想要去证明些什么，想要成为“人生赢家”。此外，同伴压力确实是一个很折磨人的东西。看到别人比自己跑得快，很慌；看到自己没得到的东西别人得到了，很慌。因此更加着急，想要证明自己没有被落下，可以比别人做得更好。

后来想想，这样的“证明”，其实只不过是在跟着世俗设定好的轨迹盲目奔跑罢了。

大概是跑得太快，我很快累了。连工作经验都几乎没有的我，根本不知道怎么创业。随着公司银行账户上的数字越来越小，我的信心也越来越少。很快，我的合伙人和员工纷纷离开了我，原本安排好的电视节目因为发现比我更出彩的90后创业者而婉拒了我，原本已经快要谈成的下一笔融资被收回，资本寒冬就这样到来。而我也好像才猛然惊醒，已经不知道自己跑到了哪里。

有一段时间，我感觉自己像是处在真空中，晚上睡不着，白天昏昏沉沉。一直在思考，却又不整理不出什么头绪。我检查出乳腺瘤，做了一次手术，随后陷入轻度的抑郁，看了很久的心理医生。跟几个比较好的朋友聊起我的状态，大家都说我自从进入这个圈子，就变得很急躁。的确是这样。朋友圈里一片繁荣昌盛,这个圈子里的大家都那么金光闪闪。而我，一旦撕下那些所谓的标签，我还是谁？有一个星期，我每天把自己关在家里，什么也不做，有时候就刷10个小时的手机。翻看两年前自己的朋友圈时，感觉像是另一个人那么陌生。

那样刺激光鲜的生活，我怎么就给弄丢了？

我在夏天开始的第一次创业，结束于两年半后的冬天。我不得已决定暂时停止创业，准备去见我的天使投资人。

我们还是约在他位于国贸写字楼的办公室里，短短两年时间过后,我再一次站在了那间办公室门口。他刚开完一个会，直接把我叫到了会议室里，白板上还有密密麻麻的文字和流程图。我一直盘算着要如何开口告诉他，我准备放弃这件难以启齿的事，但还没等我开口，他先说话了：“你看上去精神不太好，和我之前见你的时候差很多。”他笑眯眯的，还是大家熟悉的那个亲切和蔼的样子，“我给你一个建议，你看看，我们现在这张桌子上放满了东西，有杯子、文具、零食还有装饰品，就和你现在一样。你需要做的，是把这张桌子清空，让它回到空白，再去想怎么开始。”

我没有想到他竟然知道我要说什么，而且对我的放弃这样开明豁达。我待了一会儿，不知道该说什么。

“如果我是你，”看我不说话，他接着说，“我现在就清空这张桌子，然后出去玩儿，去旅游，去把自己调整好。因为桌上放着这么多东西，你要找出那个对的东西，太难了，逼你也没用。”

那一刻的情绪，一秒把我带回到十年前的冬天。故事总是惊人的相似，但这一次我没有哭，而是异常镇定地笑了。我觉得这是成为大人的憋屈，也是值得庆贺的事。

从国贸出来，我再一次走进北京寒冷的雾霾天里。在地铁上摇摇晃晃，觉得很恍惚，好像什么都没变过，又好像什么都变了。

就这样，我潦草地结束了我的第一次创业。

我从捷径里退出，回归到了和同龄人一样的节奏，人生进度开始慢下来。人生果然是一场长跑，一开始跑得再快，最终还是要回到匀速前进的轨道上。

十年前看到有人说，25 岁会是人生的分界岭，跨过去之后就会更明晰以后的路。我一直记着这句话，也不知道为什么，或许是希望借此给自己好的心理暗示和期待吧：相信自己过了 25 岁，无论如何都会有好的清晰的人生蓝图。

十年后的我才意识到，作为女性，年龄给自己带来的心理压力远大过于期待。想想觉得不可思议，人生中最黄金的十年就这样溜走了，我到底还是没有找到捷径。未来的路似乎一点也不明晰，依旧一片迷茫。社会压力、工作压力、家庭压力，无一不真真切切地存在着。和大多数同龄人一样，我还在摸索寻找自己喜欢的事业，不知道此刻居住的城市是否就是未来定居的城市，身边的人也不知道还能陪伴多久。

有时候我很怀疑自己，觉得我是不是资质不高，又对自己不够狠，够不到最高的，却又不甘心平庸，夹在中间怎么都不快乐。我太迷恋当下，以至于忘了去规划未来，或者说在潜意识里，我觉得未来是无法被规划的。我以前很为自己这样的心态而骄傲，但现在呢?

人在顺境的时候，不会思考这个问题。但是生命之神奇在于，到了一个什么样的阶段，就会有什么样的信号。如果有一天我们开始思考人生，开始迷茫自责，就是时候考虑这个问题了。

又或许，人生真的没有什么捷径吧。回过头再看我十年前和十年后经历的这两次冬天，结果是失败的，过程却不是不精彩。如果因为这样的失败就止步于自我的防御之后，把自己放在看似坚强，其实处于与世隔绝的孤独中，仿佛一副没有血肉没有温度的盔甲，也许不痛，却也不能体会生活内里的美好和柔软。

我想，活着应该是一个接受和体会的过程，只有不怕伤害地沉入生活本身，才能看到水下的暗涌和繁华，然后在过滤中成为一个快乐坚韧的人，用自己喜欢的方式过相对自在的生活，并感染身边的人。这很重要。坚韧的生活态度，大概是像太极一样，无中能生有，而又能将有尽化作无，从不刻意控制却收放自如。

在退守中渐渐形成着所谓的从容，内心因为没有迫切的追逐而可以常常停下来看路边的风景。谁又知道，我们失去的东西，不会以另一种方式回到手中呢？

这样一想，也挺释然。如果可以倒退回去重新再来，我大概还是会做同样的选择吧。如果是躲不过的必经阶段，其实也不一定就是坏事。反正我们永远也不可能在开始的时候就知道故事会是什么样的。就好像六年前我在飞往美国的飞机上，在随身携带的本子上写下的一句话：生活就是不断地接受礼物，所有的规划都是徒劳的，那么不如接受上天的美意。

更何况，很多时候再回想起来很久以前的那些事，又会觉得结果真的没那么重要了。

再换一个角度来看，迷茫也正是现阶段的人生最有意思的地方。我记得高晓松说过，如果有一天你不再迷茫了，那么你的青春也就完完全全地结束了。迷茫也意味着年轻，意味着无限弹性和可能性。

我想，是时候踏实下来去沉淀自己，也享受生活，因为拼搏的时候总会到来。我一直觉得每个人在这个宇宙里都有一个自己的位置，这个位置无关高低，无关好坏，无关收入，找到了就会感觉到，对，就在这儿。

而你接触的人越多，工作时间越长，就会越来越明白，其实每一个人都在试图找到这个位置。有的人找到了，有的人以为自己找到了，大部分都还在找。身处时代的洪流下，资本寒冬、裁员潮、经济危机……这些词每天都在朝我们开枪，每个人的焦虑都在被无限放大。但是，我还是相信，尽管这个时代矛盾重重，我们仍是生活的强者。巨大的危机同时也孕育着巨大的机会，我们所要做的，是继续去寻找自己内心的声音，继续去寻找属于自己的那个位置。

生命这场冒险，还会有更多的挑战。考试会失利，创业会失败，工作会浑浑噩噩，内心的矛盾抗争从未停止。人生的本质是平庸，即使获得了一些成果，那也只是在一个人生阶段内打败了平庸，而在漫长的人生道路上，我们依旧要继续和自己抗争下去。过去的永远不会消失，沉甸甸的东西越来越多，生命的意义也会越来越厚重。

我会始终记得我人生中的这两次冬天。而过了冬天最冷的时候，再往后，应该就是温暖了吧。无论这十年过得怎样，希望我们都可以留住心中的那一小团火，抵达任何想要去的地方。

18岁到25岁的这6年

职　业。设计公司中国区经理

破　蛋。1994 / 25岁

自述人。苏菲历险记

从什么时候开始，18岁变成挺遥远的一件事了呢？那一年的日记也躲到了箱子的最底下。

18岁生日过完，我回到秋雨连绵的上海，开始大二的生活。高中选择文科的时候，我父母没有反对。大学选择读英语的时候，我父母也没有反对。高考结束，我拿着过了一本线的分数，去读上海的二本院校，我父母也没有反对。他们了解我，我一向清楚自己的选择，也一刻不停地为下一个选择思考。9 月开学的日记里，我写下自己的职业理想：进入外交部成为翻译官。

接下来的两年半，我在所有的专业课上下足功夫，拿到了全系第二名和国家特等奖学金；在上海市口译比赛拿了奖；选修了外交学和国际政治。我什么都准备好了，最后一步就是考进女神翻译张璐的母校——北京外国语大学高翻学院。

我早早就开始备考，政治、英语、专业课……我觉得我是准备得最充分的人，考完的那一刻我觉得自己已经被录取了。我不可能考不上，我在 18 岁的时候就画好了地图，开始一步一步朝梦想走去，我一定能到达我的目的地。研究生考试结束之后，从未独自旅行过的我一个人去了西安。我站在长安城纷飞的大雪里，觉得自己离梦想只有一步之遥。

但恰恰就差了那一步。

大四寒假结束，我查到考研成绩，没有被录取。我没有从几千个人中争取到 50 个名额中的一个，我通往翻译官的路程上缺了北外高翻这座桥。我重新翻开 18 岁生日之后的那篇日记，发现在“成为外交部翻译官”这个理想旁边，我还为自己做了最现实的打算：留在上海，成为外企白领。

知道录取结果的当天，我抹完眼泪拿起手机，给我认识的学姐们打电话，问她们的公司有没有在招实习生。第二天我就去了一家美国设计公司面试，并且被录取为实习生。从位于新办公室的静安寺回到学校单程足足一个半小时，我看着寺庙金顶炫目的灯光，望着看不到尽头的车流，转身踏上另一条路。我并不甘心，只是没有时间去浪费。

做实习生其实是从打杂做起，给全公司 50 个员工做助理。每天要做的小事很多，从早到晚忙碌不停——10 点的例会上要摆几只甜甜圈；饮水机换下的空桶要藏在柜子里；附近的水果店每周送几次水果，每次送什么。

公司虽然只有 50 个人，却来自 15 个不同的国家，每个人都友善且有趣。有人之前在高盛做到副总裁，有人文着两只大花臂，有人是天才数学家，也有人随手画什么像什么。我觉得自己掉进了兔子洞，这些光芒四射的人是我在象牙塔里从没见过的。

很快到了毕业季，父母希望我回家乡考公务员。我去找实习公司的人事，问我能不能留下来。她说刚好行政部有一个空缺，大家都觉得你性格还不错，英语也挺好的，你要来的话我们就签合同吧。我告诉父母我要留在上海，他们没有反对。

工作搞定之后，我开始找房子。第一个房子是和另外 6 个人合租。户型很大，正中央的客厅里只有一个老旧的皮沙发。我住了一个月也没有遇到过我的室友们，只能从开门关门的声音里判断谁出去了，谁回来了。我从自己小卧室的窗口望出去，看到的，是未来将属于我的城市。

成为正式员工之后，我的工作包括处理公司简单的日常财务、老板们的报销以及帮其他国家的同事预订机票、酒店和办理签证等。在公司，我所在的部门和人事、财务一样，被叫作支持部门。我们每天坐在自己的座位上，对着电脑，敲着键盘，把一项一项的工作机械地做掉。我越来越熟练，也越来越厌倦。

我经常会抬起头来，看其他同事忙忙碌碌地跑前跑后，我想知道他们在做什么，为这家公司挣钱的核心业务是什么。

非常幸运的是，我遇到了一位关心我前途的老板。第一次年终总结，我问以后在公司除了行政我还能做什么。老板反问我认为自己适合做什么。我说我现在的工作已经做得很熟练，有时间也有余力去尝试新的任务，在这些尝试里面，我想我能发现自己适合做什么。老板同意了。

我第一次的尝试是去市场部。为了了解公司的历史和业务，协助市场部的宣传工作，我把公司近十年来的案例都找出来，没有人教我就自己学。每一个值得让外界关注的案例，我都要把背后的故事背得滚瓜烂熟。

不久，业务部门开始筹划公司高层参加达沃斯的事宜，需要人手去协助联络潜在客户。我的任务很简单，给名单上的人发邮件，安排在论坛期间的会议时间 。市场总监给了我一份二十几页的名单，上面写满了老板们即将会见的各大公司高管的姓名和联系方式。

我通过Outlook给每一个接受邀请的人发calendar invite。突然，市场总监走到我的座位上，问我为什么搞错了所有的会议时间。原来，我忘记了会议是在国外，跟上海有时差，我发出去的是二十个凌晨见面的会议邀请。我知道自己闯了大祸，头脑发蒙，甚至无法想象这个祸到底会产生多大的负面影响。市场总监叫来我的老板，问她这个事情要怎么处理。我老板安抚了总监之后坐在我身边，告诉我怎么更新已经发出去的邀请，怎么写信给已经错误接受的被邀人道歉更正。

那次闯祸之后，我知道“想要”做一件事情是远远不够的,要有“能做”一件事情的能力。我不再只盯着某一个职位，想着要怎么坐上去，而是盯着每一件到手的任务，尽力去做好。

一年之后，公司招聘了新的行政人员，我则顺利转岗到核心业务部门开始接触客户，和设计总监一起参加客户会议。六个月之后，我签下了我的第一个客户。

在第一份工作之前，我都没有走出过校园这个环境，在那之前的人生，就是从一个校园到另一个校园。工作之后，我一边为自己的新身份感到新奇和焦虑，一边也认识了对自己的人生有着不一样意义的人。差不多就是那个时候，我有了除同学以外的新朋友，也遇到了让我第一次动心的人。

工作的第一年，我和新朋友们去了一个海岛。那是我第一次看见大海。飞机落地之后已经是凌晨，同行的小伙伴问明天要不要去潜水，我说好。第二天一早，一辆面包车来酒店接我们，载我们去海边坐船。我坐在靠窗的位置上，看着公路和山脊起起伏伏,不知道下一个转弯能不能看见大海。终于，下一个转弯之后，我看见了蓝色。

“这是我第一次看见海！”我兴奋地喊。

同行的人里有一个声音问我，“所以，这也是你第一次潜水吗？”那是我们第一次真正的对话，就从这个对话开始，我正式遇到了初恋。说是初恋，其实是暗恋，在这之后的很长一段时间里，他都不知道我内心的真实情感。

那次旅行中，我在大海里学会了游泳和潜水，第一次有了对于一个男生的各种美好幻想。在海岛的最后一夜，我们一群人买了很多烟花带去海滩。如今每次回想起海边的那夜，我都想象自己站在沙滩附近的山顶上，看那群年轻人向着泛白的海浪奔跑，看着夜空里烟花绽放，看到即将 24 岁的我，还有坐在我身边的他。

海岛旅行回来之后，我们除了时不时在共同的朋友圈子里遇到，很少有机会单独相处。我的暗恋持续了一年，直到有一天收到他的邀请去他家聚会。那天下班之后，我骑着新买的红色自行车去他家，在法租界的小巷子里找门牌号。突然一扇门打开，他从里面探出身子，冲我招手。

“就等你了。”他对我说。我当时心跳很快，也许是因为骑车，也许是因为这是我们俩第一次独处。短暂的独处。

他过来抬起我的自行车，我说锁在楼下就好。他回头看着我说：“这么漂亮的自行车，还是停在楼上比较安全。”我跟在他身后走上老公房的木楼梯，这楼梯要是没有尽头该多好。

走进他家，发现客厅已经搬得空无一物，只有席地而坐的几位朋友，还有刚送来的比萨。我很快就知道，那场聚会原来是他和上海朋友的告别会。他找到一份新工作，下周就要去新加坡，新项目开始后还要去巴塞罗那和柏林。所有人举起酒杯祝贺他的时候，我一直在提醒自己不要哭，不要哭。

那天散场，他送我出来，说，“以后有机会再见面啦！”

我说：“好呀。”然后转身骑上自行车。你要去的那些地方，我要骑多久才能到呢？我没有去过任何中国以外的地方，你如果不回上海，我们这辈子是不是就再也见不到了呢？意识到自己再也见不到他了，我再也忍不住流下了眼泪。我哭这场猝不及防的分别，他从此要去那么大的世界，而我的世界却这么小。

我第一次感觉，自己被困在了上海。

工作一直很顺利，直到第四年。

曾经带过我的老板们陆续都离开了，很多并肩战斗过的同事也另寻他路。周末和已经离职的同事出来吃饭，总有人问我，你什么时候跳出来。说实话，我对自己的第一份工作感情很深，并不想轻易离开。但是，新加坡来的新老板一直不认同我的工作，最初给出的许多承诺也一一化为了泡影。

那时我有一段正式的恋情，和一个工作上认识的男生在一起一年。虽然大部分时间觉得在一起很开心，但我们从来没有讨论过共同的未来。他有他的理想，我有我的计划。后来，他有很好的机会去旧金山工作，我们开始异地。

这时候，我开始筹划换工作。为了继续自己的感情，最好是能去旧金山。找工作的时间比我预期的要长很多，签证也是一个很大的问题。有些还不错的面试一问到能不能在美国合法工作，就再也没有了音讯。

中途我去了一次旧金山，想看看中国人在这里的工作机会到底怎么样，顺便和已经在旧金山找到工作的朋友们聚一聚。从没去过旧金山的我，居然已经有六七个在那里的朋友了，人生际遇真是奇妙啊。那天早上，我骑车从旧金山的 Mission 区去 Bay Bridge 附近的码头和朋友们会面。我在北加的阳光下穿越大大小小的街道时并没有想到还有更多的惊喜在等着我。推开餐厅的门，我看到我的朋友们围坐在靠窗的位置，一起坐着的，还有我的初恋。海岛上的烟花，法租界的里弄，一张张幻影一般重叠在眼前的景象里。原来你也在这里！

曾经以为再也见不到的人，居然在太平洋的这一端见到了。

餐厅靠着大海，朋友们点了一桌子来自不同国家的菜，跟我介绍说这家餐厅的风格叫fusion，就是汇聚了任何你可以想象的菜式。一群人嬉笑着，说就像我们在上海相识，最后又重聚在旧金山。大家热烈地交流着各自的近况，有人进了全球知名的科技公司，有人结了婚准备在加州定居生子。我得知初恋的新公司就在餐厅旁边，他也得知我在找工作以便和男朋友搬到一起。得知了又怎样呢？对他来说，这也不过是一个普通朋友的近况。

吃完饭，朋友们各自回家。我准备坐轮渡去东岸，他说可以带我去码头买票。时隔三年的再次独处，我们依然只是朋友。我在轮渡上看岸边他逐渐变小的身影，想着世界真小，但不管在哪里，我们都只能做朋友。

找工作的过程非常辛苦，压力很大。我开始准备托福考试，打算如果真的找不到新工作，就下一年申请美国的学校去读硕士。

经常失控的情绪让本来就岌岌可危的异地恋彻底崩溃了。我在去宁波考托福的高铁上哭了两个小时，但是我为去旧金山所做的努力和计划还是要进行下去。

4 月份我收到托福成绩，113。同时收到了一家旧金山公司的面试邀请。这家公司准备开拓中国市场，想找一个在美国公司工作过、英语沟通能力好、有相关行业工作经验的中国人来负责新市场。

HR 给我订了去北京面试的机票。面试前一天，我紧张得一夜没睡。落地北京的第一件事就是买咖啡。

美国老板和人力资源总监借来中国开会的机会面试三个已经选好的候选人，我是第一个。我没有让失眠影响我的发挥，从行业知识到个人兴趣，事先演练好的点我都按照预期表达出来了。在三杯咖啡的帮助下，我撑过当天长达四小时的面试，随后飞回上海。

但是接下来，我没有收到任何关于面试的反馈。这是我最接近旧金山工作机会的一次了，我不能让这个机会溜走。我每两周与HR跟进一下，每一次都会收到新的问题，比如为进入中国市场做一个策略规划等。5月和 6月就在这样的跟进和继续投简历中度过了。终于，我在6月收到了正式offer，经过两个星期的协商，最后基础薪资是上一份的三倍，职务是负责整个中国市场的拓展和客户管理，工作时间一半在旧金山，一半在上海。

在职场上的第五年，我有了第二份工作，开始了四处出差的生活，2/3的时间在路上 。第一年的业绩，我做到了预期数字的两倍。

旧金山开始熟悉得像我的第二故乡，我有机会去了许多没有去过的地方，见识了西雅图的深秋、纽约的初春和芝加哥的盛夏；在印度北部探险流浪，在泰国小岛和朋友彻夜狂欢。我偶尔会在某间风格固定的酒店里，梦到当初那个感觉“被困在了上海”的行政小姑娘。我的世界怎么忽然间就变化这么大呢？大到我再也没有遇见过我的初恋。旧金山和上海比起来明明那么小，我却再也没有见过他。

8月我去香港参加一个行业会议，遇到他的前同事。我们照了一张合照发在朋友圈上。那天会议结束回到酒店，意外收到他的消息，问我近况如何。我说虽然忙，但是很好。他说工作归工作，也要偶尔休假。我说订了去东京的机票，准备去好好购物庆祝25岁生日。

他说，好巧，我下一个项目在东京，刚好项目开始的时间是你的生日。

他记得我的生日?

他问，要不要在东京见一面? 我说，好。

9 月的东京还没有退去夏季的炎热。我在东京地下铁里兜兜转转，找不到去六本木的正确路线。我坐错了方向和列车，半小时后从羽田机场到了横滨。我在电话里告诉他，自己已经彻底迷失在日本交通里了，如果他没有时间等，就明天再见吧。

他说，我不想再等明天啦，等你六年已经够久了。

原来他都知道，原来他一直知道。那些我小心掩盖起来的情感，那些我悉心呵护的爱慕，他一直都知道。我站在横滨的车站，等一列带我去六本木之丘见他的火车，远处依稀可以看见横滨花火大会上明灭的烟花。我沉浸在喜欢的人也喜欢我的巨大喜悦里，无暇去追问这一切到底是如何发生的。

我的 25 岁就这样在东京的夏夜开始，一如我的 18 岁在上海的秋雨中展开。

职业。培训导师
破蛋。1990 / 28岁
自述人。烷老师

谁不是一边迷茫一边成长

18岁，当我在心里默念这个词时，它就像是个不能轻易触碰的秘密咒语，似乎仅仅是读出来，生机蓬勃的青春就会立刻如同热浪般扑面而来，那些我以为已经忘却的过往生活的细节，全部从记忆的海底浮现到眼前。

现在的我已经28岁，“这可真是一个尴尬的年纪呀！”

我在心里暗暗吐槽了一句。在 80 后眼里，我们属于 90 后，是任性而且容易崩溃的一代，甚至还有个形象的比喻："草莓族"，外表看上去光鲜亮丽，但是一碰就破了。在公司里，新入职的 95 后小妹妹们已经开始喊你前辈或者姐姐。虽然偶尔还自称为宝宝，但是我心里非常清楚，不知不觉中我步入了成人的世界："看清了生活的真相，还依然热爱生活，这才是真正的英雄主义吧！"

十年已经过去，现在的我拥有这个国家 Top10 大学的本科学历，拥有爱我帮助我信任我的老公，拥有稳定体面的外企工作。物质条件也在不断积累，在未来实现财务自由应该也不是问题，周围的一切也都是我喜欢的。但是如果我说非常幸福的话，那么肯定是在欺骗小白兔般单纯的 18 岁小朋友们。不过我可以肯定地说,现在的我拥有把控自己生活的能力，比 18 岁时更加理智快乐。敢自信地说出这句话并不容易，因为即使即将到达 30 岁的阶段，我也只敢说自己比十年前有所成长。

关于刚开始工作的记忆，我的脑海里总是浮现这样一个狼狈的画面：我穿着不合身的黑色西装和高跟鞋，躲在公司的厕所隔间里哭泣，刚开始我还是低声啜泣，后来直接就变成了号啕大哭。完全不管不顾外面的人怎么想。渐渐地我的面部肌肉开始抽搐，我用手按住脸，想让它停下来。有时候我真的不愿意回头看刚毕业的前两年，那段时间是我最痛苦的时候。刚刚从象牙塔里走出来的一张白纸，立刻就被放进了社会的大染缸里，我和周围复杂的环境格格不入。领导一次次在言辞中暗示我太单纯，说白了就是太傻太蠢，不会搞人际关系，也不会溜须拍马，更不会趋炎附势。

有天我发消息给老公抱怨上司，说自己被骂了。结果这条短信发错了，发到了上司那里。她当着公司所有人的面把我劈头盖脸骂了一通，还把我之前犯过的错误全部翻出来数落。我低着头就像一个犯罪分子，不想抬头看她的嘴巴像金鱼似的一张一合。那一刻我感觉自己灵魂出窍了，看着自己的样子简直无地自容，我希望自己立刻变成一只鸵鸟，可以把头埋进沙子里。终于我感觉到无法忍受，哭着冲出了办公室。

上司欺压我，我忍忍也就算了，结果下属也不配合我的工作。当时我是区域经理，管理 12 家童装店铺，其中有个资深店长，大概 30 岁左右，当了七八年店长，一直等着晋升区域经理。她本来以为今年可以成功，结果就空降了一个我。在她眼里我什么都不懂，就是个书呆子而已。而她现场工作经验丰富，比我强一百倍，所以一直对我很不满，经常在工作中给我使绊。其余店长看了她的行为之后，也逐渐变得难以管理。

经历过太多的打击之后，我没有直面困难，而是选择了放弃自我，把希望寄托在丈夫身上。虽然这个想法在现代算不上错误，甚至很多人都还是支持“干得好不如嫁得好”的观点，但是我的潜意识里隐隐约约感到一种焦虑，特别是去参加他的同学会时，他的同学们无论男女都非常优秀，混入其中的我感到不自在，自卑感开始悄悄增加。

虽然备感焦虑，但是我没有顿悟，反而是不断给自己洗脑。作为一个女性，我相信大家在成长的过程中都听过类似的言论，比如“女孩子是学不好数学的”“女司机都是马路杀手”，甚至女博士都被污名化，提到女博士就是性格奇怪、嫁不出去的代名词。最常见的洗脑语录就是：女人不需要那么努力的，轻松点，打扮得漂漂亮亮的，嫁个好老公，一切就完美啦！

渐渐地，我开始追求一些表面的东西，工资大部分用来购买服装和化妆品，每天花费很多时间学习如何穿衣搭配，如何化妆打扮。我一心想维持美丽的容貌，却不愿意花时间去看几页书或者学习点新东西。后来，我在“那不勒斯四部曲”中读到一段话：她小时候头脑的聪慧没有找到出口，最后她的美都展现在脸蛋和胸上，还有大腿和屁股上，那些美在这些地方都会昙花一现，就像从来没有拥有过一样。这段话就是对那段时间我的状态的最贴切描述。

彻底的觉悟来自和大学室友的一次见面。她约我出去一起逛街，开车到我家楼下接我。我没想到她又换了一辆车，还是辆 SUV，价格在 30 万元左右。我说：“你换车啦？”她轻描淡写地说：“过年的时候买的。”然后我们一起逛街买衣服，我们都看好了同一件衣服，价格大概在 900 元左右，我穿着很漂亮，她说我们可以一起买着穿。但价格对我来说有点高，所以我装作若无其事地推托了，说不是很适合，而她眼睛都不眨就买单了。她聊到自己最近压力特别大，才毕业三年左右，她就已经是支行的销售分管行长，虽然有了一定的经济基础，但是每天吃不下睡不着的。她说她很羡慕我，觉得我过得很开心。我说虽然很轻松，但是赚钱少，每天就是在混日子罢了。她笑了笑说：“你从大学的时候就开始混日子了。”

一语点醒梦中人，原来在她心中我是这样的状态，而且她说的完全正确。被大学录取后，我就开始了放飞自己的过程。四年里大部分时间都在谈恋爱，找工作的时候才发现自己一无所长。看着身边的朋友们都找到了心仪的工作，而我还在苦苦漂着，我心里的想法就是她们运气比我好，或者长得比我好看，总之没有意识到是自己的问题。后来我被现在的公司录取，结果工作内容很轻松，于是我就如同掉入温水中，开始慢慢下沉。

那些年我没有思考过现实的问题，但室友的想法比我实际得多。她的家庭条件和我类似，几乎都是一无所有，能依靠的只有自己。所以她在工作上特别努力，生活上也处处节俭，很快就攒钱买了一套房子，最近又买了一套。而我却一直像被雾遮住了双眼，没有看清自己的家庭条件，也没有思考自己所在的阶层。我只看到公司同事划水摸鱼，却没有考虑她们是本地人，房子就有好几套，除了工资以外，还有其他的收入。我才是真正意义上的无产阶级，而我却和她们一起混日子，我真的不考虑自己的未来吗？

回想过去，我以为自己过得很快乐，但是除了快乐我一无所有。物质基础没有积累，家底一片空白，个人能力没有提升，依然没有拿得出手的特长，人脉也没有拓展。而且我曾经以为的快乐，其实只是最肤浅的“奶头乐”。我发现如果一个人想混日子，时间会过得非常快，现在这个社会有太多可以吸引注意力的东西，几乎所有的商家、娱乐软件都在想办法榨干每个人的金钱和精力。对于没有自控力的人来说，你想努力那就太难了。没有开窍之前的我，就像《黑客帝国》里的人，活在虚幻的世界里，也许是快乐的吧，但是这种快乐是有毒的。有天我像吃了红色药丸一样，一下子看清楚了现实。这个过程是痛苦的，但是我也是极度清醒的。我想，如果跳出现在的身体，作为旁观者看看自己每一天是如何度过的，我看到的就只会是躺在床上玩手机的场景，就像清朝的人躺在床上吸大麻一样。只不过，我所服用的是精神鸦片罢了，它渐渐让我失去追求和理想，变成一具行尸走肉，过着重复每一天的生活。

我曾经责怪过老公，他一直比我清醒，为什么不点醒我？他说他一直相信我，因为我总是在不断进步，虽然这种进步有点缓慢，但是自己想通的问题，永远比别人告知的经验来得有用和持久。人生中也没有贵人跳出来点醒我，因为大家都很忙，贵人也是在忙着自己的事情，哪有时间去管我呢？况且我也不喜欢听别人的意见，我无知但是我也很倔强，自尊心强，如果那个时候有人说："你怎么天天混日子？怎么还不努力？你看看自己的家庭条件，你爹好像不是王健林吧！"我的反应一定会是气急败坏。不过没有人会说这样的话，因为真话实在是太残酷了。

一旦你的头脑清醒了，你就会开始重新规划自己的未来，每一分每一秒都非常珍贵。首先针对当时的工作，最重要的就是把自己的业绩提升上去，我需要采取一些措施。后来我在好心前辈的指导下，查出了那名老店长的问题，原来她注册了一个假会员，然后用会员卡积分购买店铺里的衣服，金额高达 2 万元。当她知道这件事情被我察觉之后，她选择了主动离职。然后我加强了对所有店长的管理，让她们知道我并不那么简单。业绩提升之后，上司对我的态度稍有好转，但是我仍然在寻求改变。

我发现当时的工作内容并不是自己喜欢的，正好公司在招募培训讲师，我想尝试下。其实从青春期以来我就有社交恐惧症，特别害怕在公开场合发言，当众演讲一直就是我的噩梦。而社恐的原因有很多，包括你天生的性格、环境、糟糕的经历等。我知道自己的问题很严重，并且我一直想克服它。于是我硬着头皮报名参加了培训讲师计划。在公司总部一个月的培训中，我们每天住在酒店里，从早到晚疯狂练习，几乎都没有见过阳光。那段时间对我来说非常痛苦，现在想来却非常感激这段经历。痛苦说明了我在不断成长，我要克服所有的恐惧在舞台上表演，练习各种肢体动作，五音不全的我甚至还要练习唱歌。一个月结束后，我愉快地发现：原来克服社恐是一个逐渐脱敏的过程，一旦你战胜了内心的恐惧，你就可以做到你曾经认为永远都不可能做到的事情！

当上培训讲师后，我开始出差到各个区域开展培训。最初的时候我还是会有些小小的紧张，但是后来越做越顺利。培训的时候气氛很好，大家都给我非常好的评价，我的自信也在慢慢积累。为了提升自己，我经常在下班后看名人演讲视频、Ted 演讲视频，收集培训素材，对着家里的镜子练习，不断提高自己。后来我当上了培训部门的领导，开始培训新的讲师，安排公司的培训计划，组织过大大小小上百次培训。

有一天我正在会议室里培训，我讲得生动幽默，妙趣横生。就在所有的学生都开怀大笑的时候，公司的一把手悄悄进来，站在最后一排看了一会儿就出去了。当时我以为他是在视察工作，想想自己在工作方面还是认真负责的，就没担心什么。没过几天，他约我面谈。他说他觉得我的逻辑思维能力很棒，语言组织也很优秀，又是名牌大学毕业，如果一直当讲师的话有点大材小用。他问我是否考虑当他身边的战略企划，他称呼我为他的另外一颗大脑，邀请我和他一起制定对策，决定公司未来的发展方向。当时我的内心是有点担心的，因为我从来没有做过类似的工作，而且自己的数据分析能力从大学毕业之后就没有再锻炼过，很多技能都荒废。看着我犹豫不决的样子，他说会给我时间去适应，并且同意给我升职加薪。

在经过一夜的考虑之后，我决定挑战下新的岗位。生活总是充满了机遇和挑战，很多人认为机会是留给有准备的人，我不赞同，怎样才算真正的准备好呢？我认为机会都是留给有勇气的人的，遇到机会时即使还没有百分百准备好，也可以先行动起来，尝试一下。有些人一直用“我还没有准备好”作为借口，迟迟不愿意行动，这样就会错失很多机会。所以我希望年轻的女孩们，在遇到机会的时候一定要拥有勇气。那是种可以坦然面对失败的勇气，是至少我尝试过的勇气，这永远比“我本来可以更加优秀，只是我一直没有努力”这样的自我安慰更加有意义。

为了更好适应新的工作，我立刻报名学习了 Excel 的提升课程，每天勤学苦练各种公式和快捷键，看视频学做图表和模板等。大概用了一个月的时间，我就可以给领导呈现出非常清晰明了的数据图。除此之外，我每天和领导一起工作，了解公司的未来规划，强化了全局意识，看问题也更加深入透彻。平时领导也会给我布置一些其他琐碎的工作，每一件事我都争取做到最好。为了更好地了解社交惯例，我在工作之余开始阅读关于沟通和人际交往方面的书籍，在生活中也多多观察别人的习惯和喜好，同时也向公司的前辈们学习，从而获得了非常丰富的社交经验。

我一直习惯在网络上分享文章，聊聊自己的工作心得。一次偶然的机会，我有一篇文章竟然获得了网友的喜爱，并且多家公众号向我发来邀请，想要转载我的文章。渐渐地，粉丝开始不断累积，之前写过的文章也被很多网友转发点赞。有杂志社的编辑主动找我约稿，也有图书出版社的营销编辑邀约我对新书进行点评。这些事情是我之前从来都没有想过的，我只是不断地写文章，分享它们，只是希望自己的经历可以给别人一些参考和启发而已。

工作之外，下班之后的时间我也在不断提升自己。因为我的规划是将来会出国旅居一段时间，所以一个重要任务是提升自己的英语水平。虽然我擅长考试，但是在听说读写的实际应用方面不行，仅仅是掌握了一些考试技巧。我深知自己的不足，却缺乏持之以恒的行动。有时候有三分钟热度就去学习，然而拖延症爆发的时候就又开始偷懒，所以英语这个难题一直没有攻克。

一个普通的下午，我接到了一直使用的英语学习软件的推销电话，推荐我购买网上课程。本来我想挂掉，但是那天刚好有空闲时间，于是就聊了起来。大概聊了 2 个多小时后，我终于下定决心，交出昂贵的学费，接受专业的培训，发誓要攻克一直压在我心头的英语大山。

于是我开始了为期一整年的英语学习计划，每天雷打不动学习 2 小时，参加所有的课程。即使在春节的时候，我也打开手机练习了几句口语。妈妈都觉得惊讶，在她心中我一直都是只“寒号鸟”，“坚持”这两个字几乎从来没有出现在我的人生字典里，这一次她对我刮目相看。后来，随着等级不断提升，在英语学习群里已经有人开始称呼我为大神。我感到很难为情，因为我的水平还远远够不上大神的级别，我唯有不断努力。

因为在朋友圈里分享英语学习的内容，所以身边的朋友和同事知道我在学习。某天有个关系比较近的同事突然问我，她的女儿上小学一年级，正好需要辅导英语，问我是否愿意教她。这一次，我又抱着试试看的态度开始备课，对她进行一对一的辅导。一个学期之后，她的课堂表现有了很大提升，老师都夸她进步很大，整个人更加自信，也敢举手发言，甚至在期末考试的时候，她还获得了口语满分的成绩。同事发了张女儿拿着奖状的照片给我，看完之后我觉得非常欣慰，心里有一种莫名的成就感。经过她的宣传，身边已经有好几个同事的孩子预约要在我这里参加辅导。家里的亲戚们也开始找到我，让我帮助孩子们进行英语教学。我深知自己需要进步的地方还有很多，所以我更要加倍努力，不让信任我的人失望。

这十年走过实属不易，谁又没有过迷茫的时候呢？在职场中我见过很多来面试导购职位的女人，她们都陷入了人生的困境中。一般都是高中毕业后没有继续读大学，直接出去打工，这样的学历在社会上只能找到没有太多技术含量的基础性工作，比如在电子厂、服装厂、玩具厂等流水线上打工，或者做一些零售类的工作，比如商场里的销售人员、电话客服等。20 岁出头就会结婚生子，然后就回归家庭当起了家庭主妇。好多人都误认为家庭主妇是很轻松的，其实不然，家庭主妇对很多女性来说就是一个看似温柔的陷阱，而且还是个高危的职业，随时可能失业。去年热播的电视剧《我的前半生》里的罗子君就是个活生生的例子，不过她还是名牌大学毕业的，至少还有点资本。那么那些家庭条件一般，学历又拿不出手的女人怎么办呢？她们依然只能找差不多的工作，拿着很低的薪水，从事着很苦很累又没有任何成就感的工作。

我很庆幸自己已经从茫然无知的状态中走出来，并且人生的方向越加清晰，我的内心也无比坚定。我想对所有正处于青春年华的女生们说，尽快努力起来吧，越早越好，千万不要浪费宝贵的时间。但是从我自己的经历来看，所有的路都只能自己去走，别人只能给一些建议，最后的决策权还是掌握在自己手中。

如果不想陷入生活的困境，那么我有几点建议给大家。

第一点是认清你自己。这不仅仅包括要认清客观的物质条件，还要花些时间去认清自己的理想和追求是什么。认清楚物质条件，你会知道自己所处的阶层。认清楚主观追求，你可以思考人生的方向。

第二点就是抓住学习的机会，不要自我设限。如果因为家庭的因素，你没能继续读书深造，或者很早就辍学，我希望你不要自暴自弃，机会还是有的，关键还是在你自己。书本知识固然重要，社会上的经历和经验也可以成为宝贵的财富。如果你很幸运，可以继续读书，那么一定不要浪费时间，要抓住机会提升自己。拿到更高的学历，永远不是一件坏事。都说种下一棵树的最好时间是十年前，第二个时间就是现在。我觉得年轻人真是幸运，如果抓住最开始的几年，后面一定会大有不同。

第三点是保持独立思考的能力，不要被社会的洗脑言论欺骗。有句话我一直牢记在心，用来时刻警醒自己，它出自著名女权主义作家波伏娃写的《第二性》：“男人的极大幸运在于，他，不论在成年还是在小时候，必须踏上一条极为艰苦的道路，不过这是一条最可靠的道路；女人的不幸则在于被几乎不可抗拒的诱惑包围着；她不被要求奋发向上，只被鼓励滑下去到达极乐。当她发觉自己被海市蜃楼愚弄时，已经为时太晚，她的力量在失败的冒险中已被耗尽。”不要选择那条看似容易的道路，因为那条路上充满了陷阱。

生活在我心中就像是一个蒙着面纱的神秘女人，行踪不定，异常飘逸，只能远远观望。每一次你想靠近点，她就会退后一步。我把所有美好的想象都附加在她的身上，这十年来我不断追逐她的身影，终于有一次我鼓起勇气快步上前，借着匆匆扬起的风惊鸿一瞥，哎呀，原来她长得很普通，甚至面目还有些狰狞。即便如此，我还是她忠实的粉丝，我热爱她的复杂性，我爱她瞬息万变的状态，我也爱她展示出来的一千种可能。

最后我想用王小波的一段话总结下：一个女孩子来到人世间，应该像男孩一样，有权利去寻求她所要的一切。假如她所得到的正是她所要的，那就是最好的。

我所有的野心，就是成为我自己

职业。自由职业者

破蛋。1993 / 26 岁

自述人。楂阿

25 岁，嫁给世界

今年，我 25 岁了。

25 岁这一年，无车、无房、无业、无对象。母亲说，你老大不小了，是时候考虑终身大事了。一想，的确到了谈婚论嫁的年纪，可惜我还没遇见爱情，和谁去结婚？转念一想，不如就将自己嫁给倾慕已久的梦中情人吧。

一念起，我便开始筹备这场盛大的“婚礼”：套上冲锋衣，戴上鸭舌帽，穿上休闲鞋，背上登山包，带上护照，我出发了。我要到喜欢的国家去，去寻找当地最美的传统婚纱，然后穿上它，嫁给这个国家。

我决定把自己，嫁给全世界。

我来到了越南。清晨的西贡河，阳光铺满河面，一跳一跳的，亮闪闪的。船夫撑着篙，缓缓向前。水波化成美丽的纹路，安静散荡开。我坐在船头吹风，船夫递过来一顶斗笠，笑着示意我戴上。

这条河，是当地人生活的主要场所。一艘船，承载了他们的全部。他们在船上洗菜、做饭、写作业、玩游戏、睡觉，这是他们的家。

他们的贸易往来，自然也是在河上。一船芒果、一船菠萝、一船土豆、一船西红柿、一船鲜花、一船鱼虾……卖什么便在船头挂什么，有挂一朵百合的，有挂一只木瓜的，有挂一颗白菜的……琳琅满目的蔬菜水果和生活用品，装满了一只只小船，大家买卖、交易，来来往往，一派繁忙热闹的景象，很有烟火气。

我想喝咖啡了，伸手一呼唤，咖啡小船就划了过来。卖咖啡的是位船娘，她利索地把两只小船扣在一起，笑问：“要热咖啡还是冰咖啡呢？”

咖啡，亦是在船上现做的。咖啡的香味随风飘了过来，水汽氤氲着咖啡香，让人不觉陶醉。

“多少钱呢，阿姨？”我接过船娘递来的咖啡。

“不用钱，请我们越南的小娘子喝……”话还未说完，船娘已解开船锁，划着桨远去了，不时回过头来，笑意盈盈。

越南的小娘子。

我笑了。我穿着的，正是越南传统的婚纱。一身大红的奥黛，一只古旧的小舟，我在西贡河上，将自己嫁给了越南。一个椰子，两粒鸡蛋，一把香蕉，一兜小番茄，一杯热咖啡，这是越南给我的聘礼。

而后，我告别越南，背着行囊继续行走。

我来到了柬埔寨。租一辆小摩托，每日穿行在寂静的古迹和喧闹的人群之间。爬上巴肯山，我看了一场苍茫的落日。来到崩密列坍塌的建筑，我抬头仰望历史的天空。坐在“高棉的微笑”下，我双手合十。我在千年吴哥窟的静默里，穿着宝蓝色筒裙，将自己嫁给了柬埔寨。

我来到了印度。到裁缝铺里挑了喜庆的红纱，缀了闪闪的金片，量身定做了一套纱丽。民宿的印度太太早早起来，为我穿好纱丽。“好看，真好看！”她忍不住一直赞叹。阿格拉的清晨雾气蒙蒙，仿若仙境。泰戈尔说，泰姬陵是永恒面颊上的一滴泪珠。在迷雾里，这滴泪珠又增了几分魅力，让人一见倾心。我把自己嫁给了印度，在泰姬陵的爱情绝唱里。

我来到了老挝。雨中的琅勃拉邦老街，虔诚的信众跪成一排等待布施，穿着橘色袈衣的僧侣撑着伞赤脚走来，不急，不缓。他们的钵里，装着热腾腾的糯米饭，刚化缘来的。在那虔诚的一刻，我将自己嫁给了老挝。

在考山路的泼水狂欢中，我嫁给了泰国；在巴德岗的古王朝里，我嫁给了尼泊尔；在纯净的海上清真寺，我嫁给了马来西亚；在印度洋绚烂的晚霞中，我嫁给了斯里兰卡。

25 岁，我穿上不同国家的婚纱，嫁给了世界。

每个国家都有各自的秉性。我走进它们，去认识，去了解，去感受，去融入，即使曾经有过偏见，也在之后的坦诚相待里灰飞烟灭。在这个过程中最触动我的，是每一个相遇的陌生人。至今，我印象最深刻的有三位，他们碰触到了我的内心，成为了我学习的榜样。

第一位是在博卡拉遇见的大姐，46岁了。但是她还在学习，学习一门新的语言。一门号称世界上最难学的语言。她一见我，就拉着我讲话，讲得磕磕碰碰的。这是她学习汉语七个月的成果。她拿出她的课本和笔记本给我看，上面写满了尼泊尔字和汉字。她说，她每天都要学习，一碰见中国人，就鼓起勇气去交流，说得不好也不怕被笑话。她让我看到，一个人想要成长，永远都不会太晚，真的。

第二位是个手艺人。那是一种用当地稻草编的手工艺品，比如花瓶、盘子、帽子、坐垫，等等。每一件作品都做得很有质感，颜色搭配也特别好，摆在家里，实用又美观。这位手艺人卖的东西都比别人贵100卢比，但是很多人都来找他买，而且不还价。找他买是因为他做出来的物品比别人好，不还价是因为他竟能做得如此好看。我站在那里看了很久很久，我相信所有来买的人肯定都一样，被感动着，因为这位手艺人是个盲人。他看不见，却依旧把东西做到了极致。

第三位是个小男孩。那天我从烧尸庙回来，夜已经深了。加德满都的宾馆十二点钟就关掉了大门。我站在门口一直敲门，没有人应。不知从哪儿来的两个小男孩，突然出现在我身后，伸着手一直对我说：“Money，money……”我看着街道空无一人，除了黑暗还是黑暗。恐惧突然涌上心头。我更加用力地敲着铁门，可我再使劲都没有任何回应。小男孩一直逼近我，甚至抓着我的衣服，重复着“Money”。我很害怕，眼泪掉了下来。突然，其中一个小男孩拉住另一个的手，给了他一个眼色。那个眼神被我看见，再也忘不掉，深深印刻在我的记忆里。然后他们两个一起用力帮我喊门。静静长夜里，我的心灵在那一刹那受到了永恒的震撼。那是向我乞讨的男孩在黑夜里看到了我的无助、恐惧和孤独，用眼神告诉他的朋友：不要这样对她，帮她。

这些人让我学到了：无论处在何种年纪都不能丢失学习的能力，无论处在何种状态都不能丢掉认真的态度，无论处在何种境地都不要失去对这个世界的善意。25 岁嫁给世界的我，不仅重新认识了世界，也重新认知了自己。

24 岁，一辆车，一个中国

24 岁生日那天，我花了 8000 元从二手车市场买来一辆富康车，又花了 3000 元给车买了一份保险。然后，兜里怀揣着仅有的 2000 元，我上路了。

那辆车已有 13 岁高龄。它的一生都在城市里兜兜转转，从未出过远门，就像是一个本本分分的人，守着日子一天天过下去，波澜不惊。我的出现，却惊扰了它原有的轨迹，让它在年老的时候离开了生活一辈子的城市，去了高山，去了平原，去看星辰，去看大海。

它是幸运的，遇见了我，让它平平无奇的一生有了波澜壮阔的尾声。我也是幸运的，遇见了它，带我去了想去的每个地方，追逐诗与远方。我们，惺惺相惜。

车技奇烂的我开着即将报废的老车，开始了只属于我们的征途——沿着中国边疆线，用车轮画一只雄赳赳的大公鸡。

不出意料，稚嫩的我和年老的车组合在一起，真的经历了许多风风雨雨。

我们走过很多烂路，车灯和标识不知何时震掉了，保险杠也撞坏了；我们爬过很多大坡，有次半坡熄火，刹车失灵，车子失去控制往后倒，差点掉进沟里；在海拔5000米的高原上，车子毫无预警地爆胎了，我站在飘雪中很久才拦到一辆车，请他们帮忙修理。

这一路，我们风雨同舟。我们一起承担了所有不幸和悲伤，却也收获了很多美好和感动。

我们穿过三月的油菜花田，拥抱了诗情画意和春暖花开；我们从平原爬上高原，看见了信仰的力量和天堂的模样；我们行走在古老的荒原里，听到了丝路的驼铃声声传来。我们遇见了春天和夏天说再见，秋天和冬天惜别。

三万公里的路上，小破车愈战愈勇，而我也从懵懂走向了成熟。也许，让一个人快速成长，就是让她独立面对所有的困境吧。

我曾为钱所困。走到云南的时候，我拿不出钱住旅店，只能扎帐篷或者睡在车里；我没钱吃饭了，直接白水煮面拌着酱，捱了很多日子。为了赚取路费和油钱，我只能在深夜里挑灯写稿、修图，有时写着写着累得睡了过去，醒来揉揉眼睛，继续写。

我经历了很多孤独。在阿里无人区行驶的时候，公路长得一眼望不到头，两边是茫茫荒原，草色枯黄。我踩着油门，听着冰雹“啪啪”打在窗上，心里的孤寂蔓延到了天边。原野里奔过一群野鹿，我感动得想哭，能看到任何一点生命的迹象，已是莫大的安慰。

我挑战了自我的极限。我用两天的时间，和藏族同胞一起在高原转山。山上积着厚厚的雪，每一步下去，雪都会没过小腿。雪山上没有路，只能依循着前人的脚步走，一步一步，独自跋涉。每一步，都沉重得让人想要放弃；每一刻，都被缺氧虐得难以经受。

在无数个想要放弃的念头里，我选择了坚持。当我爬到雪山垭口后，磕头，祈愿，献哈达，感谢神山让我经历了此行最难的部分，感谢自己，在人生中又创造了一个新的记录。

我知道，这只是我人生路上很小的一段路。往后的日子里，大风会有，大浪也会有，但只要保持着这份乐观直面的态度和永不放弃的坚持，那么大风大浪，又有何惧？！

当然，所有精彩的背后，也会有别人看不到的代价。对我来说，最大的代价，莫过于危及生命。在路上这一年，我经历过很多次命悬一线的时刻。

夏季在墨脱徒步时，身上被蚂蟥咬了好几个口子，蚂蟥吸满血不知道掉在何处了，留下的口子鲜血直流，很久都不结痂，白衬衫上沾满了鲜红的血迹。原始森林里，到处是乱石、瀑布、枯树枝，雨季的路很滑，每一步都要走得小心翼翼。恍恍惚惚中，我不小心跌了一跤，回头一看，离悬崖只有一步之遥，我吓得不敢动弹，怕一脚跌落下去便粉身碎骨了。

在藏东地区的高原山谷里，一声突如其来的“轰隆”声响彻天地，一瞬间石头从高山上滚滚滑落。石头堆下是一辆行驶的车子，在一眨眼之间便被落石覆盖了——两个人的生命悄无声息地陨落，甚至连一声“救命”都没来得及呼喊。而我的车，刚刚经过落石区域 50 米。我站在落石堆前，手心直冒冷汗，双腿止不住地发软，那是我第一次与死神擦肩而过。

还有一次，也是在鬼门关走了一趟。那是冬季的内蒙古，白雪皑皑，我行驶在阿拉善笔直的路上，车子却突然失去控制冲出了公路，在戈壁滩上连翻两个跟头，玻璃碎了一地，车子也摔变形了。几秒之间，天翻地覆。那一刻，脑袋完全空白了。我以为自己难逃一劫，没想到除了额角擦破流了点血，其他的都好好的，我捡回了一条命。

是我不够热爱生命，才反复拿自己的人身安全去做实验吗？并不是。相反的，我很珍惜。24 岁的我对脚下的土地爱得深沉，我想穷极自己的时间与精力去探索它，但我并没有想要为此付出生命代价。我也知道，唯有好好活着才是对这个世界最好的回应。可是，谁又能够预知明天和意外哪个会先到来？与其纠结于意外的到来，我更愿意尽我所能过好当下的每个时刻，每一个走在中国边疆的时刻。

曾经，在面对天葬的时候，我对生死有过郑重的思考。

那年冬天，我在回西藏的途中去了一趟色达佛学院，那里漫山遍野都是红房子，十分壮观。在佛学院，我认识了一位修行的喇嘛，他带着我去看了天葬。

天葬是藏族人传统的丧葬方式，他们认为人死后将皮囊拿来喂食秃鹫是最珍贵的布施。藏族人死后最大的愿望就是能够来色达进行天葬，那是生命最终的殊荣。如果一个人活着的时候做坏事或者生病死去，那他是没有资格天葬的。

我永远也忘不了那天的情景，成群的秃鹫聚集在山坡上，躁动着，飞腾着。喇嘛和觉姆坐在石阶上，手捻佛珠，一遍又一遍地念经，为亡灵超度。天气阴阴沉沉，山雨似乎呼之即来，胸闷得难受。

看完天葬，我一天都吃不下东西，一想起那个画面便会反胃呕吐。那一刻，我好像放下了很多东西。

人活一世，短短几十年，何必执着于虚无缥缈的名与利？又何必活在别人的眼光中，事事小心谨慎、唯唯诺诺？我们总说，长大后就变成了自己曾经讨厌的那个人。为什么我们长大后就不能活成自己喜欢的样子呢？

23 岁，我把自己丢进大山

大学一毕业，我自愿选择到西藏当志愿者。服务的地方在藏东，那里横亘着一座又一座的大山，想要出山，要坐三天三夜的汽车。

我住在澜沧江畔，走几步路就到江边了。这里没什么人气，除了偶尔从路上经过的几辆车。附近有五个藏族村庄，距离最近的一个村子，走路过去也要一个小时。夜晚一闭灯，我们就全部沉浸在山谷的黑暗里，只能抬头看看夜空中的星星。

山谷空寂，无论闹出多大的声响，还是会觉得寂寥。

刚来的时候，这里不通水，每天早上都要拖着大桶去附近的村子拉水。因为食材稀缺，条件艰难，做一顿饭也要鼓捣很久，往往做好饭，菜已经凉了。我们甚至没有地方洗澡，只能等到周末坐车到几十公里之外的澡堂子洗，连换洗的衣服也要攒上一周，再拎过去一起洗。

这里没有物价的概念，因为没有卖东西的地方；这里不通快递，只能自己去市里取；这里没有客车，出门只能站在路边招手搭车，有时等了一个小时都没有车停下来，有时要搭六辆车才能到市里。

我在这里生活了一整年。

很多人不理解，大学毕业本可以到大城市找一份安稳的工作，过上安逸的生活，为什么要到边疆苦寒之地受罪？其实选择到西藏并非我一时冲动，这个决定是我深思熟虑过的。我想过会面临的所有苦楚。物质再匮乏，环境再艰难，我都不怕。因为，我就是准备去吃苦的。

我是属于幸运的、幸福的一代。从小到大一路顺风顺水，没吃过什么苦头。但我知道，人这一辈子，该吃的苦一点都不会少。有人先甜后苦，有人先苦后甘，我选择后者。所以我心甘情愿，自找苦吃。而今，那些艰苦的岁月都成了现在最美的回忆。最值得开心的是，我们这一束小小的光芒温暖了很多人。

我们在网络上留下了捐赠的地址和联系方式，没想到很快便收到了从全国各地汇聚而来的物资。开始，我们需要自己找车到市里去拉包裹，后来邮局直接派了一辆专车为我们运载。最初，一个月只能收到两车物资，后来一周就收到了整整两大车。

收到包裹，首先要做的就是拆开并分类整理。每拆开一个包裹，我的内心便受到一份触动。有的是一大袋子可爱的毛绒玩具，都还吊着崭新的标签，他们送给西藏小朋友一个童话的世界。有的是一个精美的盒子，打开有各种小东西，弹珠、娃娃、卡通牌……他们和高原的孩子分享着自己的童年。一袋袋衣服、鞋子、围巾和书包都叠放得整整齐齐，套上一个个包装袋；足球和篮球都用心配上了打气筒；各种各样的生活用品、学习用品，都打理得井井有条，细节里彰显着大家的用心。

除此之外，还收到了不少常用药品。而最令我感动的是一封封写给西藏小朋友的信件，歪歪扭扭的一笔一画里都充满着孩子们的善意和爱意。

我们在这个小小的山谷里，拆包裹，整理物品，联系贫困乡镇来拉物资。这些沉甸甸的心意我们想更好地转达出去。看着一车车物资抵达被需要的地方，我知道，这就是我想要的志愿者生活。

有一次，一家企业捐赠了60个箱子，整整3000册新图书。我们将部分图书送到学校，孩子们争相恐后帮忙搬书、念书名。从他们明亮的眼睛里，我看到了对书籍的渴望。孩子们看书时认真的样子让我无比动容，都说西藏是离天堂最近的地方，那一刻我却觉得，天堂真的是图书馆的样子。

我走上了讲台给他们讲课。低年级的学生还不太会说汉语，但我们可以在一起唱歌，一起玩老鹰捉小鸡，一起在江畔画山、画水、画山外的世界。

下课后，黑板上还有未擦掉的加减法运算，墙上贴满了功课表和优秀作品，书桌因为刚开完家长会还未重新排整齐。有位小同学擦掉黑板，让我把名字写上去，我还没反应过来，就看到她们拿着各色粉笔一遍一遍地写着我的名字。我坐在课桌上，看着他们一笔一画笨拙地写着，擦掉，再写，直到满意。

一个有着浅浅酒窝的小姑娘叫向巴永宗，她不爱说话却很喜欢笑。当别人争先恐后围着我们时，她总是站在边缘静静看着，想主动却不知道该怎么主动。她似乎对一切事物有着天生的淡然，但是内心却无比细腻。在她惦着脚尖认真写着我的名字时，反复擦了又写，手边积了厚厚的一层粉笔灰。

准备离开教室时，我要把黑板上的字迹擦掉，他们着急了："姐姐不要擦，不然我忘掉了你的名字怎么办？""这是我用最喜欢的颜色的粉笔写的。""我还给姐姐画了一个大大的心。"

我拿着抹布的手僵在半空。

他们从一年级开始住校，一个月回家一次，这么小就开始学会独立。他们趁我去吃饭时，在作业本上写下自己的中文名字和藏文名字，还有对我说的悄悄话。他们会围着问我，姐姐去过北京吗？你可以带我去吗？

我问，你们想考大学吗？他们不约而同羞涩地说："想！"我再次从那一双双黑眼睛里看到了渴望。

因为听说我们要走了，一个小姑娘偷偷告诉我，斯朗拉措舍不得要哭了。离开学校时，孩子们在身后一遍又一遍地喊着："姐姐再见！姐姐再见……"我甚至不敢回头。我叫他们回教室，不可以跟到校门口。但当我在路边等车时，一回头就看到了趴在铁门上张望的眼睛。他们问，姐姐什么时候还来学校？从此，这个小学成了我最常去的地方。

在西藏的这一年，我收获了很多很多，有欢乐，有感动，有温暖，还有人与人之间的纯粹。也许付出的只是一小份心意，但获得的是巨大的心灵满足。比如逢年过节为贫困人家送去油米面茶，这只是一个很小的举动，可当藏族大妈拉着我的手泪眼婆娑，一直说着我听不懂的藏语时，我却感受到了这个世界上最美好的感情。

感谢 18 岁那个努力又勇敢的自己

我过上了自己所向往的生活，精彩、丰富、立体。而这一切，都要感谢 18 岁的自己。

我的 18 岁并不像书上写的，是"抬头 45 度仰望天空的忧郁少女"，而是和大多数人一样，都埋在题海里苦苦作战。

那一年，我读高三。教室里安静得只有"沙沙"的写字声。

阳光悄悄爬进窗来又悄悄溜走，一天又悄无声息地过去了。

那一年，签字笔用掉了一根又一根，却怎么也舍不得扔掉，收集起来有一大把，它们曾写下了我的雄心壮志。那一年的日子很黯淡，如同黎明前漫长的黑夜。一抬头，是高出半头的书本，一低头，是写不完的问答题，不知道要熬到什么时候天才会亮。

闹钟永远在清晨五点响起，脚步总是两步并作一步，吃饭三下五除二就解决了，课堂上一犯困就用笔撑住眼皮，宿舍一熄灯就打开小台灯继续挑灯夜战。我们争分夺秒，我们暗暗较劲，我们在孤寂中奋斗，默默前行。

支撑我们坚持下来的，是心里那个坚不可摧的目标——考上好大学。这个目标看起来很单调，却仿佛有着无穷的吸引力，让每个高三学子都不敢松懈半分。

冬去春来，我们却没有过多的知觉，我们所有的感知只有黑板上的高考倒计时，从365天变成了100天再到10天，最后永远定格成了1。

如梦方醒。

接着，带上准考证，忐忑而激动地迈进了考场，直到答完最后一套试卷才如释重负。抬头一看，天好蓝，柠檬桉在风中摇曳，凤凰花开得如此热烈。我心中那粒愿望的种子慢慢破土、发芽，我终于可以去做自己想做的事了。

填报志愿的时候，我告诉父母我大学想去北方读。北方是遥远的、充满未知的、让人好奇的。那时候的北方就是我追寻的远方。可是，父母坚决反对我出省读书，他们怎么也不放心我一个人出远门，好像在他们照应不到的地方，我都是处于危险之中的。

我不愿妥协，父母也不愿让步。只要一谈到志愿问题，我们就会吵得不可开交。我把自己反锁在房间里，任父母怎么敲门也不开。我天天以泪洗面，枕头湿了又干，眼睛哭得又红又肿，哭累了就睡过去，醒来继续哭。那是我第一次违背父母的意愿，除了哭泣，我不知道该怎么去反抗。

以前，我依循着父母的期望，每次都努力考取好成绩，每回都捧来优秀奖状，认真完成了作为一名学生的责任。可为什么我 18 岁了，已经成年了，还不能自由选择自己想走的路？我不理解。

我们为此僵持了好久好久，与父母的关系像是从春暖花开一下子进入了冰寒地冻，这不仅冷了我，也寒了父母的心。最终，我决定给他们写一封长长的信。

我说，如果没有那份对于远方的信念支撑，也许我根本无法安然度过高三。往后的路，我想要自己去闯。我说，父母对儿女最深厚的爱并不是将他们放在身边保护妥帖，而是学会放手，让他们自己去翱翔。也许会跌落，会受伤，也会哭泣，但这都是长大必经的过程。与其在父母的羽翼下被保护，我更愿意自己多经历些风雨。

我说了很多以前没有对他们说过的话。

这一次敞开心扉，父母不仅了解了我的真实想法，也改变了对我的看法——过去一直小心翼翼捧在手心的女儿，长大了。他们最终同意了我的选择，还在志愿书上将北方的学校一一圈起来，让我自己去选择。这是十八年以来，我为自己做的第一个决定。

18 岁那年，我不仅结束了高考，还去了自己想去的城市上大学。这一年是我人生中一个重大的转折点，让我从一个听话的三好学生变成了勇往直前的追梦少女。

在大学里，每天都有很多自由安排的时间。我会泡在图书馆里一本书接一本书啃着；我去参加文学社、轮滑社和骑行社的活动，结交很多志同道合的朋友；我开始做公益，举办了一场又一场读书会和励志会；我背上书包，买一张硬座火车票，到处去旅行；我遇到了人生导师，为我拨开了云雾，看到了未来的样子。

在 18 岁开始之前，对未来生活的所有幻想，只有一纸名牌大学的录取通知书。其他的，都是模糊的，不可想象的，就像雨夜玻璃窗上的印迹，只有光怪陆离的光影。可在 18 岁的时候，我已经明晰了未来想要的生活是什么样的，好比将玻璃上的雨迹擦掉，看见了一个霓虹灯闪的画面。

我想要遵循自己的内心，去行走，去感受，用自己的方式去拥抱这个世界。

我 18 岁那一年所有的野心，就是凭借自己的努力，从而有资格去成为我自己，一个有独立思想和人格的人。

希望你那么忙，做的都是喜欢的事

23 岁，把自己丢到大山里，闭关、修炼。

24 岁，开着一辆小破车，走完了中国边疆线。

25 岁，穿着婚纱，嫁给了世界。

回头看我这几年走过的路，我一点都不后悔。在二十几岁的年纪，我的经历所承载的广度和深度已经远远超出我的预期，我觉得很值得了。

是的，我没有稳定的工作，没有满意的收入，不能每天在家享受父母的照顾，生病了只能一个人自己扛，难过悲伤也只能自己消化，但我依然会选择这样去度过。

我看过海上的日出，也见过平野的落日。我浪迹过天涯，也过过朝九晚五的生活。我在中国最北历经了最冷的 −43℃，也在印度最西经历了最热的 43℃。每一个日夜，每一寸时光，每一刻温度，都值得被记录。

一年 365 天，每天的生活都充满着新鲜与好奇。一天同样是 24 小时，却因为体验不同而变得有趣起来。我享受过安逸，也经历过贫穷；我看过人间百态，也看到了生活的另一种可能性。也许今晨我在蓝色之城醒来，明晚就在粉色之城入睡。也许今日我刚历经一场悲伤的烧尸仪式，明日就被邀请去参加喜庆的婚礼。也许今天我穿越在古老教堂林立的城市里，明天便泛着小舟在恒河上看印度教的夜祭典礼……

很多人对我说，很羡慕你，羡慕你不用朝九晚五挤地铁打卡上班，羡慕你可以浪迹天涯，按自己喜欢的方式活着。

我常常告诉他们，只要你想，你也可以的。然后会收到一系列的回复：我没钱啊。我没时间啊。我不再年轻了啊……

难道是因为有钱、有闲、年轻，所以才有勇气去追求自己喜欢的生活吗？我认为不是的。

在新疆赛里木湖湖畔，我曾经载过一个人。那是个俄罗斯男生，高高的帅帅的，有一双蓝色的眼睛。

新疆的夏天，像被火炉炙烤着，炎热无比。他背着重重的登山包站在路边，一辆又一辆拦着车。汗水一滴滴从肌肤里渗透而出，如同一串串刚结果的水晶葡萄。他已经等了很久。我停下车，他欣喜若狂，问能不能带他到乌鲁木齐。我说，可以的。他有些犹豫，拿出本子指着“搭便车”三个字。我点头，是的，搭便车。

通过聊天才知道，他从莫斯科出发，穿过哈萨克斯坦，从陆路口岸进入新疆。这是他到中国的第一天，他从网上自学了简单的汉语，并写在笔记本上作交流之用。

他在中国的签证只有一个月，尽管如此依然决定从乌鲁木齐到西安、北京、上海、广州去，然后再从中国口岸到越南。

这样徒搭环游世界的年轻人有很多，不足为奇。真正令我惊奇的是，他竟然一分钱都没有带。但身无分文的他已经走完了哈萨克斯坦，走完了中国，准备去东南亚了。

所以说，你和喜欢的生活之间，缺少的也许不是钱，只是一份真挚的热爱。

很多年轻人常说，要在二十岁的年纪做八十岁都值得回忆的事儿，因此他们前赴后继去追寻内心的渴望，用蓬勃的激情追求着喜欢的生活。日子黯淡了，咬咬牙，生活灿烂了，笑一笑，什么也打不倒内心的坚强。那份勇敢和坚韧，是青春最美好的印记。即使遍体鳞伤也没关系，这是年轻一代独一无二的成长方式。

只是，仿佛在所有人的意识里，世界是年轻人的，只有足够年轻才有激情去追逐所谓的梦想。曾经，我也是这样认为的，直到我遇见了一群已过“知天命”年纪的老人。他们的头发被岁月染成了霜白，时光的痕迹早已爬上了脸庞，但他们的眼睛依然清澈，眼神里藏着一生的沉淀，矍铄有光。即使年纪很大了，他们对这个世界饱满的热情依然没有消失。

有个骑行大叔六十多岁了。退休后，一辆单车，一个背包，开始走天下。他一个人骑遍了东南亚各国，他不懂一句英语却把车子骑到了中东。全球经典的骑行路线，都被他骑得差不多了。

我问，中国的呢？新藏线骑过了吗？

他微微一笑，新藏线啊，十年前就骑过了。原来，刚开始骑行的时候他就去挑战了新藏线。新藏线是世界上海拔最高的公路。十年前，那里的条件艰苦得难以想象——很多地方连路都没有。

和老人骑过一段路的男生告诉我，他们是在哈密遇上的，从哈密一路到乌鲁木齐，老人一直紧紧跟在他身后，除了爬坡偶尔慢点，从没掉过队。二十岁的他，打心眼里佩服老人。后来，老人又和他一起骑行了独库公路。我走独库公路时，遇见很多骑行者因为骑不动都推着车走。我无法想象，六十多岁的老人是如何骑完新疆最有难度的路线的。

本来，他们还计划着再一起骑行沙漠公路。但年轻人从朋友处得知，七月的沙漠公路地表温度高达 70 摄氏度，根本不适合骑行——车子容易爆胎不说，人也容易虚脱。茫茫五百多公里，都是望不到边际的沙漠，人烟也少见。于是，年轻人放弃了沙漠公路的骑行，决定坐火车去叶城。老人却不放弃："我来新疆，就是为了骑一趟沙漠公路的。"他倔强地出发了。

之后，我又遇见了好多老人，他们的所作所为总是让我热泪盈眶。

比如东北大爷，一退休就去学驾照，买了一辆二手车，带着一本地图，想去哪里就去哪里。两三年的时间，他走遍了中国大大小小的角落，一路行走，一路考察植物，他决定回去以后要写一本关于植物的书。

比如在西双版纳碰到的锅炉大叔，他有一门铸造铝锅的手艺。他开着一辆大车，带着老婆和孙子，带着一车斗的道具，全中国到处跑。走到哪里，喜欢上哪里，就把车停在哪里。

搭个小棚子，工具一摆，开门做生意。用大叔的话说，边赚钱，边旅行，两不误哇。

看，这个世界真的有不少人在过着自己想要的生活。六十多岁的他们，依然可以不紧不慢做着让年轻人羡慕不已的事情。不要问为什么人家可以做到。而是应该问问，为什么我做不到。

也许等你有钱了，你没有时间了。等你有了时间，早就失去了对这个世界的好奇。所谓在正好的岁月做正好的事情，你心里热衷的便是正好的。无论我们是二十出头，还是已经七老八十，同样有资格去追寻自己的理想生活。在年轻的时候就用力去拥抱世界，在年老的时候依然保持热情不减。

以前，我把“读万卷书，行万里路，阅人无数”作为人生座右铭。后来我发现，读万卷书不如行万里路，行万里路不如阅人无数，阅人无数不如名师指路，名师指路不如自己顿悟。“自我顿悟”才是最高级别的修炼。

因此，在人生的旅程中，不断向内寻求，不断探索自己生命的意义，按照内心的想法坚定去走好每一步路。也许要跨越传统，跨越偏见，跨越禁锢，但只有跨过了，才能不辜负自己，不辜负年华。

如果你还在迷茫困顿之中，想想 18 岁那个最初的梦，或许它会给你一些启示。

如果你每天都处在忙忙碌碌的状态里，希望你那么忙，做的都是自己喜欢的事。

我们可以不成为谁，但我们一定要成为自己。

双相日记

职业。摄影师

破蛋。1996 / 22 岁

自述人。崔柴柴

才刚六月，太阳炙热得就像能把人蒸发掉一样。我同往常一样挤着公交回家，每天下班的时间基本都是和学生们放学的时间撞在一起。我总是戴着耳机一脸疲惫地看着那些年轻的女孩儿，每每都觉得，这些年轻的女孩子们真好看啊，不论是花小心思打扮过的，还是一脸朴素戴着眼镜在背书的，她们眼神里的清澈都让我觉得羡慕。

曾经，我也是有过这样的眼神吧。

几年前的杭州，高铁还没有修好，我和离尘坐着大巴一路颠簸到了老杭州北站。我记得那个时候我十八九岁，野心勃勃地想当一名女摄影师，离尘也就成了我的照片中出现得最频繁的对象。他和别人不一样，至少在我心中，他是和别人不一样的，那个时候的男孩子都是挤在球场上打球打得一身臭汗，而他是那个安安静静坐在图书馆看书的男孩子。

我知道喜欢一个人是什么感觉，尤其是，第一个人。这几年身边的人匆匆地来，匆匆地走，有一些甚至已经不记得音容笑貌，但是那个人，那个“第一个人”，我是永远记得的。

我拎着一个小相机，抓准一切我喜欢的瞬间。我记得他曾经问我：“你难受的时候喜欢做什么？”我想了想说：“大概是去西湖边坐着吧。”我现在已经不记得当时是什么让我沮丧得使他带我去了湖边，但是阳光下他的眼睛真好看啊。我曾经在他怀里对他说，他的眼睛就是我看过的最好看的星星。

你知道暗恋的滋味吗？像还没熟透的李子，能尝到一丝甜，但反应过来的时候已经涩口无比。

我对离尘的爱恋，来自他的与众不同，也来自我的自卑。那时我是被丢到人群里就找不到的女孩子，除了会拍拍照和写写东西就没有任何出彩的地方。而他不同，他身边总是有人围绕，那些女孩子们，那些精致的女孩子们。我从来没有主动接近他的勇气，他长长的睫毛，微卷的头发，走在夕阳下时总像是天神的孩子。要不是和朋友的真心话大冒险输了，我觉得我此生都会错过他。大冒险的内容是找一个人拔下他三根睫毛，我鬼使神差地跑到他身后，扯了扯他的衣角，问他：“你能给我三根你的睫毛吗？”他显然被这个无厘头的要求弄得一头雾水，但是还是把睫毛拔下来给我，我也算完成了我的任务。

在那以后，我和他有了联系。我们会看同一本书并在那本书里写点什么，偶尔是心情，偶尔是一首小诗。当时我想，这已经够了。

那是我和他第一次逛西湖，那时候的杭州也是一样的炎热，再加上拥挤的旅客，所以并不是一次完美的出行，但我却听到了这辈子听到的最好听的话。想避开人群的我们走着走着就到了西冷印社，小山清池，院子紧凑别致，风吹过来的时候还能听到树叶间摩擦的私语。

他给我拧开矿泉水，我猛喝了一大口，紧接着他顺手又把水拿回去自己喝了起来。单单是这一个动作就让我手足无措，一时间不知道说什么，我只能静静地跟着他走。谁知他回过头来了一句：“其实你跟其他女孩儿挺不一样的。”在我回答之前他又接了一句，“你好像有很多情绪被你藏起来了。”这一句话戳中我正剧烈跳动的内心，但是我强装冷静地说：“大概很多人都这样吧。”

我总是拿着小相机拍个不停，偶尔拍到他的时候他会下意识躲一下，到后来，他似乎习惯了我和相机永远是一起存在的。我记得那一天是我绕着西湖走得最久的一次，回去的路上我沉沉睡去，醒来的时候才发现他已经握住了我的手。

“我知道这样跟你说很差劲，我知道你是一个喜欢浪漫的女孩子，可我还是忍不住想和你说，你是我遇见过的最特别的人，我再也不想让你从我身边离开。”突如其来的告白让我从困顿中惊醒，却又不知道说什么，等到反应过来的时候眼泪已经顺着眼角淌下来了。

我们太像了，我们总是拒人于千里之外但又渴望得到温暖，我们都在原生家庭里受到伤害一个人独自舔舐伤口，我们有太多话不知道和谁说，我们就像彼此契合的拼图，拼成了一个完整的故事。

一个从陌生人再到陌生人的故事，一个两个人生活一个人成长的故事。

现在总有人嘲讽我幼稚，什么人还会整天把“爱情”挂在嘴边呢？他们都闭口不谈自己曾经爱过的人、发生的事，只有我一遍一遍重复着。他们认为我对过去总是放不下，但是我始终认为，他的出现拯救了我的人生，同时又带走了我灵魂中的一部分。

爱是可以改变一个人的，我从来不知道我的优点在哪里，但是在他眼里，我却处处都是优点，处处都和别人不一样。他从未挑剔过我，即使后来对于我的坏脾气，我的胡乱猜疑，他都没有怪过我。

有一段时间里我脸上大面积长痘痘，用尽了护肤品都没办法。我每天看着镜子里的自己深感绝望，我甚至觉得自己没办法站在他身边，但他总是说：“没关系的，过几天就会消了。”

在认识他之前，我很少穿裙子，甚至很少打扮自己。有一天他敲我家的门，递给我一个袋子，我还不知道是什么，他说：“我偶然看见的，觉得你穿会很好看。”那是一件长裙，我不知道他是怎么猜到我穿衣的尺码，但那裙子穿在身上竟然特别合身。我讶异于一个男生可以如此细心，也讶异于竟然会有人这么在乎我。

我依旧记得我们在一起时的细节，吃完饭的时候他总是会拿纸巾给我擦擦嘴，像照顾小朋友一样，过马路的时候永远会牵着我的手，有一次我在他家，突然肚子疼，躺在他床上迷迷糊糊睡着了，醒来的时候发现他盯着我看，我问他："你这么坐着不累吗？"他说："我不想错过你每一刻的样子。"后来他写了封信给我，上面有一段写着：我觉得你是可爱的，做什么都是可爱的，你睡着的样子，眉头微蹙，嘟着一张小嘴好像跟谁赌气的样子，都可爱。

夏天的晚上，他骑着摩托车带我兜风，我齐腰的长发被吹起来，有一些缠在脸上。我老是会放开抱住他的手感受那些我抓不住的东西，又次次被教训后把手收回来。我总是有一些危险的想法，我总是一个人愣神的时候就哭了。

后来我得到了一份医疗报告，检查结果写的是：重度抑郁。仿佛一切都有了解释，但是那个时候没人相信，一个看起来如此平凡的女生，为什么会抑郁。只有他相信了，只有他陪在我身边。那时候我纤瘦，长发及腰，皮肤白到可以反光。但是总是哭，我想我那个时候如果笑起来应该是很好看的，可是大多数的时间，我总是笑不起来。现在，我忘掉了那个时候的很多挫折，留在心里的，都是被爱过的时光，也是那些旧时光，一直支撑着我。

有一次我躺在他腿上，问他我会不会永远好不起来了，他紧紧握着我的手，告诉我不管怎么样他都在我身边。我哭得像七八岁的孩子，他忙不迭地给我擦眼泪擦鼻涕。我相信他说这句话的时候一定是真心真意的，以至于到我们说分开时，我也知道那是真正的结束了。

是他把我从一片黑暗里带出来，让我明白被一个人真切地爱着是什么样的感觉。当我感受到光明的时候我肆意地挥洒自己，却忘了他也需要我。甚至可能慢慢地，比起我需要他，他更需要我。

后来，我认识了一群摄影师，我们在工作室里喝酒、聊天，拿着相机拍照，我从没想过，这会使我们渐行渐远。我沉浸于这样一个环境中，沉浸在有摇滚、有相机的生活中，我忽略了他，忽略了我们。在一次我给一位摄影师朋友当模特的时候，他打来好几个电话，我没有接到。就这样，我们歇斯底里地吵了一架，我抱怨他不在乎我的梦想和我喜欢的事情，他说我心里已经逐渐没有他了。

可是他还是在向我靠近，他也拿起了相机，他的镜头下没有别的，只有我。睡着了的我，跟着音乐摇摆的我，喝醉了的我，沉默思考的我。那个时候，我看着这些照片总是埋怨他给我拍得太丑，但是又总能把自己看乐。现在我偶尔还会去翻那些照片，眼泪总在眼眶里打转，那个齐刘海的长发女生，那个后来总是穿着裙子在湖边吹风的女生，那个还不会化妆的女生，在什么时候消失的呢？

关于他，是什么时候消失的呢？

终于，我们因为无法在同一条路上走下去而选择了分开，他远走他乡杳无音讯，我把自己所有的感情都倾注在我的照片里。好多年过去了，我扛不住压力的时候就会喝一大口伏特加，从嗓子一直辣到胃里，偶尔被呛出眼泪，也算给自己找了个哭的借口。

我留在了杭州，但是极少一个人去西湖，那些我们以前一起走过的路，现在一个人每走一步都觉得触目惊心。后来我把长发剪了，带着夸张的复古耳环，拿着胶片机在钱塘江边走来走去。偶然的一天，我到了他的城市，在朋友圈发了个定位，他发微信给我：我距离你就两条街。

我心里一惊，回复了一句：那来一起喝点东西吧。

在他到来之前我一直不停地看着镜子里的自己，妆有没有花，口红有没有抹匀……但恍然之间，我又认不出自己，直到他来了，轻声说了一句："差点认不出你。"是啊，因为我变得和以前太不一样了，以前那个淡如白水的自己现在已经被各种颜色覆盖：亮色的眼影，浓黑的睫毛，深红色的嘴唇，夸张的发色和浮夸的打扮，连我自己都找不到关于自己以前的种种痕迹了。他低头看了一眼我的相机说："还是一直带着相机呢。"我怔了一下，这好像是唯一没有改变的习惯。

他递给我一支烟，我熟练地把它点燃，那一瞬间，我知道我们彻彻底底地与过去分开了。那个以前百般阻挠我抽烟喝酒的男生，现在也变成了会随身带烟的男人。小酒馆里正在放《我想和你好好的》，我指了指电视说："咱俩分开之后我把这电影看了二十多遍。"他一边笑一边说："那你记不记得你以前可比这个女主闹腾多了。"我笑着用手肘怼了他一下，但是随着这句话，我的记忆也开始不断地敲击着我的大脑。

我记起来了，那个时候我们的爱已经变成了两个人的彼此缠绕，缠绕的是荆棘，开的是玫瑰。我一度神经质得和那电影里的喵喵一样，和王朔的小说《过把瘾就死》里的杜梅一样，和《万物生长》里的白露一样。我们对彼此的占有欲已经成为了一种病态，我们甘心为彼此付出生命，但又不放心对方离开自己一步。

他问我现在过得怎么样，我低头笑笑说，挺好的啊，然后抽了一口烟，给他看了一些媒体对我的采访。我跟他说："我现在终于成为摄影师了，但我还是怀念那个时候叫自己拍照的。"我们没说太多话，但喝了很多酒，他接到一通电话说公司里有事儿就先走了，最后留下来一张合照。

有了动车以后，从杭州到他所在的城市只需要四个小时。记得十八岁的时候，我们从家里出发到杭州都要将近三个小时，现在快得只需要几十分钟。他走之前让我好好照顾身体，我忍住没说那句，你走后我真的不知道怎么照顾自己。

我留在小酒馆里，给离去的他发了一条信息：你胸口我的名字的刺青还在吗？要不然改掉它吧。

过了许久他回复了一句：还在，就让它留在那儿吧。

也是在西湖，我牵着那时男朋友的手，我们很谈得来，他和我一样也是摄影师，铺垫了我摄影路的开端。那个时候是旅游淡季，湖边游客不多，有一个卖玫瑰花的阿姨问我们要不要买一只玫瑰，他摆摆手，牵着我绕开了。

我突然想起来，十八岁的某一天，我随口说了一句我最喜欢玫瑰，那个时候已经是深夜了，他跟我说："你等等我。"然后就没了消息，过了一个半小时之后有人敲我家门，我看见离尘捧着一大束玫瑰花站在楼道里，他说："我骑车找了好久，好多店都关门了，只买到了这样的玫瑰，下次我给你带更好看的。"那捧玫瑰的包装是略显艳俗的，但是看着他满头大汗的样子，玫瑰是什么样已经不重要了，重要的是我从他的眼里看到了爱情。

我以前一直不太明白《虎口脱险》里的那一句："爱你的

每一个瞬间，像飞驰而过的地铁。”直到有一次我在北京等着末班地铁，飞驰而过的地铁卷起的风让人忍不住想要跟随列车而动，那一刻我才明白，原来爱一个人就是想要不顾一切地跟他走。

可是我没有，我没有放弃我的梦想不顾一切地跟他走。有人问我后不后悔，我说“即使后悔，也没有回去的余地了。”

在离尘之后，我再也没有遇到像他那样的人，我和其他人在一起，在他们身上找和离尘相似的点。有个人和他的眼睛很像，但是我凝视他的时候，却什么都没有感受到。也许是注定的，你生命中会有一个人出现，然后彻底离开，他是留不住的，留住的只是回忆和教训。

也许很多人都有过相似的经历，爱而不得，或者因为无法抗拒的因素必须分开，就在我们的十八岁，就在我们最波折又最无力的那段日子里。分开后的好几年我都没能理解，为什么一个曾经那么爱我的人可以说走就走了，甚至因此产生了怨恨。到现在我终于明白，他的到来就像天使的亲吻，是美好的，是短暂的，是值得怀念的。

我一度陷入一个被爱的盲区里，我认为，只要是爱，付出就是应该的。可是我真的想不起来我都为他做了什么，在我最无助最迷茫的那个年纪里他一直陪着我，毫无怨言。在我坚定地选择了自己的道路的时候他离开我，对外也从没有责怪。若干年以后我终于明白，他带我走出了自卑，带我感受到了我从未了解的世界，当我想当自由的鸟的时候，他放开了那根风筝线。

很多道理都是在若干年之后我才明白的，我不知道他是欣慰还是失望。我终于明白，真正爱一个人需要多大的勇气，那份舍得，那份坚毅，那种想为对方遮风挡雨的期望。我很感激他能出现在那段时光里，现在也不遗憾他的离开。在抛却怨恨之后，我对他只有祝福，可是我从没说出来，我总觉得分开后的祝福太像一句嘲讽，可是我心里还是念着，你一定要比我过得好啊，这样我才安心一点。

十八岁的你不喜远走，而我总是向往远方。后来我也只身去了很多地方，遇见了很多人。当我觉得我开始老练地生活的时候，我却总想留出长头发再穿一次白裙子给你看。

职业。创业者
破蛋。1988 / 31岁
自述人。fanfan

一个小城姑娘的上海十年

走出办公室，已经是晚上十点。白天人声鼎沸的南京西路早已行人稀疏，深夜的热闹属于几百米外的张园和铜仁路酒吧，属于三公里外的新天地和衡山路。

上海的白天和黑夜完全是两副模样，特别适合外热内冷的人。从七点出门挤地铁，到不停歇地工作至晚上十点，人们通过忙碌释放着对这个城市的巨大热情。但内心深处，其实大多数人与这个城市仍有着不可言喻的鸿沟。这条鸿沟是一种安全距离，让我们不用时时刻刻与这座城市产生紧密的联系，不被它的外在繁华完全侵蚀。

在上海入夜后，我喜欢寻一处 cocktail bar，见三两好友，有时是密友，有时是故人。此时，这个城市与我们并没有太大的关系，这个夜晚最重要的是眼前这个人。上海的大街小巷藏着无数个这样的 bar，里面的客人大都说普通话或英文，他们都是在上海的异乡人。

今年是我在上海的第十个年头。倏然想起十年前的那个九月，正值夏秋交替之际，湿热的空气中偶尔钻出一阵清凉的风。我含着眼泪依依不舍地向出租车里的爸爸妈妈挥手作别，我以为那只是生命中普通的一天，现在回想起来，从那天起，我的人生就被割裂为两半，渺小的我开始了融入繁华上海的漫长征程。

这个城市里的很多人都和我一样，因为念大学来到上海，然后留下来生根成家。有人说上海有千般好，有人说上海有百般不好，但我们都必须承认，它是一个留得住人的地方。

我曾离开过，最终又回来了。我猜，我会一直留下来。

战战兢兢的 20 岁 vs “无知无畏”的 30 岁

第一次到上海是 2003 年。

彼时，上海对我而言还属于电视里的耀眼城市。我全程紧跟旅行团，生怕自己迷了路。那次旅程中，我第一次知道了感应式水龙头。记得当时站在洗手台前，花了好长时间都没搞明白开关在哪里，直到有个好心人给我作了示范，才知道原来还有这样的水龙头。当时内心的尴尬现在都仿佛还记得几分。

之后的整个行程，一遇到洗手台我都会感到紧张，总是要先远远观察一下才敢靠近使用。没办法，当我们年轻时，通常非常怕在别人面前露怯，总是充满戒备地把自己的“无知”隐藏起来。

行程进行到第 5 天时，我非常想念辣椒（四川胃你们懂的！），那年的上海还不像如今重庆火锅遍地。我决定去 KFC 买辣鸡翅并且多要上几袋辣椒粉，但和服务员沟通了很久她都不知道辣椒粉是什么，我非常不好意思地拿了几袋酸辣酱赶紧离开了。出了门，我感到自己满脸通红，内心觉得丢脸极了。后来才知道 KFC 只在四川提供辣椒粉，我为自己的无知羞愧了好久。

现在看起来这些都是小得不能再小的事情，但当时对一个 15 岁的小城姑娘的触动，不亚于在她心里丢下了一颗小炸弹。当我们第一次发现在自己生活的世界之外，有些稀松平常的事情竟是自己从不知道的时候，伴着惊喜和好奇的，一定还有强烈的害怕和尴尬。生涩的我们与大城市的第一次交集，往往都充满着这些微不足道却让人手足无措的瞬间，但这些都不足以浇灭我们想要投入它怀抱的热情。

即便旅程中充满了意外，当我站在外滩，看着对面灯火通明的陆家嘴时，还是打电话告诉妈妈：上海太漂亮了，我以后一定要来这里生活。

高考后，我如愿到了上海，开始了战战兢兢摸索着与这个洋气城市相处的旅程。时不时的，还是会有很多糗糗的时刻。到上海念书后的第三个月，有阿姨请我吃饭，她关心地问我：

来了这么久去哪里玩了呀？有没有去过新天地和衡山路呀？我天真地回答：还没去过，但同学带我去过七浦路和西宫了。阿姨和蔼地看着我笑了笑。后来，我知道了七浦路和新天地的差别，内心默默地又尴尬了好一阵。

日子一天天过去，更多糗事发生的同时，我也尽全力去适应新的生活和新的城市，而这个城市的人们也以超乎我预料的热情和包容帮助我融入。

上海在全国很多人心中有两个最大的标签：繁华和排外。但于我，似乎对“排外”二字没有多大感受。

拿到通知书后，我带着兴奋又忐忑的心情加入了同学QQ群，入群后，第一个加我的就是一位漂亮的上海女生。她热情地给我介绍了我们大学在上海所处的地位和位置，跟我分享了上海生活的特色，食物偏甜这件事曾让我很忧愁！后来，这个女生成为了我大学最好的闺蜜，现在她和我共同写着公号的“Letters Live”系列。我们见证了彼此过去十年的成长，地域从未成为我们的代沟。

毕业后，我加入了普华永道，被安排到携程审计小组。有很长一段时间，那个小组十几名员工中都只有我一个外地人。每个季度我们都会聚在一起熬过每天平均工作14个小时的两周，他们聚在一起爱用上海话交流，我也乐于把那个当作我练习上海话听力的绝佳机会，那段时间应该是我上海话听力水平最高的时候。

他们都爱叫我“小妞”，不管是工作的指导还是生活的关心，都让我迅速找到了归宿感。现在，我们十几个人已经散落在上海、德国、美国、澳大利亚，大家不时会在群里会面，更新一下近况，地域从未成为我们的话题。

“上海人排外”的话题总是年复一年地被提起，但我真的很难从记忆中找出一件被“排外”的事情。上海从未“排”我，可能仅仅是因为，我拥抱了所有它让我感觉自己无知的尴尬时刻。在上海，我花了五年时间彻底完成了从“这个都不知道，我好土啊”到“这个以前不知道，挺有意思，让我好好研究研究”的心理变化，这个转变让我初步具备了在大城市的生存技能。

在大城市生活，对未知事物的好奇心和包容态度，可以决定我们的生活状态和成长速度。反之亦然。正是因为生活在大城市，新鲜事物层出不穷，逼迫着每个人都要不停地拓宽自己的认知边界，最终，对自己的“无知”习以为常。

时至今日，我 80% 的时间都花在跟让我感觉自己“无知”的人和事打交道上，那是最有效的学习和成长方式。我们应该告诉自己，很多的“无知”其实只是“未知”。在消除“无知”，主动寻求新的“无知”，消除新的“无知”的循环过程中，我们可以建立起对自己更准确的认识，培养更强大的生存技能和社交技能，让我们有足够的能力和心态正向地积极地去拥抱多样性和可能性。如果我们能克服对“无知”的恐惧，就能拥有更“无畏”的生活状态。要坚信和所有的“无知”过招，最终会让我们对这个世界多一个理解的视角，会成为我们与这个世界相处的一项新技能。

上海通过让我们直视自己的“无知”，最终把我们磨练得“无畏”。

花一个月工资买 LV vs 背着 Chanel 挤地铁

一千个人眼中有一千个不同的上海，但其中肯定有一个共同的形容词：贵。

贵的结果就是大家毫不回避对金钱和物欲的谈论，而如何处理同金钱和物欲的关系，是在大城市生活需要思考的永恒命题。

曾经的我就是传说中那种不自量力的“物质女孩”，刚毕业第一个月，就花了整月工资买 LV 的入门款 speedy 30。过了三个月，又花了一个月工资买了另外一个入门款 neverfull。

我是被上海的物质腐蚀了吗？至少我不这么看。

一个 18 岁前接触过的最好的品牌是美特斯邦威的人，第一次知道一个品牌，发现它最便宜的包包都要四五千时会产生好奇感，会想要拥有，是再正常不过的一个反应了。后来，我对奢侈品的兴趣一发不可收拾，进入商学院后，就做了奢侈品俱乐部的主席，学习奢侈品的市场案例，积极认识奢侈品行业的人和专家，毕业后开始从事时尚和奢侈品相关的工作。

欲望本身不可怕，可怕的是我们盲目地服从于它或者唾弃它。我们应该试着去分析一个欲望背后更本质的东西。如果这个根本原因是不好的再弃之也不晚，如果是好的，那我们就应该加以利用。

欲望是进步强有力的动力。当我用一个月的工资买一个包包时，我曾试着去判断，虚荣心是否是其根本原因。我的结论是：我最根本的动机是对有品质的东西感兴趣，而当我没有足够的能力去判断什么是有品质之前，用价钱作衡量是一个相对靠谱的标准。我想通过奢侈品学习什么东西是好的，为什么是好的。出乎意料的是，以此为起点，我衍生出了对这个行业的兴趣，直接影响了我后来的很多职业选择。

奢侈品成为了我现在工作的主要内容，而我也过着背着

Chanel 挤地铁的日子。这又是一种会被吐槽的行为，可是上海的早高峰，不坐地铁我真的每天都会迟到！

欲望来自内心，本就是我们自身的一部分。而上海这样的城市简直就是欲望催化器，我们不可能对其视而不见，我们能做的就是学习和思考如何面对欲望，控制它，利用它。

曾经的我对职场生活能有的最华丽的想象就是：出入最高级的写字楼，穿戴都是奢侈品，做一名干练利落的专业人士。但真正经历了这样的职场生活后，我却觉得它很无聊空洞。欲望推动我们走出第一步，而对欲望的进一步思考和反省才能帮助我们演化和升级自己。

现在的我可以顶着大素颜和技术团队工作到凌晨两点，也可以化好妆穿着高跟鞋同品牌管理人员开会聊项目，可以慢慢地和供应商针对合作条款锱铢必较，也可以火速配合海外团队解决各种紧急问题。

我觉得这样的职场生活，比以前能想象的华丽多了，不再只是被看起来洋气的形式迷惑，而是真正关心工作的价值和意义。

在感情中，我也直面自己的欲望，毕业后交的历任男友都会送他们能力范围内最好品牌的包包给我当礼物，但他们从未（当面）控诉过我是一个“物质女孩”，男友甚至还会在做设计时，参考 Gucci 标志性的全球旗舰店外立面设计概念。

当男朋友在外滩的高级餐厅将玫瑰铺满餐桌，为我庆祝生日时，我会想起高中时喜欢过的那个优秀但贫穷的学长，猜想着如果当时我们没有分开，是不是最终也会经不起物质考验无疾而终呢？

上海的确改变了我，它让我直面自己的欲望，让我知道自己是个世俗的女生，我可以陪着你吃大排档，因为我知道你也拥有带我去吃米其林三星的能力。所以我选择最适合自己的爱情，也一样简单真诚，快乐满足。

上海最吸引人也最挑战人的地方在于，它把形形色色的人和琳琅满目的物都毫无保留地推到我们面前，让我们不得不叩问自己想要什么，并促使着每个人去追逐最适合自己的生活。

不后悔把最好的青春献给上海

上海就像一个充满魅力又神秘莫测的恋人，你琢磨不透它，但又被它深深吸引。面对这样的恋人，我的选择是，敞开自己的内心，不计较得失地去享受和它在一起的日子。

我不后悔把最好的青春献给上海，我从它身上汲取养分，让自己在这个世界里真正生根发芽，让我的热血有地方可以贡献，也让我与自己的平凡安然相处。因为从 2003 年那个不知道感应式水龙头的女孩到今天，我早已感到心满意足。待我年老时，回忆起在上海的生活，我一定会想：没有白活过。

出国时，常被人问到："Which city are you from?"

我停顿一下，通常会说："Shanghai."

十年后，上海于我，已是故乡。

职业。新媒体美编

破蛋。1991 / 27 岁

自述人。浮笙姑娘

“不慌张”的人生

2019 年 1 月中旬的这一天过得很快，几乎没有真实感。

早晨 7 点起床，收拾好后出门，踏上地铁，转到上海火车站，乘上高铁。半小时后，我和妹妹到达苏州。下高铁，乘地铁到达目的地，一直帮忙负责买房事宜的中介已经在路边等候，我们连忙上车。15 分钟后到“新家”，原房主已在等我们了。

今天是房子最后交接的日子。

跟原房主对接完房子事宜，面对面转完尾款，把每个门上的钥匙都留了一把，最后锁上门离开时，中介笑着说："终于走完最后的手续了！"可能是买房手续进展太快的原因，听到这句话我突然有种不太真实的感觉。我伸手摸了下包里装着的房间钥匙，听到"叮叮"的响声，再伸手摸到一本硬皮的房产证，心里才稳了下来。

下次来，就是回家了。

18 岁之前，那些慌张、安全感缺失的时光

我从小就渴望有个"正常一点儿"的家。

在想象中大概是，爸妈在家，我和弟弟妹妹有各自的房间。白天我们在客厅看电视、玩闹，晚上我们回到各自的房间，做自己喜欢的事情。可实际情况是，妈妈在我七岁时因白血病去世，留下 4 岁的妹妹和 2 岁的弟弟。我爸再婚，带着老婆孩子在遥远的福建定居。从 5 岁起，我就成了在农村跟着爷爷奶奶生活的留守儿童。再后来，变成留守兼单亲儿童。

父亲在外打工，偶尔会寄来生活费。我和弟弟妹妹跟着爷爷奶奶，一大群人挤在一间房子里，小小的床上睡着两三个人。冬天倒是暖和，但夏天实在是热。没办法，我和妹妹就把床搬到露天的院子里睡觉，每天在夏季露水打湿睫毛的早晨醒来。

我太想有一间属于自己的房间了，想和同学们一样有正常的家和家人，想不用担心下个月的生活费突然没了消息。但这些愿望，在后来近十几年都没能实现。

读幼儿园之前我住在外婆家，小学六年住爷爷奶奶家，

初中、高中和大学的十年里，我一直是个住宿生。4 到 6 个人的宿舍里，永远没有隐私可言。熄灯后不能打扰到别人，学习学到崩溃也只能偷偷溜去厕所哭。毕业后来到上海，更是过上了 3 年多住群租房的生活。

于是，我像无根的浮萍慌慌张张地“漂”过了这些年。

因为太渴望能有个属于自己的房间，我大一就偷偷在室友为我过生日时许愿：希望能买个属于自己的房子。但那时，我只敢偶尔做梦幻想一下，毕竟比买房更实际的是兼职赚钱。18 岁时，在周围的同学们忙着参加社团、唱歌聚餐、出门旅行的时候，我只忙着一件事——养活自己。

大学期间，我每个月的生活费有 600 元。除了正常的吃喝和日常开销之外，所剩无几。爸爸给的生活费每个月都会延迟，我又拉不下脸来打电话开口要。为了不至于在宿舍里过得太过拮据，我从大一下学期开始就找了固定的兼职，在一家英语培训机构做英文老师，教小学的孩子们新概念英语。每周六早上 6 点起床，晚上 8 点回宿舍，一做就是 3 年多。

18 岁那年我意识到，目前这种只能靠自己赚生活费的状况，如果我想有个属于自己的房间，肯定也只能靠自己，没人可以依靠。

学习和赚钱这两件事变成了我大学的主要任务，于是大学四年是慌张又匆忙的四年。早晨，室友们还在睡梦中时我就悄悄爬起床出门。晚上，我乘着末班车抵达被黑夜掩盖的学校。整整四年，竟也坚持了下来。整个宿舍的室友们恋爱、分手、再次恋爱，而我连班里面有些男生的名字都没怎么记住。理所当然地，我在大学单身四年。但仔细想想，大学四年里，我除了拼出每年的奖学金之外，毕业时手上还额外存了一笔钱。每次打开余额宝和存折看着存款一点点增加，想象着可能五年后、十年后我就能买个属于自己的房子，内心的喜悦都会恨不得快要冒出来。我想着，到那时，我便再也不用忍受和其他人住一起没隐私的痛苦。再也不用烦恼随时有人会闯进房间。关上家门，我可以放声大笑或失声大哭，谁也不用理会。想着想着，我就会忍不住告诉自己——辛苦归辛苦，但很快我就能过上想要的人生了。

毕业四年，四份工作，工资涨幅和慌张程度成反比

像是一滴水终于汇入海洋的那一刻才能发现自己的渺小，我也是在毕业后才发现，走出校园的真实社会更让人慌张。大四下学期，我简单收拾了一下行李，买了张汽车票直达上海，开启了在上海长达四年的生活。

与其说是生活，不如说是生存。

上海太大了，大到我面试时一天只能奔波两个公司，转地铁转到头昏脑胀。上海的物价太高了，租金占到我实习工资的一半多，随便一碗拉面都要 40 多元，逛商场看到导购走过来立马心虚走开。上海太难“留下”了，直到听同事们聊最近的房价、物价时，我才第一次发现——原来我大学里存的钱，在公司附近的小区连 1 平方米都买不到。

不过，我没心情为买房悲伤，因为那时刚毕业的我已经连饭都快吃不起了。有次午餐去全家，发现寿司卷又涨了 1.5 元，我想了想竟然没忍心买下来，而是挑选了旁边更便宜一些的饭团。毕业时我也曾有过一些雄心壮志，但都在落地上海后的一周内被慌张和迷茫给掩埋了，能养活自己成了我的第一目标。

毕业第一年，工资3000元。找到工作的喜悦让心稍微稳了一些，可随后的焦虑才渐渐浮现。那是我迄今为止最痛苦的一年，理智告诉我，带我的领导人很好，能教会我很多东西。但情感告诉我，做的事情是我不喜欢的。对于一个表面外向实则内向的人来说，那个需要频繁电话沟通来对接项目的工作，让我每天晚上辗转反侧睡不着，早上头疼欲裂不想醒。

太痛苦了。那样焦虑的日子持续了一年，我不敢轻易辞职，一方面是因为领导教会我很多东西，直接辞职感觉对他很愧疚。另一方面是，我不知道还能换什么工作，没信心找到更合适的。于是就一直用忙碌麻痹自己，等待一个爆发点。

爆发点在第二年的七月份出现了。六月份，领导重启了一个项目，让我考虑要不要投资。我还是蛮看好那个项目的，只要运转起来，我每个月的收入会增加不少。因为太信任这位领导，我投了2万元。但一个月过去后，项目根本没有按照预计的方式展开，而投资的2万元包含着我自己的税和五险一金以及办公桌位的费用。整整一个月，没赚到一分钱，还亏了不少。每天早晨去公司，我都忍不住问自己：坐在这里又浪费一天钱，真的有必要坚持下去吗？

终于，在领导去北京出差的一周内，我修改简历，请假去面试，三天签好了新的工作。等领导回公司，我就直接提了辞职。

离职时，我跟领导结算了投资的钱，最后只收回1万元左右。大学辛辛苦苦起早贪黑挣的钱，周末不出门宅在家里不敢叫外卖省下来的钱，就这样花出去了。说不心疼是不可能的，但也只能打碎牙齿和血吞。我不断告诫自己：以后再碰这种需要投资的项目，就砍了自己的手。

好在在做第一份工作时，我为了消遣开了个公众号，主推一些音乐和音乐人。凭借一年的运营和写作经验，我很顺利地找到了第二份工作，薪资成功地翻了三倍多。

这也是我第一次月入 1 万。记得 18 岁时，我和爷爷在家里聊天。爷爷说，考上大学他就放心了，等我大学毕业，每个月也能赚个几千元。我当时回答："只要肯干，怎么着也能有 5000 元吧。"那时有一两百元生活费就满足的我，把 5000 元工资当作人生梦想。谁能想到毕业的第二年，我就月入 1 万了。

随后的短短两个月，部门领导又给我涨了 2000 元工资。而此后的几份工作，薪资每次都有大幅度提升。5000 元不再是遥不可及的目标，而是工资的一个零头，或是偶尔兼职带来的收入。那时，尽管我每晚还是会回到不到十平方米的房间，但却越来越有信心能在大城市里生存下来。能赚钱很重要，但能存下钱才更给人安全感。

在预留一部分刚好能支撑基本生活需要的工资后，我从第二份工作起又开启了存钱计划。一个月工资能存下 90%。房租水电的部分靠定期的兼职收入支撑。吃喝和服装等生活费用也通过消费降级降到了最低。举个例子，每年我在淘宝上的购物记录基本都维持在十条左右，不管是双十一、双十二还是其他购物节，我都基本不打开淘宝。而衣服鞋子等物品，我很多都是已经使用了两三年甚至七八年之久。每次的年度支付宝账单，我的年度支出都是周围朋友里最低的。2018 年的账单显示，我只支出了 3402 元左右。

3 万元、5 万元、10 万元……等到毕业第四年左右，我已经存了近 40 万元。

为了薪资能大幅度提升，我拿出了更多的时间精力来提升工作能力。从一开始从事的咨询行业，到后来因为兴趣而进入的新媒体行业；从简单零碎的文案创作，到更系统、更专业、深入的文章写作；从初稿被毙，改十几遍是常态，到一稿即可过……这 3 年中，我明显察觉到自己的写作能力正在飞速进步。推文的阅读量从 200、800、2000 逐渐涨到 1 万、10 万、40 万……仅仅在目前这份工作上，我的个人推文阅读量已经总计约 1500 多万了。这虽然只是个数字，背后却是无数次的推翻和重来，破碎和新生。

18 岁时，我高中的作文曾被年级的语文老师们拿去做范文传阅。10 年后，我居然靠写作赚到了买房的首付。回头想想，有种冥冥中自有天注定的感觉。或许 18 岁时老天在悄悄提醒我，未来我可能会吃这碗饭，会从农村走到大城市里，找到属于自己的归处。

我常常会很感谢微信带来的新媒体行业。刚毕业时不知道自己能做什么，盲投过很多助理和文案的岗位。对于现在很多人来说，新媒体的岗位有针对性，更丰富，需求量更高，就业环境也明显更好。我在职场上从事的工资跨越式增长的工作，也是在步入新媒体行业之后开始的。

在一次次的数据反馈中，我见证着自己能力的进步。也在一次次面试中明白，工资涨幅是和慌张程度成反比的，工资越高越不慌。知道自己能做什么，拥有扎实的能力，便能拥有更多选择的权利，这可能就是不慌张的资本。

拿着这几年存的钱，我在 2018 年 10 月份左右开始看房。

2019 年 1 月 15 日，购房手续处理完毕，房子交接到手。毕业四年，四份工作，18 岁时偷偷许下的愿望终于实现了。那一刻，我突然感觉十年来急速运转的心，慢了下来。

一波三折买到房，我开始学习不慌张的人生

像是闯过太多激流险滩，突然要汇入一条平缓的河流，在即将实现愿望的那一刻，我意外地不再慌张。

2018年8月份左右，我在和苏州的朋友聊天时提到买房的念头，第二天她就给我回了个消息，她们小区有二手房出售，50平方米左右，只要90多万元。我简单合计了下，发现首付刚好可以自己承担，便让她帮忙联系中介，周末去看房。结果只隔了一天，朋友告诉我，房子卖出去了。我这才意识到，原来苏州的二手房市场这么火爆，简直供不应求。不过我没有很沮丧，为了买房我已经等了这么多年，不急于一时。不管怎样，买房重要的是心态稳住。

在实地看房之前，我下载了好几个买房APP，关注了好几个苏州本地的房产公众号，还加了某个公众号的粉丝买房咨询群。群里大多是已经购房或正在观望的人，平时我会爬楼查看他们的聊天记录，收集比较有用的信息。每天晚上用平板刷APP上的房源，从需要爬楼梯的老公房到新建的电梯房，从房价高到吓人的园区到基本能承受得住的吴江等区域。在疯狂刷房源的过程中，我几乎把苏州的区域板块和小区名都背下来了。

最后，我锁定了一个区域，在该区域附近的某些小区随机联系了两个中介，约定周六和周日分别前去看房。周六上午到达苏州后，中介带着我和妹妹从距离地铁最近的小区，一直看到稍远一些的需要骑车20分钟的小区。从两室户看到三室户，毛坯房、简单装修、精装修全都有。其中地铁出口附近的小区，中介自己也有买一套，他购入时房价只有每平方米几千元，现在已经涨到每平方米两万元。在这个小区里，

有个三室户的高层边户毛坯房，站在房间里和阳台上都能看到远处波光粼粼的湖面，我和妹妹对视一眼，看到了彼此眼中的中意。

我谨慎地问了下价格，中介回答："164万，这个房子性价比非常高，差不多有快90平方米了。"

我估算了下，首付估计要50万，加上各种手续费，最后走完流程预计60万不到，而我手中只有40万左右。我叹了口气，还是说了句："太贵了，买不起。"中介马上帮忙出主意："可以向家人借一点，或者刷个信用卡，后面慢慢还就可以啦。现在房子卖得很快，早点儿决定比较好。"妹妹没说话，我不好意思地跟中介解释："我们家没人能支持我资金，也借不来多少钱，我还是买能力范围内的房子吧。"

在买房之前，我的目标很简单，能买一个30平方米－50平方米的一室户就足够了。在APP上看房源时，我越来越兴奋，干脆看起了70平方米－80平方米的两室户。现在看了个三室户，居然又心动了。买房预算也从总价90万元，到110万元、120万元、130万元、150万元，不断增加。果然人的欲望是无穷尽的。虽然感性上越来越兴奋，但理智还是及时把我拉了回来。房子永远有更好的，但在我能力范围内的房子，对我来说才是最合适的。

我们往距离地铁站稍远的房子看过去，各种户型、楼层、价格……直到看到我之前比较关注的小区。这个小区2015年新建，满两年没多久，整体还非常新，绿化很漂亮，价格适中，户型方方正正，两室户刚好够我和妹妹各自一间房。

我们一进小区，直接去看了某栋楼的16层。房子跟图片中的差不多，3分钟就看完了，我跟中介使了个眼色，他转身跟房东谈了下价格，5 分钟后商定了我们都满意的最终价格。10 分钟左右，我就下定了决心。其他的房源也没必要看了，眼前的这个已经很满意了。

和中介回到他们门店，签合同，交定金。流程意外的又快又顺利。最后从房产中介出来已经是下午 4 点多了。我和妹妹匆匆赶回上海，接下来只需要中介帮忙处理手续即可。

可谁知道，才一晚上事情就有了变动。隔天下午 5 点左右，中介打电话过来，告诉我们房东反悔了。严格来说，是房东的老公出差回来觉得我们商定的价格低了，想再卖得多一些，直接毁约。我有些沮丧，但理智上还在不断劝自己，买房肯定没那么轻松的，心态要稳。冷静下来后，我跟中介约定下周六继续过去看房。

然而电话刚挂下没多久，中介又打了过来："我们刚刚帮你查了下，发现这栋楼还有一个同样户型的房子，不过在 10 楼，价格跟下午那家原来定的一样，你要不要？如果要的话，我们今晚开车把合同送过去。如果等下周再来看，房子估计就卖掉了。"我没犹豫，直接回："要的，就这套吧，能早点签合同就早点签。"三个多小时后，中介从苏州开车到了上海我住的地方附近，我在车里又签了一次合同。放下笔后，我追问了句："这次不会出问题了吧？"中介打包票："不会的，放心吧，我待会儿回苏州就给你处理好。这个房东很靠谱的，他们急着换房子，想赶快卖掉。"

回到家，妹妹问我要不要下周过去再看下房子。我想了下，来回苏州又要折腾一天，回她："不去看了，反正和上次看的那个是一样的，只有楼层不一样，10 楼挺好的。等以后处理洽谈手续再去看吧。"

谁知道，后面每次处理手续都是在中介、各个政府和房产部门之间奔波，每次请假都只有短短一天时间，总是来不及赶过去看房子，只好一再作罢。中间还有各种烦心的事情，比如一开始预估的首付和实际支出有些出入，定金、税费、契费、中介费这些大笔支出我没考虑在内。没办法，我跟大学室友借了点钱，同时刷了两张信用卡。直到我和房东在房产局把房产证上的名字更改好，等待房产证下来，我都没去看过房子。

房产证更名后大概一周多时间，中介给我发了张房产证的照片，告诉我证办下来了，让我抽空去拿一下。因为原房东卖掉房子后换的新房子还在装修，所以一直租在我买的房子里，还没有进行最后的交接手续。为了省一次去苏州来回折腾的次数，我跟他说："你先帮我保管着呗，等我们交接好手续我再拿走。"

两个月后，我和妹妹一起去了新房子，这才第一次清清楚楚地看到了这个属于我的房子。

18岁时我疯狂想要买的房子，此刻就在我眼前，在我脚下，在我手中。站在主卧的落地窗前，看着远处的建筑，我心里突然有块石头落了地。虽然目前生活几乎没什么变化，还是在上海租着一个老小区的楼梯房，每三个月交一次房租，上下班乘坐拥挤的地铁……但因为家里放着一本房产证，房产证上写着我自己的名字，我突然觉得一切都好像不一样了。

我有家了。那个有点陌生又亲切的地方，那个已经被我租出去的房子，是我的家。在上海四年，我时常觉得自己无后路可退，一切压力像潮水一般推着我向前跑，受伤疲惫时只能缩在出租屋里关紧门小声哭。可现在，那间房子就是我的退路。或许在很长一段时间内我都不会回苏州的房子生活，现有的生活也依然会平淡地持续下去，但在交房的瞬间我明显察觉到，缺失了 27 年的安全感和归属感终于回到了身体里。

回望这十年，我常常觉得自己过于敏感、故作坚强。总想证明给自己看，想要的一切是可以通过自己的努力得到的，我也只能靠自己。好在我用十年时间证明了“我可以”，我可以把从小到大身心缺失的部分“买”回来。

如何才能拥有“不慌张”的人生？事实上，人是永远处于慌张之中的。

少年时，我们焦虑考试考了多少分，担心考不上满意的学校。步入社会后，我们焦虑不知道该做什么工作，如何才能提升自己的能力，如何维持为数不多的朋友……甚至还有买房、买车、结婚、生子等问题在排队等着我们。

18 岁到 28 岁，这十年恰好是人生会发生急剧变化的十年。在电影《这个杀手不太冷》中，女孩问里昂：“人生是否总是如此艰难，还是只有童年如此？”里昂回答：“总是如此。”

生活永远有让人痛苦焦灼的问题等待着我们，我们逃不开，躲不掉。有的人选择忽略生活给的难题，用“丧”和“佛系”包装不甘和沮丧，自我吐槽“咸鱼”或“废柴”，在慌张中自我安慰着过完这一生。这是很多人无奈之下的选择，没什么不好。我们还可以掌握时间这把利器，耐心等待时机，或许能在这急剧变化的十年中，划破出自己的一片天地。只需努力让今天的自己比昨天更稳一些。让明天的自己比今天慌张得少一点点。只要少一点点，就能让人有足够的信心迎接新的一天了。可能这样会有点儿累。但是啊，我还是想像北野武说的那样：“虽然辛苦，我还是会选择那种滚烫的人生。”

职业。医生

破蛋。1988 / 30岁

自述人。冯倩倩

那些平凡的岁月，才是惊人的深刻

林语堂说：“人生在世，还不是有时笑笑人家，有时给人家笑笑。”

18岁，我拼命地挤进众人的狂欢，只为趁机赶走孤单。

18岁，我和身边的朋友一样，得过且过，差强人意。两耳只闻窗外事，哪肯灯下读圣贤书。

犹记得自诩有文学天赋的我，在一次高中文学大赛时，由于身边人的劝阻和不支持而错过赢得的复赛机会，由此便放弃了文学梦。高考填志愿时，我又听从“过来人”的意见，选择了护理专业。因为在大众眼里，护理就业岗位广、机会多、靠谱又稳定，是女孩子最好的选择。但我一直无感，只保证基本不挂科。

大二时，班上的一位同学转了康复治疗专业，我经过打听和勘察，兴致盎然，一心只想转专业。但与爸爸沟通时，遭到强烈反对，理由信手拈来：康复是冷门，就业机会少，发展前景不明朗，而且小城医院几乎没有此专业的岗位。自此，我与爸爸僵持不下，冷战数天，最终在他无奈的叹息里我感受到了妥协和让步。历经周折，我终于转到了新的专业和班级。很多时候，我们可能不清楚自己要什么，但一定清楚自己不要什么。

转到新的班级后，我不善言辞，甚至有些恐惧交往，于是独来独往，坐在教室最后一排，几乎很少能引起老师和同学们的注意。

一个周六的中午，我上完课回宿舍睡午觉，另外几个室友都没有回来，操场上的呐喊沸腾着青春的气息，窗棂的夹隙间漏出一缕缕鹅黄的浮尘，我憨享于这份新生活：专业是新的，宿舍是新的，床位是新的，这个小集体中的人也是新的……然而接下来的时光，我却在这个集体中收获了人生中的第一份孤独，我和其他室友没有共同语言，无论是看剧聊八卦还是参加班级活动，我们之间总有一条无法逾越的隔阂，我明确地感受到自己是不受欢迎的。

后来有个室友丢了钱，矛头暗戳戳地指向了我。我百口莫辩，甚至惊慌失措。因为妈妈是个嫉恶如仇的人，在她的观念影响下，我对“偷盗”的字眼异常敏感，这莫须有的罪名更是令我喘不过气。

那些天，我总是一个人在校园的小湖边偷偷地哭，直到漆黑的夜幕降临，我才敢回宿舍。我害怕那种孤立无援的氛围，它会令人窒息。每天早上醒来，“小偷”这个词就会突兀地从脑袋里冒出来，别人嫌弃鄙夷的眼神、指桑骂槐的窃窃私语……受不了的时候，我打电话央求妈妈让我退学，她劝我不要示弱，她说：“身正不怕影子斜，只要别人不明说就当作什么都没有发生，慢慢就会过去。”

可“慢慢”这两个字我却熬了很久，我一度有了抑郁倾向，觉得生命毫无意义，失眠、沮丧、患得患失、自卑怯懦……很长一段时间里，我不敢正视它，可是忽略不会令它自行消失，反而只会让它的伤害持续发酵，直到后来我才明白这件事曾一度影响了我的心智成长。

然而，令我无比欣慰的是，那些日子里，原来的室友一直陪伴我、安慰我，还义愤填膺地要找新室友们理论。那也是我人生中第一次强烈地感受到友谊和陪伴的力量。

后来我们天各一方，都有了新的朋友，能聊的话题越来越少，交集越来越少，甚至一年都不通电话，当初许下的“不结婚就一起过余生”的诺言也都渐渐遗忘了。可是她们留给我的美好永远不会消失，甚至会随着时光的流逝变得愈发珍贵。她们成了我炫耀的谈资，原来在青春里也有人真诚地爱过我，那种爱干净醇厚，热气腾腾。

就像有人说过的：不是在最好的时光遇见了你们，而是有你们在，我才有了最好的时光。大学也许未必是我的好时光，但因为有那些人的存在，成了我生命中最璀璨的镌刻。

渐渐地我也懂得，世界是对立统一的，任何事物都有两面性，有反面影响就一定有正面影响。尽管它伤害了我，却也磨炼了我，使我学会了独处，因此我并没有因为这份诬陷而搭上自己的人生。

后来在社团活动中，我认识了同样因为室友丢钱而背上莫须有罪名的韩，她几乎不敢在宿舍吃饭，不敢在除被窝以外的地方换衣服。韩还喜欢看书，喜欢参加各种技能赛，与每一次考试前都彻夜狂欢的室友们格格不入。渐渐的，她成了大家防范的对象，甚至隔三差五，某个室友就会向韩挑衅。在那样的环境里，韩度过了一去不复返的大学时光，遗憾、残缺多过美好。

遇到她，我才知道感同身受永远只能属于同类人。我们一起看书，一起去自习室，一起去逛街，直到实习才南北相离。

人总是渴望在群体里找到安全感和认同感，所以丧失标准，甚至用大众的世俗来催眠自己。但是真的，你没必要为那些不相干的人放弃自己的原则和坚持。所以独处并不是一件坏事，它每时每刻都在提醒你：一味地合群不过是泯灭特质的开始。那些不懂你的人，根本不具备懂你的能力，你又何必为此耿耿于怀?

青春的修炼之路本来就是狭窄的，但并不那么拥挤。毕竟，坚持的人并不是很多，又何必寻求太多依靠呢?

即将实习时，一位姐姐从北京回老家办事，她绘声绘色地讲述她在北京的江湖事迹。她 16 岁出走北京，一待 15 年，端过盘子，卖过袜子，贩过黄牛票……挤地铁、摇公交、啃冷馒头、喝冰水，最终她成了一家饭店的老板。后来她妈也投奔她，在王府井一带摆摊，还学会了讲英语，水平堪比大学生。这是我第一次听北漂的真实故事，炫酷至极。

自此开始，我厌倦了老家的日子，去北京的念头蠢蠢欲动，一发不可收拾。我和几个同学争取到了实习名额，团购了火车票。正逢暑假客流高峰期，只有凌晨的绿皮车可搭，那天月朗星稀，火车站前的广场熙熙攘攘、人影绰绰，不知是归人还是过客。

等车的时候，我和同学们饶有兴致地说着五年、十年后的我们会怎样。

A说："五年后，我要在北京的长城上高呼自己的新梦想。"

B说："十年后，我可能在家乡的公立医院升职到主任了吧，妻儿在怀，至亲犹在，也算是人生的小圆满了吧。"

而我沉思数秒，望着天空痴痴地傻笑。我们眸子里的希望就像天上的星星一样明亮闪烁，对于北京的向往在那一夜格外热切。

夹裹在拥挤的人群，我们终于摩肩接踵地涌上了老旧的月台，饱经风霜的小站被远处轰隆的汽笛叫醒了。一节节车厢门还未打开就被攒动的人群团团围住，在那一刻我生怕火车爆裂。我们没能爬上去，列车员无情地"咔吧"关上了门。我们当中的几个男同学拼命地叫喊追逐，那趟列车还是无情地抛下了我们沉甸甸的梦想，绝尘而去。

满脸褶子的站台警务将我们的窘态尽收眼底，他大手一挥，说道："快快，旁边这趟也可以，北京西，北京西！"在他的催促下，大家箭一般射出去，一个绰号叫"领导"的男同学健步如飞，眼看着跑到车厢门口了，行李箱拉杆发出惨烈的断裂声。霎时间，他双手抡起偌大的箱子扛到肩上继续跑，嘴里不停地嘶吼“啊……等等……等等我们”，大有英雄就义之势。而我发挥了短跑的特长，但一个趔趄，牙刷、洗面奶、水杯、面膜……散落一地，我拖着哭腔：“还有我，等等呀……”

最后，我们终于前胸贴后背地一起挤了上去，走廊里站着农民工、妇女、大学生……水泄不通，狐臭、汗酸、泡面味儿、白酒味儿……那酸爽的味道毕生难忘。

我站了整整5个小时，双腿灌铅般麻木沉重。透过混浊的窗户，一丝黎明的曙光乍现，那是我第一次看见北京的早晨，和家乡的不一样。下了火车，我们的寒酸泯于众酸，随着人群涌动，大家匆匆忙忙、慌慌张张，仿佛急着挤出这巨大的空壳子，去卯足力气呼吸北京的晨霾。

耳机里的《活着》慷慨陈词：

慌慌张张，匆匆忙忙
为何生活总是这样
难道说，我的理想
就是这样度过一生的时光
不卑不亢，不慌不忙
也许生活应该这样
难道说，60岁以后
再去寻找，我想要的自由
……

在一路不知所措地裹挟下，我拖着行李箱一级一级地爬上横亘在马路头顶的天桥，手上、胳膊上深深浅浅的勒痕是北京给我最特别的印记。坐了两个小时的公交车，我们到达了一个我至今都没记住名字的地方住下，待班长和老师的“接头暗号”对上，我们就在那家小院住了三天。

第四天我们从丰台到了海淀，参天的松柏掩映，已有五六十年的历史，层层叠叠地环绕着我们即将待一年的医院。然而，这家“和蔼可亲”的医院并没有我们的容身之处。随后，我们被老师安排到国防大学的老校区，大概是没落了很久的校园，爬墙虎疯狂地在老墙上肆虐。宿舍里有四个上下铺，两两相对地系着绳子，每每上床都嘎嘎作响，床铺晃晃悠悠，躺在床上摇摇欲坠，就像我们无可安放的躁动。

那年夏天异常的热，聒噪的蛐蛐杂乱嘶叫，知了的合奏毫无章法，小卖部大妈摇着蒲扇语调平平地喊：“拖鞋五块啦，冰镇的汽水啦。”

一周后，这个老校区也不再为我们提供栖身之所，我们只好在实习医院附近一家挨一家地找出租房。问过几家，不是太小就是太旧。最后锁定一栋居民楼下的背阴底层。虽然整日不见阳光，可是这里的每间房子都是崭新的。如果你没有经历过潦倒失所、无处落脚，你一定不知道漂泊意味着什么。它不仅是肉体的折磨，更是灵魂的流离。

等有了栖身之所，我开始了对四周的“小探险”，不远处有个小公园，仿佛世外桃源。大妈们开着音响跳着广场舞，大抵是一些红歌，赞美祖国赞美党，歌唱 21 世纪新生活，闲适恬淡，令我暂时忘却了初到北京的戚戚然。

随后实习生活开始了。我遇到了第一位带教老师李春璐，她学术精湛，性格沉稳，想法特别，是个地地道道的北京人。

她每天穿梭于二环和五环之间，早上五点起床，坐班车差不多三个小时才能到医院。她的专业知识扎实，眼界开阔，格局多维，曾一度带给我不同的启发。有次她出差前将病人托付于我，我自感难当重任，但她鼓励我去勇敢尝试，那是我人生中第一次独立带病人。爱挑剔的病人A，不依不饶的病人B，耍贫斗嘴的病人C……常常令我手足无措，顾此失彼。但意外的是，一周下来，我极少出错，甚至渐渐获得了病人的认可，他们不再把我看作一个实习生呼来喝去。原来，做最不愿意做的事才是进步最快的时候。

除了老师带给我的启蒙，还有一个难忘的病人。清华大学的退休教授雷老，时年80岁，脑出血后导致记忆力减退，伴有言语障碍，即命名性失语：他会描述物品的用途、形状和颜色，却无法说出用品的名称。当时我帮他进行训练，回答不上物品名称和自己是谁的时候，他总是憋得满脸通红，然后尴尬地摆着手笑笑。

后来他的儿子告诉我，他会在病房独自发脾气，自责懊恼，甚至拒绝吃饭。这些都是我不知道的，因为我早就习惯了他的好脾气，尽管总是忘记自己的名字，忘记自己做过什么样的工作，但是他总是克制着自己的情绪，他依然毕恭毕敬、谦逊有礼，甚至称呼我为老师。

原来，一个人可以痴呆，可以健忘，唯独深入骨子的教养不会遗失，可以使他终生持有优雅和从容，即使面临残酷的终老或死亡，也不至失态。

由于住的地方潮湿闷热，后来我患了肺炎，而且总是失眠，寻医问药过几次后钱包就空空如也，我不敢跟爸妈讲自己的近况，因为当初他们不同意我来北京实习，觉得我根本适应不了。所以我没敢向他们要钱，只是开始顶着寒风找兼职，最后找了家超市做方便面促销员——这是我人生的第一份兼职，周末两天，不到两百块钱。但我满心欢喜，我像初来北京一样热血沸腾，劲头十足，觉得“苦”日子要到头了，我终于要靠自己养活自己了。但真正站到宣传区，我却不敢抬头，更不敢吆喝人来买。码货的大姐看出了我的扭捏，走过来拿住话筒大声吆喝，还安慰我，让我别紧张。

她说：“像我这样的中年人能适应北京的生活实属不易，接触的人好坏不一，很多顾客都不把打工仔放在眼里，但顾客也是会看眼色的，如果你自己挺胸抬头，气势如牛，他们的戾气就会收敛许多。”大姐的话不无道理，后来我就昂首挺胸，不那么扭捏了。

体验往往是一面很好的镜子，它令人反观知识和进步的意义。亲身体验坏的结果来唤起责任感比只是惩罚更有意义。艾默生说过：“不要让一个人去保卫他的尊严，而应让他的尊严来守卫他。”所以，这样的人才足够强大。

后来，由于超市的活不稳定，我便寻找了一家火锅店。基于上次超市的经历，我一再要求店长将我调到后厨，于是我在后厨配锅底。麻辣、清汤、酸辣……放在哪里、要几份、什么底子不放姜片、什么底子不要葱段……全部都要准确无误，看似简单的活儿却很琐碎，这是我从来没有想到的。另外，葱没了要自己切，每段要等长，每切完一把，眼睛就会辣到睁不开。因此，我常常是顾得了切葱，顾不得打锅底，顾得了打锅底，葱又不够放。口罩、帽子、水鞋、围裙更是将我包裹得严严实实，汗水一遍又一遍浸湿了我的衣服和头发。

就这么干了一段时间，最后我还是被调去前厅当服务员。

北京的火锅店人满为患，还排着大长龙的队伍。在那么嘈杂的环境里，我却见过一个女孩子拿着巴掌大的本子，样子像是在背英语单词，即使旁边的朋友打打闹闹、叽叽喳喳，甚至几次将她撞得趔趄，她也不抬头，只是挪挪脚继续看。然后等到有空位的时候，她不慌不忙地坐下来，收起本子，朝我莞尔一笑。这独处的能力，不仅是成功地一个人待着，更是在繁杂的群居中保全自我。

火锅店里的客人来来往往，良莠不齐。有的宾客每次点饮料都要反复几次，以至于我怀疑她是不是有选择障碍。而换来换去的结果，就是她会忘记自己点的是什么，所以有次我端上热橙汁时，她一如既往地哭丧着脸说我弄错了，头也不抬一下地扬言要找经理投诉，我只好忍着火气帮她调换。还有过碰瓷的客人，操着浓重的乡音，窄眉细眼，有时候穿很贵的貂大衣，有时候穿普通的羽绒服。她是这里的常客，我对她记忆颇深是因为她每次都会挑毛病，有次她跟两个孩子和一个老太太来，快吃完的时候厉声斥道：汤里有颗螺丝钉！店长赔笑又说好话，说可以给她打折，她仍旧不依不饶，甚至开始大声喧哗，店长只好说免单。看到她脸上狡黠的笑，我气不过，甚至有些沮丧。

店长说，他遇到过许多蛮横的人，他们有的挑客流高峰期闹一闹，或者扬言投诉，一般人太多的时候没空计较，要么打折要么免单。

是呀，这世界上无奈的事太多了，它们不会因为我们嫉恶如仇就不发生了。控制不了别人的时候，我们只管做好自己。那也是我第一次懂得：别过分苛求他人，每个人都只能为自己的人生负责。

在火锅店打工的日子，每天晚上 9:50 我就会下工，小跑一段路到达颐和园公交站，一路上途经丝巾、手串、煮玉米、烤红薯等小摊子，小摊贩被风夹裹着，嘴巴和脑袋也捂得严严实实，扭扭跳跳地跺着脚，一团白气滤过口罩："姑娘，来看看呗，特便宜的。"我基本不会停下来，因为只要多磨蹭 5 分钟我就会错过一趟车。

十点多的班车上躁闹少了些，听得到车的轰鸣。风在车窗上呼啸着拍拍打打，斑驳的树影和月光揉作一团摇呀摇，我深以为每个夜归的人都有一些孤独的故事，却并不擅长倾吐。但在每个站点，我们却都会不约而同地望向烟气缭绕的面筋摊和鱿鱼车，听着冻得面红耳赤的小贩声嘶力竭，给人一种早上八点钟的错觉。我总是想，彼此最了解的陌生人，是这座城市中互相陪伴最久的人，久到每天都要擦肩而过。

在北京打工的日子，很辛苦却不迷茫，它锻炼了我许多能力，比如胆量、沟通和承受能力等。这些不是光鲜的环境能够给予的，它为我后来从事的工作打下了良好的基础，使我深刻体会到共情这种事单从书本上是学不到的，千言万语不如"我也体会过"。那个时候我也无暇理会辛苦，我只管忙碌着，让自己的身体累起来，去寻找快乐，越是筋疲力尽就越能感受自己真实的存在，才会把虚无缥缈的目光收回来。其实，没有比在这个世界上寻找快乐更快乐的事了。如果你恐惧未来，甚至害怕自己的能力不够强大，你唯一能做的就是投身实践，因为只有一次次改变自己的意志行为，才能把控世界。

2012 年 7 月毕业时，正逢家乡的人民医院招聘，在妈妈和一众亲戚的劝说下，我回到家乡工作。

实习的前一天，我对工作的想象还停留于亮洁的办公室和淡蓝的百叶窗，待我七拐八绕地到达医院的康复科时，才发现自己的内心是抗拒的。康复在基层发展得很慢，这里没有明确的作业和运动室分隔，设备和人员有限——加上我只有四个人。病人都是来自基层和农村，伴有不同程度的肢体、智力、言语等方面的障碍。

我的第一个病人，是一位脑外伤的25岁小伙。他因意外事故受伤做了开颅手术，媳妇儿却拿了赔偿款扬言要离婚，他气得癫痫发作，四肢抽搐。我战战兢兢地和同事一起进行了抢救处理，那是我人生中第一次真正意义上的救人，激动又紧张。小时候总觉得医护人员是闪闪发光的天使，如今自己也成了心目中闪闪发光的人。

然而，异常的走路姿势令他戾气十足，站不好会发飙，走累了会骂人。我成了他的出气筒，偶尔甚至还会被狠狠地踢踹。看着白大褂上的脚印，泪水在眼眶打转，但委屈、不公的情绪最终平复下来，因为这就是我的工作日常，我不做，总会有人去做，要做就毫无怨言地做到精益求精。越是困顿越是精彩绝伦，越是困难越是进步最快。

渐渐地，我接触到许多的病人，他们言辞粗犷、随地吐痰、趁机逃费、不相信治疗、偶尔大发雷霆……忍无可忍的时候我也想过放弃，甚至开始准备公务员考试。

我与病人之间的摩擦也会传到主任那里，他总是心平气和地与我沟通，他常说："给予是幸福的，当你看着那些濒临绝望的人因为你的付出而生机勃勃，这才是作为医生最大的荣耀。"直到多年后，我治愈的人越来越多，把自己最有生命力的一面给别人，我才深深地体会到"给予的幸福"。

记得一位年过六旬、二次脑出血的老人，每天都要接受不同强度的针灸、电刺激和运动训练。关节肿痛折磨得他寝食难安，但他下床走路的第一天，竟然向我深深鞠躬。他说如果没有我的鼓励和指导，他断然坚持不下来，甚至不相信瘫痪的人还能站起来。于我而言，这种分内的工作再平常不过，于他而言，却是铭记在心的恩情。看着他朴实、憨厚的微笑，我的内心触动颇深，为自己曾经想放弃的念头而愧疚，为他人的感恩之心而折服。

同时，我开始觉察到基层病人康复意识薄弱，甚至康复治疗这种冷门职业很少有人真正地了解与信任。如果一个瘫痪的人对运动和生活丧失了信心，该是多么绝望！而我能做的就是减轻一切继发损失。我开始不遗余力地劝说病人介入早期康复，甚至可以少收费用。在我的软磨硬泡和信誓旦旦的保证下，越来越多的人开始接受我的治疗。老张出院前嘱咐我结婚时邀请他喝酒；李奶奶像个小孩一样只听我的话；意外车祸的小岳学了五个月才念出我的名字；长期卧床的陈姑娘，恶臭腐烂的褥疮也没有侵蚀她的心……我开始重新审视自己的工作，也许未来的日子里，要伴随无数辱骂的声音，无数身心俱疲的昼夜，甚至无数未知的磨砺。然而，我决定放弃四处张望。

2014 年末，由于科室的扩建和发展，我一个人托起了儿童康复训练的工作。在小伙伴入职之前我的压力很大，总是不停地奔波到外地听课、培训。

在他乡进修期间，我和来自广西的小章成为了好朋友，她具备很强的专业知识，学习态度端正。我歆羡那些照片中的她，身着粉色治疗服，和孩子们簇拥而坐，或者双手环抱一个小生命。于是，一番英雄梦再次在我的心里生根发芽，我努力学习知识，甚至会为带教老师打“小工”，只为了能多学一点技能。进修期间，我一天最多接治过 38 个孩子，最后累到手指都麻木了，从早 7 点一直到晚 9 点，超强度的工作和疲惫却没有打垮我。

实习结束时，一起进修的朋友们接受了这家大医院的橄榄枝，我却毅然回乡了，就像两年前从北京回去一样。孩子们在等我，虽不敢自诩救人于水火的境界，但走向人间疾苦，我深感幸运。

随后的日子里，连婚姻经历都没有的我，开始像个未婚妈妈一样照顾 16 个残疾程度不等的孩子。四肢瘫痪的熙熙、不能走路的凡凡、智商低下的乐乐、自闭多动的甜甜……最简单的关节活动，我反复帮他们做了三年；最简单的日用词语，反复教了三年。他们的每一点进步都微小而艰难，但他们像生命的礼物一样来到我的世界里，无论是尿我一身，还是将我的头发扯散，或者用彩笔到处涂鸦，我都会告诉自己，去发现他们的可爱与优点：熙熙一听音乐就安静，在我划破手的时候，会帮我呼呼地吹；乐乐会叫我姑姑、阿姨、老师，会将自己的饼干偷偷留着给我吃，甚至指着自己的头要求治疗；凡凡会在我难过的时候喊我姐姐；松松还学会了亲亲我的脸颊；甜甜会写 1 到 5 了……

最令我难忘的，是甜甜在见不到我的时候，会和我视频，口齿不清地说想我，笨拙地要亲亲。我给她做了一个猪的样子，她也跟着学，还扒着两只眼学猫的样子。那一刻我突然哭了，原来我的小小努力在她的生命里留下了痕迹，即使某一天她忘记了我，我依然能够铭记她带给我的感动，她更像是我的老师，教会我放低姿态，教会我学会倾听，教会我人间的至暖情怀。

但也不全是这样的日子。

当我忍着牢骚，焦虑症不时袭来，孩子的哭闹和家长的绝望时而将我推到崩溃的边缘时，我也会无法从这些负能量里抽身，我也会有情绪，也会暴躁。

每当这时，“有时去治愈，常常去帮助，总是去安慰”这句话就会在脑海里翻腾，直到我将那些逃避的念头掐灭。更何况，松松妈辗转各大医院，将亲戚朋友的钱借得不能再借了才保住这个小生命；凡凡妈每天风雨无阻地来回骑行 40 公里带孩子来做训练，连个外卖都舍不得吃；甜甜妈哽咽着说，只要能让孩子好起来再苦也得受。她们比我更艰难，她们才包容我更多，我何德何能，才能成为她们信任的医生，成为她们的救命稻草。

所以，即使很多次我失去了信心和耐心，但第二天早上，仍然“死性不改”地鼓起改变他们的勇气。我也一直在努力调整，哪怕和孩子们一样一步一步地前进就好，于是我摸索着学习了心理和教育学，甚至开始尝试写作。

在那段时间里，我写下的文章都是完美结局，业余时间也喜欢上了听段子，写幽默故事，甚至讲笑话。大概是因为这世上的苦难太多，因为陷身于负能量的泥潭，所以我必须保持幽默感。又或者，是因为强大的人影响别人，弱小的人被别人改变，如此，我才能够在一地鸡毛的生活中孑然而立，我深知我肩上背负的不仅是我一人的生活和希望。

值得一提的是，三年里来我科室的工作人员由 4 个壮大到了 16 个，一路走来，实属不易。没有梦想，在哪里都是流浪。我去过大城市，待过基层，无论哪一种生活，我都全力以赴。

只是这一路有他们相伴，真好。

2015 年，一次省残联举办的残疾儿童康复轮训班中，我被纳入了全国残疾儿童救治人员库。也许对于别人而言只是多了个称谓，于我而言，使命感却油然而生。我渐渐开始反思自己工作中遇到的瓶颈：为什么有些动作反复做却收效甚微？为什么有些孩子智力不太差却多动不配合？一些家长和儿童的心理状态严重影响了预后效果该怎么办？这些问题令我深陷困顿，已知的知识无法给出答案，而小城闭塞守旧，图书馆潦倒破败，大家对新事物的追求寥寥，于是重回北京的念头再次潜滋暗长。

反复思忖后，我开始着手考研，选择了北师大的儿童教育心理专业作为目标。从此，我开始每天白天带十几个孩子康复，晚上熬夜啃书。从医学跨考到教育，早已被我忘得一干二净的英语知识，也必须得从头学起。

那段日子里，妈妈总是在我下班前就做好饭，早上摸黑为我准备花样的早点，包揽了我的一切衣物。为了提供安静的环境，爸爸也不再看电视，不再招揽朋友来家里，他不理解我的选择但认真地尊重着。直到周遭的声音传来：咋还不嫁人？读了研出来，果真能找到好工作吗？这几年损失的收入怎么办？生活开销哪里来？要不找个人嫁了吧，有了家，出去的念头就断了。

我成了大家眼中的“问题分子”——身边的人结婚生子，步入人生的新阶段：追追剧，刷刷淘宝，享受为人父母、子孝亲在的天伦之乐。而我拒绝相亲，不再谈恋爱。

我也动摇过，妈妈对我无微不至的照顾和关爱就像无言的哀求，我看着她隐忍的样子也会难过，看着爸爸略显佝偻的背影，也会心疼得不知所措。后来我常常想，那段日子里父母承受了太多难以言说的压抑，但他们的沉默多过询问，这种深沉的爱常常令我心怀感激。

考研的日子漫长又短暂，短暂是因为时间紧急，总是不够用；漫长是因为坚持中难以消解的苦楚和乏味。几个月下来，我开始进入疲乏期，自由散漫趁虚而入，早上五点半的闹钟再也不能令我一跃而起，我开始流连于头条的视频和新闻，心似浮萍易散难收，周遭“算了吧”的声音正中下怀。解脱多容易，只需要一个放弃的念头。然而在某个寂静的午夜我开始反问自己：当初为什么要坚持？又是什么令自己坚持到现在？

杨奇函在《成功跟专业无关》中说过：“很多人不是对专业本身不喜欢，只是不喜欢学习过程中由于智力、精力、耐力等方面的不足而导致的挫败。没有什么比挫败感更能激发厌恶感了。”

第一次考研还是失败了，但在这条道路上我不断找到了问题的答案，最终决定二战。然而病人越来越多，工作越来越忙碌，我业余看书的时间越来越少。许多研友一天可以学习 10 个小时，而我 5 个小时都不到，这常常令我异常焦虑，甚至会整夜不睡赌气似的看书。但这种状况持续没多久身体就垮掉了，发烧，记忆力减退，精神萎靡不振，甚至对待本职工作也潦草敷衍。

后来由于一篇文章，我偶然熟识了生命中的贵人——经验丰富的心理咨询师王丹凤老师。她帮我分析了存在的问题，鼓励我大胆地去做想做的事，不必在意结果。我开始记录自己的生活和感悟，描写那些真实的感受，无助也好，焦虑也罢，它们蕴藏着最核心的诉求，只要加以分析，就可以带来无穷的力量。

在王丹凤老师的鼓励下我考取了心仪已久的心理咨询师，学会了能量和时间管理，能解决不同的情绪问题，不再一味地执着于结果。考研过程中走过的每一步对于我来说都是生命的觉醒与开悟。

做好了各种准备后，我再次来到了北京。我没有想象中那么恐惧，隔着玻璃看着寒风中来接我的小妹丹新用力挥着手，我一溜小跑，瞬间觉得有个人在北京的人群中等待自己真是莫大的幸福。

在妹妹那10平方米不到的小房间里住下，我执意要把窗帘放下来，她说这是高层不用放，我说放下来才觉得这屋子暂时属于自己，我不喜欢半夜里在屋顶上摇曳的霓虹灯光。第二天她早早起来为我做了红豆粥和蒜蓉茄子，她说一定要亲手为我做顿饭，却没料到这占用了她两个小时的考研复习时间。曾经那个活蹦乱跳嘻嘻哈哈的姑娘把床头贴满了时间表和计划表，认真而坚定地计划着未来。

而我辞了家乡的工作，断了最后的退路，那句“混不好大不了回老家”的话我是没机会说了。这似乎和许多人的轨迹截然相反，他们一毕业就成了“北漂”，在而立之年重回故里，而我算是最老的一批“北漂”了吧，赤手空拳，心有戚戚。

在北京，每天都被拥挤夹裹着，双手挥舞得像个大猩猩一样追赶公交车。但车水马龙，灯影交织，置身其中，我觉得自己又真实地活过来了。我辗转换了三份工作，第一份工作是一家社区医院的康复治疗师，本以为凭着几年的经验能有立锥之地，然而异军突起的 90 后甚至 95 后知识丰富，眼界开阔，给我当头棒喝。在北京，每个人都以我想象不到的速度努力着。

随后我住进了 8 人间的集体宿舍，室友几乎都是清一色的 95 后。她们会弹尤克里里，知道怎样护肤，热爱追剧，喜欢一切好吃的食物，有彼此慰藉的男朋友。她们每天早早地起床画妆，打扮得花枝招展，昂扬地走出这间小屋子，就像王佳佳在《北京女子图鉴》的“北漂哲学”中字字珠玑地说过：“其实住哪里不重要，重要的是出了这个门以外的世界，才是你必须要好好收拾的世界。”

在北京，所有人都觉得你过得很好，你不愁热闹，爱喝酒也爱大声笑，多的是朋友。别人都看你活得舒展，可没人知道你用力蜷缩着。

安顿好自己后，我告诉妈妈北京的机会多、工资高，为了打消她的不安全感，我将之前偷偷存的一笔钱打给了她。也许成年人最大的体面就是：“妈，我有钱。”而这句话我反复练了 20 遍才不那么生涩。我像多年前在北京实习的时候一样穷困潦倒，朝不保夕。为了养活自己，只能换高薪的工作。后来我被朋友推荐到一家人力资源公司做文案，本以为文案很简单，然而那是我完全不擅长的领域，甚至充满我不熟稔的人情世故，合同、数据、报表令我焦头烂额。

可是人生没有白走的路，每一步都算数。那段日子里我学会了做 PPT，学会了做数据表，能看懂合同了。

我在去往西北出差的 26 小时的绿皮车里思考生命的意义，遇见了一批单纯的西北大学生。他们害怕北京的拥挤和残酷，他们暂时买不起去北京的火车票，他们宁愿在家乡的安逸里终老。当然，也有几个同学渴望北京这座“理想国”，他们饶有兴致地问我长城有多长，但更多的时候他们观念保守，渴望新的世界又惴惴不安。他们就像当初的我，畏首畏尾。其实，当我们无法抉择的时候不妨静下来与自己好好沟通，明知鱼和熊掌不可兼得，就想清楚自己最想要的，依次做出选择，承担选择后的不利因素就好。

就像我曾经认为的那样：北京好不好？你有没有去努力挑战？评估好风险，想清楚，不后悔，就去做。重回北京的这段日子里，尽管我囊中羞涩，举步维艰，但我从不后悔自己的决定。

后来，偶然有一天，我初来北京时投过简历的一家公司的 HR 给我打电话，我获得了在一家医院负责骨肿瘤患者术后康复的工作。患者以青少年居多，是我比较喜欢接触的群体，然而也令我感到痛心：在花样的年华里，他们却面临生死的磨难。这些患者中患恶性肿瘤者居多，他们经历整根骨头拿出来灭活再放回体内，或者整根骨头和关节置换，或者癌细胞抑制不住而无奈截肢，术前和术后还要历经约 12 个周期（每周期 7 天）的化疗。化疗期间他们的头发和眉毛脱落，伴随呕吐和腹痛，而且化疗结束后每隔两三天就要抽血检验。

青少年本身就是一个问题频出的群体，在面临身体和心理的发展特殊时期，“癌”字当头，苦难无边。他们的内心更是被这突如其来的噩耗搅得天翻地覆，变得敏感脆弱，常常无法沟通，大都沉溺于手机、游戏，甚至有的孩子在经受不住恢复期的疼痛和苦楚时，扬言去死也不愿再接受康复训练。哄劝、说教、鼓励……有时我也会黔驴技穷、一筹莫展。然而，越是遇到问题的时候，越能认清自己的浅薄。是我欠缺太多，如果轻率地处理问题，只会给孩子们留下难以抹去的生命痕迹。于是我更加坚定自己的理想和志业，开始在中科院心理研究所读书学习。

也许在别人看来我不算安分，甚至横冲直撞。但人总在不停地遇见自己，发现自己，从而找到自己真正的方向。没有人天生就能一眼看到未来的路，认识自己是个漫长又曲折的过程。我盲从过，随波逐流过，但渐渐地将目光投注在自己身上，开始关注自己的内在需求，找到擅长并想为之慷慨激昂的事业，不断地认识到自己的狭隘与无知，看清楚自己的位置。

20 岁的时候，我写过一条这样的“说说”：30 岁的时候，我在干什么？是为世界消灾除弊？还是拯救地球？我常常能想出各种威风凛凛的角色，然而我依然幼稚得像小孩，让父母操心，学不会感恩。也许 30 岁很快就要来了，等不及远山的匍匐，也等不及所有的渺小都不虚此行。

年轻的时候总以为那些昼夜更迭不重要，总以为叱咤风云、慷慨激昂最值得铭记，然而，当我们回首时，才发现最重要的全是平凡的小事，它们才是生命中惊人的深刻。

许一世鲜衣怒马，曾几回仗剑天涯

职业。教师

破蛋。1992/26岁

自述人。说谎的布谷

我出生在中国呼伦贝尔一个不知名的边陲小镇。小时候常常奔跑在家乡的那片原野，日子简单，阳光明媚。在吃草的马儿羊儿牛儿堆里，在大兴安岭脚下天然森林氧吧的清澈空气中，在零下三十多度静谧的冬天里，在每个夜晚漫天的银河星空下，我无知又无畏地长大。那时候多幸福，对多年以后即将到来的那个世界，甚至还未展开想象。

但是我想，那时的我们都差不多。我在教室里绞尽脑汁写一篇题目叫作《二十年后的我》的作文，稚嫩的笔下会用豪迈得让人服气的想象力写出二十年后“不需要吃饭了，啃房子就行”的天真想法。

在排练厅，我度过了每天最快乐的边排练舞蹈边吹牛的美好时光，然后在汇报演出舞台中心小小的聚光灯下成为全场观众的焦点。

英语课上，我被老师批评上课溜号儿，话说得重了，便毫不给面儿，直接从教室摔门而去。

发表人生的第一篇文章，我十分珍视那笔为数不多的稿费，竟把它放在小盒子里留了整整十年。

情窦初开，我开始听林俊杰，喜欢上班里一个干干净净爱打篮球的男孩子，偷偷撩了他半年没能得逞，总结了原因，是因为他瞎。

在庞大教学楼的不同位置上为高考复习着，为了能和朋友一起去往远方而努力奋斗。每日有打不完的瞌睡和做不完的题，摊开的本子一层层叠放，理直气壮地铺满整个书桌。每个人的桌前都摞着一沓厚厚的《五年高考三年模拟》之类的习题册。封面变换着的颜色，习题布满了薄薄纸页的每一个角落。画满圈圈的课本，打满红叉的数学卷子，各个科目字迹工整的笔记。最喜欢的本子上，总是抄满辞藻华丽的文段和歌词。桌子里还始终放着一本《哈利·波特》，找准机会便偷偷翻几页，觉得心里美滋滋的。

到 18 岁的时候，我已经在北方一座有海的城市读大学，冬天空气潮湿得侵入骨髓，与心里那个执拗的自己磕磕碰碰，度过了些寒冷的日子。

那所大学学术氛围惨淡，提供给学生的平台和机会也寥寥可数。教授难以得到应有的尊重，学生辅导员却是一副耀武扬威的嘴脸，想要获得些荣誉，就得以钱财换取，或是为其卖命。那位辅导员我至今也难以忘记，四十多岁的油腻男子，眼睛极大，直洞洞地喷射出贪婪和过度精明的神色，考虑事情时，那双眼睛甚至会夸张地转上两个来回，伴随着嘴里散出的阵阵烟气，简直令人作呕。

在那样的环境下，我无所适从，白白耗费了太多年少应当努力的时光。但也是从那时开始，我带着玩世不恭的心态，不顾一切地想要冲出周身那个功利世俗的牢笼，傻气十足又跌跌撞撞地开始了梦想的征程。

7 年以后，当我在意大利罗马的艳阳下晒得又黑又亮时，不禁十分感叹，若不是那段惨淡的岁月，也许不会有现在的精彩。人生没有无用的经历。当初心里只有一个执念，我要变得更强，强大到可以掌控自己所处的环境。

后来我选择了考研，几经波折，考进了一所从小便向往的名校，终于奠定了之后精彩的前路。

改换了学习环境，也发现了自己的浅薄，于是我开始最大限度地张开身体的每一个细胞，去吸收任何的信息和养分，也认识了许多值得交心一辈子的挚友。

那时，每逢周末，我会坐在学校食堂三楼最里侧的角落里，像个局外人一样看来来往往的姑娘们各自奔忙着自己的事情。待人群渐渐散去，阿姨们擦干净桌子和地板，凑在一张桌子上吃饭聊天晒太阳。有的学生会在这里自习，嘴里念叨着各自的专业知识，手指在电子词典上“噼里啪啦”地按着。

我也曾在图书馆人满为患的日子里，在那里找寻到合适的座位，复习大大小小的考试。甚至曾坐在中文学院文华厅前面的沙发上，仿佛和时间冷战般，静静的，一个小时不说一句话。那时稚嫩的自己和一个美国男孩子每天下午约在这里上中文课，有时阳光那么好，温暖得让人昏昏欲睡，可渐渐地，我在记忆中已经搜寻不到他的样子了。

踏过一片片叶子，穿过小碧池，走去图书馆外围的长椅。第一次出国之前的一晚，几个人拿着几瓶 Rio、几瓶啤酒在池边比画了一个晚上，那时的大家对未来还都很迷茫，却又充满跃跃欲试的好奇。

图书馆不大，每寸空气似乎都细细填着油墨的味道，坐在三楼木头桌子旁边的时候，常常想起早期社会里的人为未来努力的样子，他们仿佛总是心无旁骛，那么专心。也仿佛有些虚浮的时光飘浮在书列的上头，浸透了对不确定的未来的无限怅惘。

如今，我已经用踏实的脚步在毕业工作后的短短两年内，丈量了二十个国家的土地。过程并没有听上去的那么光鲜亮丽，是极穷的穷游，之所以觉得乐在其中，是因为我的目的并不是去放松消遣，而是游历和学习。

我在国外的工作和生活环境，细想想还是有些辛酸的。

在意大利工作的时候，我住在人流密集的一条吵嚷的街旁，躺在房间里时，车马的喧嚣仿佛就在耳边。不止一次被提醒要注意安全，难民与飞车党，扒手与流浪汉，有可能发生的恐袭，还有新闻里几乎每日发生的强奸案。公交工人每隔几周便会罢一次工，一旦遇到这样的情况，就需要走路 1 小时去上班。

某一日刚一出门，迎面撞见一个露阴癖者，迅速躲避后仍不禁觉得恶心。有次晚上八点下班，天已经黑透，在地铁里碰见一个醉酒大叔一直尾随，只得偷偷抓好自卫武器，心里鼓起拼死的勇气，用最快的速度不露声色地疾走回家。大街上也会经常撞见表情奇怪的强壮黑人，吉普赛人则横躺竖卧在各个街角乞讨。

公共交通人多拥挤，有着黑棕黄白各色人种。最要命的是，夏天出汗后老外身上的体味会飘荡在不流通的密闭车厢里，其间还夹杂着女士身上纷乱的香水味。于是我常常为了躲避这些奇怪的味道，索性放宽心，甭管多累都步行回家。

除了在罗马城内的工作，我还有一份工作是被派到距罗马 40 公里左右的一个小镇，在那里的公立学校教孩子们学中文。

欧洲人重视传统到了令人发指的地步，尤其是在意大利这种以悠久历史为傲的国度，所有事物通常以老旧为美。能理解的是，古建筑旧日的风貌和它们在时光里斑驳的样子的确极美。不能理解的是，学校教室里的配备也是破烂不堪——早已超过使用年限的白板，上面的亮面涂层已经因反复刮擦脱落，写了字之后几乎擦不掉；十几年前的老式打印机，打印全程要用手扶着 A4 纸，否则便不能运行，还会不停地蹦出提醒说是油墨盒需要更换，但是校方似乎毫不在意；多媒体设备看不出来用了多少年了，配着一台显示不了中文字符的砖头厚度的“联想”电脑，三天两头无法显示图像，需要调试；学校里没有无线网络覆盖，就连 3G 信号都时断时续，时间坐标是 2017 年，恐怕在中国也很难找到几处收不到 3G 信号的地方了……

最致命的是，我不会讲意大利语。全校只有一位老师粗通英语。作为方圆十里唯一的中国人，面对近在咫尺的老师学生们，要么是鸡同鸭讲，要么是尴尬而不失礼貌地微笑。

怎么上课？我完全不知道。

第一节课，我在讲台上用英语神情激昂地说了半天，发现台下没一个人理我，大家都在自己聊自己的。意大利人巨喜欢聊天，聊得异常火热，像是十年未曾见面的老友，似乎完全忘记了我这个异国人的存在。

这还不算完。除了上课，我的工作要求还包括每月为学校举办两场中华文化活动。

怎么办到？怎么可能办到？就像是在中国北京郊区某一个公立学校，一个斯里兰卡人来教授僧伽罗语，还要每个月举办两场斯里兰卡文化展一样可笑。但没有办法，生活中总有苦处，而我没有退路。

那段日子，我拼命地学意大利语，拼命地大开脑洞，想无数个有意思的活动创意。每一节课、每一项活动，都需要足够有趣到吸引得他们不得不来学习，更需要规则简单、用很简单的词汇就能解释清楚。

一个从不喜欢多说话的我，厚着脸皮去跟所有的老师们沟通，认识的不认识的，只要是在校园里见到的，我都会主动热情地与他们打招呼，硬着头皮用夹着许多英语单词的千疮百孔的意大利语和所有人尬聊，试图融入他们的世界。去找学校的负责人，也就是前文中提到的唯一一个粗通英语的意大利大叔，跟他商量一切活动的 idea、合适的时间和场地……一场一场地死磕。

我一个人的力量实在太单薄了，但咬紧牙关，这力量似乎又变得超乎想象的强大。每一节中文课，每一场文化活动，设计时就得考虑到微小的细节，从前期让人头痛欲裂的繁杂准备，到手忙脚乱地主持与操作，再到收尾，写新闻稿子，统计数据与反馈……每一次，我都觉得这是我一个人不可能完成的，但每一次，我都披荆斩棘般地完成了。而且能守住的底线是，撑起中华文化博大精深、丰富绝伦的一面，绝不能丢了中国人的脸面。

到我离开的时候，学校里原来从未接触过汉语的孩子们已经知道了中国书法的样子，做过灯笼和吹墨画，编过中国结，玩过蜡烛篆刻，踢过毽子，用中文讲过“灰姑娘”的故事，在万圣节用京剧脸谱吓唬人，在圣诞节用中文歌祝福家人节日快乐，在狂欢节做了生肖玩偶，在复活节用汉字画彩蛋，在学校活动时表演了中国舞蹈《茉莉花》，还在结业典礼上朗诵了苏轼的《念奴娇·赤壁怀古》……

而我也尝过了被颜值超高的一群孩子们里三层外三层地紧紧包围着，拼命说“老师，我超级超级喜欢你”“我爱你”的那种甜蜜滋味，学校的老师、校长遇到我都会主动握手、行贴面礼，热情地同我寒暄几句，完全不拿我当外人。

在我看来，得到一些什么，必然要用同等的甚至更多的付出去换取。也许正因为诸多的不容易，才显得偶尔的美好弥足珍贵，才能知道自己对什么甘之如饴，才能在每一步走过之后，积累处理问题的许多方法，增加一些继续奋斗的资本和底气。

也许，我们都需要更深的沉淀才能飞得更高更远。

心酸和困难之外，在国外生活，好处也很丰富。

我可以随时去走被两千年时光打磨圆润的石板路，街道两侧，高大的欧式建筑遮住光线，常常一转角便是极为惊艳的古迹。家就住在距古斗兽场不到一公里的地方，随处可见歌剧院、古城墙，各式各样的大教堂。古迹旁往往配着图书馆、博物馆，典藏了历史与传说，让来自千里之外的人们尽情沉浸在哲人与智者的智慧里。我也可以随时去吃美味的比萨，裹着浓厚的芝士，撒着鲜椒、罗勒叶或是咸香的培根腊肠，焙烤得香脆至极。各式形状的意大利面配上浓郁的酱料，香味溢散在空气里，停留在唇齿间。浓香馥郁的冰淇淋在街边色彩斑斓。散着咖啡香的小店内外，人们往往站着喝完一杯 espresso 或者 cappuccino，对美式咖啡嗤之以鼻。

一双脚走出的所有风景，皆会在记忆深处赐予我恒久的精神滋养。

法国巴黎遍布了世界最高水准的艺术馆和博物馆，使我有幸看到许多从前只能从绘画书里看到的画作。我最喜欢的是莫奈，他的真迹颠覆了我脑海里对印象派画作所有的感官体验。原来照片隐匿了油画层层堆叠的质感，抹去了笼罩于作品四周的朦胧意韵，生生剥夺了太多太多的美。如果可以，真想留足几个月的时间，在这座遍布宝藏的城市里慢慢流连。

2017 到 2018 的跨年夜我也是在巴黎度过的。那天夜里为了参加凯旋门下的跨年活动，我在寒风中颤抖着待到夜半。巴黎的特警在香榭丽舍大街上列成一列长排，逐个筛查每一位过往的行人，以排除在人群密集处发生恐袭的可能性。

夜越深，内心的不安感越是异常强烈，于是我在活动开始前打了退堂鼓，结果猝不及防地发现，凯旋门附近的地铁站全部关闭了。也不知道是不是全城的地铁站都在跨年夜停工。

出租车费太贵，所以我只能一路走一路打听，问了几个路人，连说带比划也听不太明白，迷迷糊糊地跋涉了差不多1个小时，终于在快走到整条大街尽头的时候，遇到两个法国警察。

其中一位警察还挺帅，我用英语非常礼貌地问他："最近的地铁站在哪里啊？"

结果帅警察一出口，我简直想双膝跪地，顶礼膜拜。

他用极标准的普通话说："就在那儿啊，过了马路走到摩天轮下边儿，向左一拐就是了。"声调、儿化音都地道得让人心尖儿发颤。

"哇！你汉语怎么这么好！"

他像是已经听惯了这夸奖，潇洒地挥了挥手。

全世界会讲一口流利中国话的外国人果真是越来越多了。那一瞬间，我带着惊喜与骄傲，带着成功找到地铁站的开心，几乎忘掉了所有的疲惫，在车水马龙的巴黎街头"哈哈哈哈"仰天长笑，欢呼雀跃着一蹦三尺高。

我也曾一个人在西西里岛的大太阳底下暴走。糊一脸防晒霜，穿着长衣长裤，顺着蜿蜒的小路走去两三公里开外的沙滩。我"吭哧吭哧"走得满头大汗，方圆几里除我之外再看不到一个亚洲面孔。也不知导航靠不靠谱，正筋疲力尽地犹豫着，乍一回头，撞见一条蜿蜒绵展的海岸线，隐约可见碧海的柔波，油绿绿的仙人掌和五月盛开的奇异花朵遍满山坡。一瞬间，我真的以为这是梦里曾经见过的景色。

我走到海滩边，阳光透彻不掺一丝杂质，如一双温柔的手轻抚在脸上。雕塑、树木、鸟儿和猫，都显露出极其自然的状态，人们悠闲地画画、弹琴、聊天、品酒，没有人踌躇满志，也没有人步履匆匆。我在沙滩席地而躺，什么都不做，什么都不想，内心完全平静，听着海浪的呼吸声。这满目的花草，这眼波中的倒影，让我短暂沉默，只是虚度时光。

还有太多太多毕生难忘的地方……瑞士日内瓦的街边橱窗昼夜亮着，撞见许多工艺精致的锋利军刀和机械手表，展现出欧洲人少有的严苛精细。阿尔卑斯山山色空蒙，万国宫殿的旗子在无风的天气里垂头丧气，穿过城市的日内瓦河是那样清澈，颠覆了我对河流的想象。

梵蒂冈圣保罗大教堂钟声正响，庄严肃穆，就连屋顶下一个小小的吊灯都极尽繁华。教堂内部堆叠着富丽的壁画和雕塑，每一件作品的纹路都精细繁复到让人眼花缭乱。它们所描绘的是难以细数的救世故事。看着同行伙伴祈祷的目光里闪烁着晶亮的色泽，宗教与信仰的力量竟是我难以理解的庞大。

西班牙街头，在艺术家高迪随心而作的童话城堡外，水平极高的艺人唱出高亢的曲调。她的随性 solo，肢体完全随着音乐与情绪舞动，似有一种魔力，让路过的人全都不禁驻足，并被欢乐的情绪所感，跃跃欲试随之一起摇摆。

庞贝古城遗址，看到宫殿别墅的断壁残垣，仿佛听到远古的回声。我通读了意大利作家阿尔贝托·安杰拉（Alberto Angela）的《庞贝三日》，因此了解了考古学的最新研究以及火山喷发前后庞贝芸芸众生的大量细节。

巴厘岛克差舞（Kecak）的呼喊似乎还响彻耳边，我坐在海边悬崖之上的表演广场专心欣赏。舞剧中穿插的台词并不能听懂，但整场舞蹈的气氛浓郁强烈——白面的神猴哈奴曼在舞台中心接受膜拜，《罗摩衍那》中诸神的神秘面孔一一列在了眼前。

越南摇晃的Sleeping bus伴随我看完了杜拉斯的《情人》，那时窗外夜空里的星星很多，车里的灯光暗着，公路上许多灯光呼啸而过，恍惚间，仿佛看到早熟的法国姑娘年轻美丽的面庞。

吴哥窟的千种佛静谧地微笑着，千年古刹与藤蔓蛇树相互缠绕，融为一体，未经修复的废墟居然也绽放出摄人心魄的残缺美。那片经历了繁盛与衰败的古迹，那片承受了战争与腥杀的土壤，那群贫穷而又富有的人们，在那一刻的时光里巧妙地与我融于一体。

就像毕淑敏在作品《蓝色天堂》中所写的："旅行是一种学习，它给你一双婴儿的眼睛去看世界，去看不同的社会，让你变得更宽容，让你理解不同的价值观，让你更好地懂得去爱、去珍惜。"

生命就是一场旅行。我们曾昂首阔步，也曾步履维艰，我们曾勇往直前，也曾兜兜转转。

带着落寞，带着笨拙，带着怯懦，一步一步，走进犬牙交错的风景，走过截然不同的信仰，走完苍茫世事的冷漠，看尽纷繁复杂的人心，所以我感激我在这个年纪，就能遇到如此多出走世界的机遇与挑战。

多年以前，当我看到西落的月亮，怎么可能会想到，在未来某一天的同一时间里，我会安静地沐浴在罗马澄澈的月光下，品咂着半杯红酒，呼吸着新鲜的空气？我又怎能坐在光影里看佛罗伦萨的夕阳，什么都不想，在一片寂静的滩涂，吹着海风，虚度这美好的光阴？

为着这许许多多的真实光影，我始终心怀感恩。

2018年8月，工作任期结束，为了陪伴父母，我婉拒了领导几次的续约邀请。毕竟潇洒的日子不可多得，也是时候回归，扎根在最普通的生活里了。出走半生的浪漫想法，未来一定还有机会。

选择回国，也就意味着一切归零，需要重新拼出一条生路来。我想，这又是一场必然要经历惨败的战役。果然，截至目前，短短半年时间，我经历了应聘、工作、入坑、离职，反复循环再重新来过的过程。

北京的街头满是行色匆匆的人类，脸上清一色的表情漠然，乘着地铁驶向永远数不清的图纸、永远写不完的文案、永远算不完的账目表和永远伺候不完的客户。空气灼热，每个人的嘴里都念念有词。时间的庞大阴影里，和你产生交集的每个人都无一例外地戴着不同的面具来来往往，如同尘埃一样沸腾和卑微。都市白领和外卖小哥，留洋海归和草根凤凰，统统成为镶嵌在城市这架庞大机器里不断被磨损的渺小齿轮。

许多人的灵魂，在盲目而巨大的运转压力下，迅速扭曲、熔化、发霉、变形。但每到夜深人静，我独坐在电脑前，都会回想起18岁那年那个倔强不合群的、异想天开的、想要强大到掌控自己处境的自己。

人可以不断强大，但是要到怎样的段位，才能够随心所欲地掌控自己的处境呢？

我只知道，现在这个我，依然远不能做到。但却猛然发现，坐在出租屋里的书桌旁，我居然还傻气十足地坚持着那个和当初一样色泽鲜亮的梦想。

我还在看我喜欢的书，画漂亮的画，听光阴里的老歌，看有趣而深刻的电影，偶尔拨动吉他的琴弦，用爱人送的钢笔，写下动人的词句。和当初那些不知名角落里的日日夜夜一样，为着一个被别人判了死刑的小目标，心甘情愿地付出时间，竭尽所能地思索和努力。憧憬活成独一无二的样子，而不被涂抹成迎合别人的小丑。

我们的梦想仿若有光，顺着它的方向行走漂流，终其一生不知会抵达什么样的地方。但在这个过程里，注定充满了未知的艰险与刺激的新鲜滋味，像是自带一波三折的电影情节。

在这个城市里，还有太多人想要撕掉无聊的面具，成为自己。纵使撞了几次南墙，也甘之如饴。

想起毛姆小说《月亮和六便士》里的画家思特里克兰德先生，不画画的人生就像是掉进水里，要么挣扎着不顾一切地作画，要么就得淹死。

也许大多数的人生并不需要如此蛮横，你努力到什么地步，生活大抵会给你那一程度的惊喜，有或早或迟的区别，但鲜少会抵赖，除非你未到半途便放弃。命运的剧本有时候写得很有意思，充满悬念。但只要你明确知道自己想要的是什么，向着远方一步一步迈进，我想这就足够了。

“你或许败北，或许迷失自己，或许哪里也抵达不了，或许已失去一切，任凭怎么挣扎也只能徒呼奈何，或许你只是徒然掬一把废墟灰烬，唯你一人蒙在鼓里，或许这里没有任何人把赌注下在你身上。无所谓。有一点是明确的：至少你有值得等待、值得寻求的东西。”

那么还有什么可犹豫，还有什么需要迷茫和畏惧的呢?就这样可爱、简单、努力地生活下去吧。泰戈尔说:“世界以痛吻我，我要报之以歌。”

当奋斗和梦想成为一路走来的鲜衣怒马，唯愿我们都一样，即使行进到最难的坎坷中途，也能够继续收拾起所有的力量，目光潇洒，仗剑生命中每一寸的咫尺与天涯。

五次人生

职　业。金融风险管理师
破　蛋。1993 / 26 岁
自述人。程妍

如果人生有五次就好了，这样的话，我五次都要住在不同的城镇，五次都要吃不同的食物，五次都要从事不同的工作，然后，五次……都要喜欢上同一个人。

——《Bleach》

初见这段话，我把它完整地抄写在了手账的扉页上，手账弥漫着淡淡的茉莉花香，每一张纸页上都有淡淡的羽毛水印。每天晚上九点半，我会扭开暖黄色的灯，耳机里传出 air 的钢琴曲，面前摆上一排四季彩，用钢笔在手账上写下向往中的温暖而美好的事。

如果人生有五次该有多好，这样我就能实现自己所有的愿望，不负少年，不负青春，不负大好韶光。

那是那时为数不多的属于我的时间。

十八岁的每一天，都好像是规律转动的钟表，指针滑过的每一个空间都被塞得满满当当。每天上午七点二十开课，每天中午一点入睡，一点二十准时清醒上课，我的路径准确得像是日晷，毫秒不差。日复一日。

距离路演时间还有 18 分 12 秒，我检查投影仪、笔记本，默念提前准备好的讲稿。等这次路演结束后，我还要飞到香港参加一个场外衍生品的论坛，讨论国内衍生品的未来发展。

收到母亲发来生日快乐的祝福短信，我回复了一个笑脸。

对于母亲，我从来不敢苛责太多，上一次母亲的胆囊切除手术，爸爸、舅舅、外婆所有人都知道，唯独我像一个透明人一样被排斥在外，因为母亲叮嘱过：不要影响她。

到底是什么时候，我和家人的关系处于这样温和而疏离的状态，我已经记不清了。最早的记忆，是母亲趴在病床边因胃出血而大口吐血，我好像一个木偶人，被舅舅紧紧锁在怀里，印象中最深的一句话是："你妈妈身体不好，你要懂事。"

懂事，成了我的童年的最高评价。

懵懂之中，我便稀里糊涂地长大了。父亲的工作越来越忙，大量的时间都贡献给了公司。他对我的要求可谓是有求必应，想买什么就买，当然买书是父亲最开心的事：我女儿知道上进。

我努力地去做一个乖巧懂事、不惹麻烦、成绩还好的女儿，我原以为我能一直这么扮演下去的。那时的我还不知道，世界上最可怕的三个字是“我以为”。

“学美术？我不同意。”父亲的语气完全不容置疑，一如既往。

“高考是关乎我以后走的路，我想学自己喜欢的。”

“就是因为关乎你以后走的路，所以我才不同意！”父亲的声音猛然提高。

母亲连忙出来打圆场，把我劝回了书房，关上了门。

“好好和女儿说说啊，她又不是不懂事的人。”妈妈的声音软弱无力。

学校发的建议志愿表上面除了我的名字，年龄18，空无一物。

我记起小学时，母亲躺在病床上输液，当时她刚做完胃部切除手术，我趴在母亲的病床边写着作业。那时的我说，以后要去学医，学医给她造个胃，母亲说：“学医好啊，只要成绩好，以后你想学什么就学什么！”

我站了起来，看向书架上摆放的娃娃，那是小学手工课上我用丝袜和棉花做的，当时父母还夸我心灵手巧，可当我提及我想参加艺考，就无一例外地选择了反对。

因为没“钱”途，因为太浪费，因为……各种各样的理由填充在这个词后面，冠冕堂皇，无可辩驳。唯一没有考虑的原因：我是否喜欢。

18 岁，成人礼

十八岁，要学会的第一件事是什么？有人说是责任，有人说是梦想，于是我照做了。

我和同学聊起我的想法，她眨了眨眼告诉我："你参加艺考真的可惜了。"

我无奈地笑笑，从应试角度而言，的确可惜了，可是从专业角度而言，我可能还考不上。

从高中入学以来，学校里就有着一条没人挑破却约定俗成的认知：若是一个学生的成绩实在没有办法上一本线，老师就会劝说他参加艺术类考试。因为文化课成绩要求没这么高。

同学的眼神真诚而清澈，她坦然地告诉我那条长久以来存在于学生中的鄙视链：理科瞧不上文科，两科都瞧不上艺考。

都是专业，还能分出高低贵贱吗？

班主任问起我的想法，我如实回答。他沉默地看了我许久，说："那你准备考哪里呢？中国美院和清华美院以你的专业功底恐怕进不去，那些应考生早早地就在画室里准备了，而你呢？"

所有人都不支持我，包括我最好的朋友，也只是沉默。

我质问班主任："为什么艺考只能考这两所呢？难道参加普通高考除了清华北大其余学校都不存在吗？"这是我第一次顶撞老师，话出口的那一刻我脸上火辣辣的，但我没有后悔。

十八岁，我第一次厌恶起了"懂事"这个词。

战争终于爆发了。

现在回头看，我的抗议方式单纯到愚蠢，可当时我却自以为是破釜沉舟的背水一战。

父亲匆匆从外地赶回，全家围在主桌前，桌上是一张空白的数学试卷，除了选择题之外，一片空白。

“你什么意思？”父亲努力压抑着火气。

“就这样，我不会。”我看着父亲的眼睛，“既然你们认为我的成绩艺考浪费，那我就降低个100分，这样没有人会认为是浪费了吧。”

父亲从椅子上噌地站了起来，母亲赶紧拉住了他的肩膀：“有话好好说。”

“都是你惯的，惯得无法无天！”父亲朝母亲罕见地大吼起来，“她学这个有什么前途啊？学完了干吗？到我的服装厂里和小工一起刻花打样？”

“别吼我妈，是我自己想学的！”

父亲静静地看着我，突然径直朝我的书房走去。我顿时感到闪电在我的头顶爆炸，连忙跟了过去。

果不其然，父亲从我书柜上抽出了所有他认为带坏我的书，一本本地撕掉，甚至还踩了几下那满地的碎纸。接着他拉开我的抽屉，把我所有的劳作，包括为了庆祝朋友生日串到一半的手链全部扯断，还把手办从玻璃柜上横扫了下来，摔成一片片残渣。

母亲用手臂紧紧护着我，唯恐父亲的怒火延烧到我身上，然而，母亲不知道的是，我整个人早已熔化在岩浆里了。

我怔怔地看着父亲毁掉我所有的收藏，那么理所当然，那么天经地义。我发现，我一点都不认识这个我喊了十八年爸爸的男人。

他在做什么？他是谁？是刽子手，还是傀儡师？

我的反抗或许幼稚，或许可笑，可我却无比执着。

当晚，我收拾好所有的东西，趁着深夜离开了家。路灯昏黄得让人恐惧，夜风吹得让人窒息，我茫然地看着前路，找不到何处才是我的目的地。

我没志气地逃去了郊区的外婆家里。外婆看着深夜前来的我吓了一跳，听我说完后，一阵长吁短叹。不久，我便听到了客厅里传来的方言，向电话那头汇报着我的去向。原本熟悉的腔调好像齿轮碾过我的心脏，我头脑一阵阵地发热。我披上了外衣，从后门走了出去。

沿着外婆家往前走没多久，便是一片沙滩。家乡的海泛黄，谈不上美丽，夜晚的大海更是黑的只剩下明暗对比。但对我来说，这足够了，包裹着我的空气里沾染了海水的潮湿，我脱掉鞋子，赤脚走在海水和沙滩交界的地方，一涨一落的潮水冲刷出的纹路仿佛柔软的绸缎。

我直视着大海，全世界都安静了下来，只剩下我一个人，我想把时间永远停在这里。

我坐在一块礁石上，思考我的未来。值得吗？为了我的梦想，我几乎毁掉了我一直以来的和睦家庭，今天遭遇的一切，简直是噩梦。我听着海浪的声音，我想，若我死了，我宁可把骨灰撒在海里，顺着洋流自由自在，不要困在小小的盒子里不见天日。

接着，海滩上传来了呼唤我的声音。

再次见到母亲，她躺在医院的病床上，安静地输液。

医生正在和父亲说些什么，父亲面色凝重不发一语，而我站在病房的门外不知所措。父亲走到我的身边，扬起手，我下意识地往后退了一步。手还是没有落下来，他深深吸了口气，往缴费处走去。我望着他有些微微颤抖的背影，年过半百的父亲，已经不是曾经把我举高高，让骑在脖子上的男人了。

我握着母亲输液的手，“没事，妈妈就是有点不舒服，不耽误的，你要是在外婆家住得好，就多住一段时间，没关系的。”母亲的微笑一如往日。

我埋在母亲的被褥上放声大哭，医生所说的话我听到了，因为母亲早些年切除了胃部，肠的负担过重导致了粘连，现在要切除一部分的小肠。就在母亲需要静养为手术做准备的时候，我却成为了她所有焦虑和不安的源头。

那一刻，在我心中筑起的卫城轰然倒塌。我忽然意识到，梦想是如此奢侈的东西，我消费不起。母亲抱着我，轻声安慰。她不知道，我所哭泣的，不只是她的身体，自己的弱小，还有我决意放弃的梦想。

第二天，我从医院回到了学校，对班主任说：“老师，我选金融。”

放弃之后，我的人生都开始顺利了，我又重新回到了宛如日晷般精确的机械的日子，而我也像日晷那样，无论太阳在哪个方向，我终是落在了它的阴影里。

十八岁那年，我学会的既不是梦想也不是责任，而是妥协。

上帝在关上一扇门的时候，会打开一扇窗。

也许是生活对我放弃梦想的补偿，我的高考顺利得一塌糊涂，如愿考取了全国前列的大学，进了最热门的专业，父母激动得摆了一大桌宴席庆祝我升入理想的学府。

所有的亲属都来了，无论是熟悉抑或不熟悉的。其间，有一个我称呼为舅舅的中年人带着他略显单薄的孩子过来给我庆祝，塞了我一个红包，我无论如何都推辞不下，他把我拉到一边说："你帮我劝劝他，学什么不好，死小子想去学陶艺，泥巴有什么好玩的！不争气！"

他抬头看着我，眼里满是桀骜不驯。我说不出话，也发不出声音，只能木然地微笑。待舅舅去敬爸爸酒时，我拉住他的手对他说："加油！"

一瞬间，他的眼睛燃起了星光。

十八岁，我感到前所未有的挫败，第一次觉得自己原来是一个彻头彻尾的懦夫，怯懦到只敢把未能用来实现梦想的勇气悄悄塞入比我小两岁的少年的灵魂里，希望他能勇敢地去坚持他的梦想，连同我的那一份都变得圆满。

大学的日子不好不坏，不紧不慢。我生性不是一个颓废的人，又或许是放弃了梦想的我又变回了曾经"懂事"的那一面。

专业课、辅修课，我竟然不记得我有哪一次翘课。闺蜜调侃我，没有不及格过的大学是不完整的。

母亲每星期都会与我通话，关心我的日常起居。和父亲的联系还是如以前一般的少，只限于在每个月的月初，准时准点打来的一笔生活费。

开学没多久，我收到了母亲的快递，撕开一看，是一本手账，手账的封面被母亲细心地贴好了。这是高三那次战火下唯一的幸存者了。

我轻抚它的封面，心中难以言喻。

"如果人生有五次就好了，这样的话，我五次都要住在不同的城镇，五次都要吃不同的食物，五次都要从事不同的工作，然后，五次……都要喜欢上同一个人。"

再看到这句话，我的眼泪啪嗒啪嗒地掉在用四季彩书写的字迹上，字迹渐渐晕开。

别说人生重启五次了，即使是这仅有的一次人生我也无法掌控。我猛然合上了扉页，把手账放入书架的最底层。

“妍妍，你看，学校有去美国交流的机会呢，要不申请看看？但是有雅思成绩要求呢！”室友指着报名页面问我。

室友的话好像一滴水落在了金属钠的表面，瞬间硝烟四起，我立刻就买了雅思的复习资料。不是我有多么热爱英语，多么想要出国，而是我需要让自己忙碌起来，做一些我能做的事，去忘记那些我无法做的事。

我把要去美国交流的事转告给了我的父母，他们并没有反对。金钱方面，我父亲从不吝啬，尤其和学业相关，更是慷慨。

在加州，和日光一样肆无忌惮的还有随处可见的海鸥，每天我在车站等车，笨拙的海鸥就飞翔着陪伴我。

我靠在车窗玻璃上，上来一位白人中年妇女落座我身边，她热情地和我打着招呼。

她叫乔伊，四十五岁了，有两个已经成年的女儿。在我原以为她只是普通的家庭妇女或者职员时，她拿出了学生证——动画制作的本科学生。乔伊笑着说，她是前两年突然想要学动画的，从小就喜欢迪士尼，现在终于过来学习了。

我愣愣地看着她：“您的丈夫和女儿都支持吗？”

“支持啊！他们只担心我能不能顺利毕业！”乔伊的笑容好像太阳一般灿烂，灿烂到刺伤了我的眼睛，刺入了心脏。

我好像是一个行走在极夜冰原的孤独旅人，当那缕阳光落在冰原上时，我忽然不知所措地愣怔了。

夜晚，我听着海浪声，好像重新回到了十八岁的海滩边。

我看到了星空，希腊神话中奥林匹斯山的众神正在星空的另一头俯视着我。我感到了一阵刺痛，似乎有什么在我的心里破土萌发。

手机 QQ 群传来了连续的提示音，我低头一看，是汉化组有了新的任务。我作为翻译领取了我的任务，此时，监制小米给我介绍了新的校对洛洛。

当作为校对的她说出她是服装设计系学生时，随着叮的提示音，我无意识地看向窗外，花园里一朵花正好开了。

回国之后，洛洛像一个慷慨的土豪，把她所有的专业课的书都给我寄了过来。首先便是从古希腊开始讲的西方服饰史，后来见我有兴趣，干脆把我一夹二带三糊弄地带入了他们的专业课上。

原来，面料是这么分的啊。

原来，服装设计还要学化妆啊。

原来，设计师还要学打毛线啊。

原来，服装设计真的有直男学啊。

回到寝室，我收到了学校奖学金到账的消息，趴在寝室的阳台上看着星空，我忽然明白，十八岁那年的我，的确是幼稚到可笑了。

不是因为坚持理想的幼稚，而是我自以为“理想只有一条路”的幼稚。那些我以为放弃的、断绝的梦想根本没有死，而是偷偷地钻入了我的心脏，躲在了二尖瓣里，藏在了肌肉的深处，随着我的心跳呼吸。

等到日光、水温包裹住它时，它便破土而出，蓬勃向上。

梦想不死，是人自己遗忘了。

本科毕业，我拿着机票，飞向十二小时时差的美国，继续金融工程方向的学习。

数学，经济的结合体，怎么看都和设计没有一毛钱关系，可我依然很开心地上路了。因为我意识到，我的人生并不是单线的。

课业虽紧张，我还是和洛洛保持着联系。她毕业之后进了一家外贸服装公司，每天的工作就是周而复始地打样，公司离市区极远，她每次都会自嘲花钱都找不到地方或抽不出时间，除了上日本亚马孙给娃娃买衣服之外，就是给娃娃做衣服。我原以为洛洛很充实，可那时，洛洛早已疲惫不堪。

当时的我忙于学业和工作，根本没能顾及洛洛的处境。我站在 IFC 十六楼的窗口，看着底下的车水马龙，和我一起竞争的无一例外都拥有着闪光的经历、含金量极高的证书，还有牛气的实习背景。

可是……我深深地吸了一口气：我也不差啊，对方眼里的我不也是我眼中的他们吗?

接到录取通知的那一刻，我整个人激动得无以复加。放下电话，我兴奋地抱着自己做的娃娃在房间里转了两圈，一下子躺在床上。

恭喜你，妍妍。我辞职了。洛洛发来的消息。

怎么了? 我尚且沉浸在喜悦里。

妍妍，我问你，你有没有兴趣和我一起开个店，给娃娃做衣服?

我握着手机，愣在那里。

我想过了，服装设计是一个需要天赋和金钱的职业，我天赋不够，吸引不了伯乐，金钱又不足以支持我自费去米兰纽约开秀。可是，你说得对，梦想不死，只是遗忘。喜欢设计衣服，我在娃圈做设计，是一样的啊！你会支持我吗？

也许是害怕，洛洛又补充了一句：其实我也就是问问，不勉强的。

需要我做什么？我回复。

我已经不是那个十八岁的小女孩了，现在的我，已经有了独立的工作，足够的收入，还有完全自主的时间去支配我的人生，我曾经的梦想。

2018年秋天，中国迎来了传说中的最强台风“山竹”，所到之处所有的火车飞机停运，我硬生生被困在了香港机场。

窗外的暴风骤雨啪啪地打在玻璃上，我通知了同事飞机延误的消息，她回复了一个ok的表情给我。

洛洛和我最后的聊天记录是一张广告图，上面是她在日本买的娃娃，娃娃穿着她缝制的洛可可风长裙。恨不得把埃菲尔铁塔穿在身上的洛可可风服装设计师，总喜欢拼命突出服装的线条感和立体感。

许多服装设计师都是建筑专业出身，菲拉格慕也好，三宅一生也好，就好像建筑的每个细节所表达的美一般，服饰也有它独特的线条感和空间感。

“你设计的？”我抬头看，是一位打扮精致的女性。

“是我的合伙人设计的，你好！”我伸出手，露出了职业的微笑做自我介绍。

这里是机场的贵宾厅，安静得只剩下雨声。

“你好，”对方同样地保持着微笑，娴熟地自我介绍，“我也是设计师，Ecco的设计师。”

Ecco，那个源于丹麦，风靡世界的皮具品牌。它的人体工学设计无与伦比，穿着舒适。

我点开家里的微信群说起了这段偶遇，感叹着这个项目结束后一定要和老板申请年假，无论是去意大利看地中海，还是去丹麦看波罗的海，总之，我想遇见欧洲不同的美。

当年那个想要学陶艺的小男孩，突然在群里冒了出来，他还是屈从于家里的压力学了工科，我知道这个消息之后，便和他很少交流了。

“表姐，我在意大利，来找我呀。”

La mer

我最爱的法语词，不仅因为它的含义，还因为它的小舌音完美地闭合了全世界最美丽的词。

地球的生命源于海洋，克里特岛的兴盛源于爱琴海的滋润，人类对于地球的认知来源于麦哲伦的航线。海洋的每一个角落都有不同的人，身怀不同的梦想，用不同的心情面对大海。

五渔村是意大利西北部的世外桃源，传说建造在悬崖峭壁上的马纳罗拉小镇，正对着浩渺的地中海。马卡龙色的小镇此起彼伏，层层叠叠，背靠着的山上是一层又一层的葡萄园。从车站下车，穿过枝叶繁茂的葡萄园，经过漫长的山路，在我抬头的那一刻，我看到了夕阳下无与伦比的小镇还有它守望的大海。

曾经因为相同的梦想而挣扎过的我和他并肩站在情人路上。

我本想以自己的经历安慰同样放弃了梦想的他：“你现在

学什么呢？”

“工业设计，博三了。”他笑着对我说，“以前是我狭隘了，在意大利，本科入学考试是数理综合、设计史、文化常识和英语，造型能力在数理综合部分会以画法几何的方式来考。我原以为我工学的底子不适合做设计，没想到反而成为了优势。你知道吗？这边的设计专业抢饭碗最多的反而是建筑专业的学生。“我现在真的有点感谢我父母当初逼着我去学工科了。”

他的脸映照着金黄色的夕阳，耀眼得我不敢直视，我对着金色的地中海，想起了一个词：殊途同归。

梦想不死，只是遗忘

十八岁那晚，沙滩上所有凌乱的脚步都暗暗掩藏着方向，只是夜太深，雾太重。我借助着星光，借助着同行者的勇气，借助对云之彼端的憧憬，在黑夜中穿行。为了绕开沼泽不惜翻山越岭，为了远离野兽不惜扬帆远航，看似南辕北辙的跋山涉水却引领我走向了最初的梦想。

那些痛苦的、叛逆的、幼稚的感情都化成一个又一个礁石，矗立在海面上，警醒着我和后来的人，哪里是危险，哪里是绝望。回望时我才明白，原来自己从未偏离航向，从未远离梦想，因为它找到了一块最适合栖息的地方。我能感受到它的存在，不是因为怯弱，不是因为失望，而是深藏在我心脏血肉中的种子感受到了从现实的大门所挤入的日光，它在拼尽全力，用力生长。回望时我才想起，十八岁那年我摘抄在手账扉页上的话，那段想要憧憬不同人生的许愿，早已被自己悄无声息地实现了。

玫瑰与三个答案

职　业。设计师
破　蛋。1991 / 27岁
自述人。公子小白

十一天后是我生日。

别人过生日算虚的，我算整的，出娘胎没足二十七年，差一分一秒都是二十六。我把看中的包包和餐馆买好预定好，提前换了身新衣服，在街上闲逛瞅着镜子里的自己，总觉得没过生日的感觉。

小时候收到一本新书都很高兴，如果是一套书或一张光盘早乐癫了，哪像现在这样难以取悦。快乐或许和打游戏一样，有难度才有乐趣。如今的生日 buff，大概只剩下不计较卡路里地狂吃蛋糕了。吃得够快，肥胖就追不上我。

二十七岁之际，就把这篇文章当成送给自己的礼物之一吧。

很奇怪，像我们这种填鸭式应试教育，起点也是从讨论梦想开始的。小学时候上语文课，第一个作文题目是什么？《我的母亲》，亦或《我的梦想》。

童年的我一心想成为魔法少女，木之本樱或者水兵月，反正只要是能把棒子舞出满屏特效的那种就行。我曾做出将抓满库洛牌的手伸出窗外半小时的壮举——风把牌吹走了，我就是肉体凡胎，回家学习；没吹走，我就是牌的主人，天选之人——鬼才逻辑。

那天一丝风也没有，于是我对自己身世的自信一直持续到了初中。至于是哪天幡然醒悟的已经记不清了，只知道课业一天比一天繁重，数理化老师的脸色也一天比一天难看，魔法救不了我，只能自救。

我们那会儿上学分学区，我家离所在学区的初中只隔一条马路，环境巨美，黑色的篱笆圈着白顶的欧式教学楼，一到春天开满粉色蔷薇，比台言还台言，偏偏教学质量巨差，进去傻白甜，出来全员恶人。我妈那时候总吓唬我，你只要进去那个门，隔天就意外怀孕。

有没有那么神啊？

反正小学六年级的我哭唧唧地趴在客厅桌上，不想怀孕，更不想做数学题。南京的梧桐树爱掉毛，每年那个季节我都要过敏，加上心理压力大，一身密不透风的荨麻疹，像老树干身上的菌。我妈给我开回来一瓶瓶止痒药膏，粉色的，往身上涂像刷墙，两个月用掉三瓶半。

然后我考上了不错的初中，以外语见长，还是快班。这是新悲剧的开始。

我这人开窍晚，学得慢，包子的外表下还一副铮铮铁骨，在老师眼中十分不上路子。学什么数学，反正有计算器？学什么物理，以后又不修电路？学什么英语，讲中文烫嘴还是咋的？一重重的 debuff 加持，让我成为班上那个孤僻又难沟通的差生。你们都有这样的同学，齐刘海、微胖、天天不爱讲话、一脸阴沉地望着窗外不知道在想什么，还拉低全班 GDP。

真的，那是我。

初中生活苦不堪言，不擅长所有学科的我找不到喘气的口子。数理化就别提了，最折磨人的是每周英语课上的即兴演讲，我满脸通红地站在所有人面前，一个字一个字挤出自己听起来都 low 爆的土味英语，手不敢拿出口袋，怕抖。也没人听，所有人都低头默背自己的稿子，老师抱臂靠在门边，目光炯炯，像盯一头随时准备卸磨的懒驴。而我脸红脖子粗，真不是说说的。

回想那段时光，绝不是钻石般闪烁，而是贝壳般朦朦胧胧的微亮。平淡的细节充斥着生活，不知所云的例行升旗演讲，永远没人好好做的课间操，车棚里挤在一起的自行车，穿插在所有课间和午休的默写和小测验，长到像唱戏一样不合身的校服衣袖，统一发的盒饭里每周五都有带毛的鸭翅和大朵大朵的香菇……

青春两个字如此质朴，没有日剧里阿宝色的滤镜和穿 JK 的长腿学妹，我们在名为未来的土地上耕耘，刨开土，埋进种子，把土盖上，拍牢，施肥，仔细浇水。种什么，你收什么。农民的道理，就是学习的道理。

那一阵子，成为魔法少女的想法淡了，从小爱看书的我找到了新寄托。

书是什么？看你未看见，想你不敢想。我视力不好，但是我要站在世界上最高的山顶吹风；我想象力一般，但我知道我不属于这里，不属于画地为牢的方圆，不属于令人窒息的课堂和小丑般的演讲。

我站在哪里，哪里自成天地。那种手无寸铁又壮怀激烈的感觉，一生中就一次。

这也是魔法。

看到这里你可能要说，哎哟小白姐姐，不要谦虚啦，你那么厉害，又会画画还会写作，还在国外念博士，天天吃 pizza、gelato，背意大利手工皮包，活得不要太开心哦。

嗯……你漏了长得漂亮。

放下你的手，至少先等我说完。初中不得志的我浑浑噩噩地过了两年。初三时，我妈浏览过我一塌糊涂的成绩单后，把我叫到桌边恳谈了一番。必须承认，这位 lady 平时虽然性格暴躁，但在我人生的重大转折点上都发挥了灯塔一般的作用。

先解释因果：你现在成绩不好就上不了好高中，上不了好高中就没有好大学。没有好大学八成也找不到好工作，毕竟你妈我没矿。

再表达态度：但是，找不到好工作也 OK。你扫马路也好，擦玻璃也好，做生意也好，超市收银也好，只要你能自食其力，你开心，我都为你骄傲。

最后转折：你想好了吗？想好了，我不逼你学习，你出去玩吧。

然后把门打开，教科书级别的以退为进。

这番说话的艺术（套路），我认为值得每个家长借鉴学习。

未成年的我迅速理解了她的逻辑，简而言之——不学习 = 没钱赚 = 没钱买好吃的 = 不快乐。

那还愣着干吗，学啊

学习的过程我不再赘述，总之老天开眼加上我主观能动性较强，经过一年的抱佛脚，巧了，又考上一所不错的高中，以军事化管理、集体化教育远近闻名，校舍包裹在山顶一片严密的白墙之中，人的目光都进不去。

这宣传语一听就不是在夸人，学习还是坐牢啊？就结果而言，边学习边坐牢。

我从小学画，本来当兴趣培养，后来家长接受了我的智力水平，就把画画当作另一条出路养着。我高中时有很长一段绘画瓶颈期，怎么都画不好，但还要每星期去画室坐上八个小时，非常煎熬。再加上从小跟的老师转型圈钱，心思根本不在教学生上，每半年捏着高昂的学费走进画室，我都觉得金钱和时间一并上交给了魔鬼。

唯一轻松的时光，是高三时转成艺术生，终于不用再上历史政治课，每天都能比别人早到食堂打一份热乎乎的辣子鸡丁，在免费的汤里尽情打捞鸡蛋。高三嘛，真正的人生转折点，随着高考的脚步临近，大家都在思考三个问题：

我要选什么专业？

我要上什么大学?

我要怎样度过人生?

这三个问题不在一个量级，但高三嘛，总要把大学和人生混为一谈。上大学是人生起点，是被压迫的奴隶们十八年来第一次把投票权握在手里，战战兢兢地走向一个个或发着光或暗淡的投票箱。

翻阅书本网站，聆听每一个上了好大学的前辈的建议，像小记者一样了解各行各业，尽可能地分析每一条路的利弊。人生中再没有任何一个时候，能同时拥有如此繁多又刺激的选择，你敲开一扇门，你交出手中的筹码，然后改变一生。

知道哪句鸡汤最讨厌吗? 人生就像一盒巧克力。你买巧克力之前不看口味?

要我说，人生像走进一家陌生的糕点店，糕点是你的未来，成绩是口袋里的钞票。多少钱买多少糕点，但糕点好不好吃，得尝了才知道。

十八岁的我掏空了口袋，一口咬下去，甜的。

很幸运。

前两天我一大学室友结婚，因为复读一年年龄偏大，所有人都叫她姐。

我：恭喜恭喜，终于嫁出去了。

她：回国参加姐姐婚礼，伴郎按照你的口味找好了!

聊回往事，聊到寝室里四个人朝夕相处和彼此走上截然不同的道路。成天嚷嚷要出国的去做了手艺人，成天好吃懒做的变成了职场精英，曾经画画最好的反倒去教书，我一心待在国内现在却跨着六个小时的时差，在深夜和他们聊天。

彼此凑齐了开语音聊天只有一次，我手机截了图，现在还存着。

大学留给我的不止知识，还有珍贵的朋友。

说回刚上大一那会儿。我来到陌生的城市，投身陌生的环境，接触到新同学，每个人都跟水溅进油锅里似的吱哇乱叫。你吃馒头贴膘，我吃大米窜条，大家八辈祖宗都没交集，第一堂课上自我介绍，就有同学的口音让人嘲笑了一学期。

最大的差异居然体现在打牌上。一个说，我们打“掼蛋”吧。一个说，斗地主才是国粹哩。还有人说，我只会小猫钓鱼。连小猫钓鱼都不会的我不吱声。同一副纸牌，不同规则，区别大着呢。

我大学学设计，没有纯艺术科系浪漫，但比工科文科自由散漫，同学们压抑了多年的天性找到了释放的出口，从古板的校服里钻出五颜六色的幺蛾子。女生想抹杀所有和幼稚有关的痕迹，追寻各种风格色系不同的衣服，往脸上乱抹口红粉底，把毛衣的前摆塞进裙子里，成群结队地从打篮球的操场边晃过，像成年女性一样在意来自异性的注视。

我对偶遇报以极高的热情，曾孤身一人选了横跨整个校区的“交响乐欣赏课”，前三排被诅咒般没人坐的教室里，听老师用学校配的破音响轰炸震耳欲聋的交响乐。上课有人戴耳塞，没明白，直到签了两周到，才发现一闭眼睛耳边就嘤嘤耳鸣。

课外寻常的娱乐，是抱着最大桶的爆米花连刷几场电影，或者四个人挤在寝室窄小的床上讨论隔壁班的帅哥。学设计本就阴盛阳衰，大伙儿明里暗里盯着的也就那几个。

后来硕果仅存的几位帅哥陆续被纺织学院的美少女抢滩，

唯一单身的那个还在等高中女友回心转意。我们的情人节从等待艳遇到彼此互送唇膏，买粉色蛋糕在KTV里分食，唱通宵的《该死的温柔》。

大学四年，只有一位姐们儿成功在本院找到男友，谈了三个月就分了，说学设计的男生太娇气不好养活。我们坐在宿舍楼一共三阶的楼梯上，愁眉苦脸，同仇敌忾，恨不得从怀里摸出一把红南京分一分。最后还是姐说："吃香锅不，现在四点半，食堂不排队。"

吃啊。爱情哪能和香锅比。

就这样肆意地混了三年，到大四，一夕间彼此和谐的旋律急变，像舞会挂钟敲响零点，所有人都提起裙子四散而走，各谋出路。我还在愁毕业导师选谁，你已经实习半年还拿了个优秀，我刚开始在网站上扒看不懂的招聘信息，你手上已经握了三五个大公司offer。彼此间忽然多了一层隔阂，每个人晚上趴在电脑前，用帘子遮住屏幕，比暗恋谁还秘不可宣，鼠标的点击声比心跳还要急促。

没办法啊，就业招聘季，好公司好职位就那么几个。最夸张的时候，你走进北上广任意相关设计公司的大厅，总能碰见自己的同班同学或者学长，手里攥着相似的简历，血淋淋的窝里斗。

那段时间，我们寝室的电话都要去门外接，总有人的妆化成大人模样，天没亮就出门，晚上才回来。彼此眼神接触，都默契地抿抿嘴，什么都不问，只从对方流露出的细微神色和下麻辣香锅的饭量来揣测事情有没有成。

没有电视剧里夸张的明争暗斗，也没小说里描写的互相坑害，有实力就有工作，极其简单的道理。

我反应慢，起步迟，招聘表格里获奖和实习经历都写不了几行，这才意识到大势已去。我抱着最后一丝希望海投简历，一家无锡的小设计公司当天联系我，说只要我愿意，第二天就上班。

走！找点事做总比自己彷徨强！

当天下午面见人事，谈待遇，对话至今记忆犹新。

人事："你好，我看你的简历挺不错，XX 大学，设计软件都会用吧？"

我："都会，用得挺好。"

人事："哦，你知道我们招实习生活不多，没有实习工资，顶多有些补贴，你能接受吗？"

我："我不在乎钱，只要能学到东西就行。"

人事（无奈）："我们有交通补贴，每个月五百，你不是本地人吧？"

我："没事，我住同学家，就在这附近，不用补贴的。"

蠢死算了！

我一共实习过四家公司，眼前这家公司规模最小，人员最杂，分工不明确，接的活也很鸡零狗碎。很快我被领到工位上整理东西，第二天按时打卡，大老板过来一趟，看见我，停下。

老板："新来的设计师啊？"

我（战战兢兢）："对。"

老板："作品看看。"

我："给。"

那时察觉不出老板的心思，只觉得他一四十岁大叔，待人温和，还挺帅的。接下来一个月，我偶尔帮公司做做插图，PP 海报，老板开始频繁地带我跑工地，探访合作伙伴，一起坐在满是机油的螺丝机旁边扒盒饭，在大太阳下递给我一瓶瓶冰水。

又累又热还和专业没关系，我又不能抱怨。

老板开始跟我谈梦想了，谈他年轻的时候诗词歌赋样样精通，还把写的大作发给我看。

那时我刚出版第一本书，心想都是热爱文学的人，就真心实意地送了他一本，还在扉页上写了段话。他看着书封上我的头像，眼神凝聚，半天没吱声。之后，再没提过热爱文学的事。

如此又一个月，我签的合同满了，实在不愿意留下来浪费生命。走的前一天，一个中年同事开完会顺路载我回去，手放在方向盘上沉默了很久，说："老板结婚了，和他老婆分居，没离。"

So？

又语重心长："小姑娘，年轻的时候诱惑多，还是要把握住自己。"

靠。搞不搞笑，你看自己是勤奋上进吃苦耐劳的五好青年，他看你，是投机取巧的偷油老鼠。

告辞。第一段实习结束。

那时第一波工作潮刚刚退去，没定下去处的都等明年第二波毕业校招。机会还有！我心一横，大不了以后让"写作"偷电瓶养我，后来计算器一合计，写小说居然养不活我。一千字两百块，一个短篇两三千，两个月发一篇，这中间还有被退稿的风险。

当零花钱够了，用来生活，做梦。

我承认，那时候真的慌。我很清楚，进入设计公司工作，就绝不会有时间和精力再操持写作。我没有坐在厕所里用手机一个字一个字敲的觉悟，我的写作是公主，是捧着供着的，她太娇气了。况且她还没爱上我，我还在追她呢。

我绕着北区的操场，在漫天和我一样迷茫的雾气里一圈圈地转，我的公主要被人抢走了，我会和身边的大部分人一样走上马里奥的道路。我曾希望人生是一支箭，以雷霆万钧的气势射向终点，奈何它是一只乒乓球，一撞到障碍物就弹回来了。

我想，考研吧。成了，我再养写作三年；不成，到时候再说。过程不再赘述，其中辛苦不亚于任何一场高考，或许更甚。

半年一晃而过。2013年，我成为本校一名研究生。

毕业时我的行李从这栋楼搬到对面那栋，楼层都一样，仿佛只是换了群舍友。家远的两个姐妹先走了，留下最后一个本地人还在收拾。住了四年的宿舍特别空旷，从床和柜子后面翻出两只遗失很久的U盘，我都想不起来里面存了什么。最后一顿饭，我们点了平时舍不得点的小炒，开了菠萝啤一人一半。两只杯子敲在一起，她说：“好好念，等你毕业了，我和我开宝马的男朋友来接你，送你一大束玫瑰。”

她是宿舍里唯一的母胎solo。我没吐槽她，我想要玫瑰。

事实上那天并不是我们最后一次相聚，毕业后，一个在上海，一个在北京，一个留在无锡，我们总能三两碰面。距离并没因为毕业变远，时光洗去我们的不成熟，将彼此的心温柔地拉近。

研究生期间我实习过两次，一次在上海，一次在广州，都是导师布置的项目，机票住房自己定，兴高采烈得像春游。曾在黄浦江边围着一张办公桌通宵赶过方案，三餐都叫同样的宫保鸡丁外卖，盒子来不及扔，打开才发现是上一顿的剩饭。我也曾在清晨六点的上班途中遭遇暴雨，每个人都优先把电脑护在怀里，反倒是刚买的一千块小皮鞋遭了殃。我还曾周六坐车到广州市中心，看那里三个人都抱不来的粗壮行道树，空气湿润，卤煮的香味隔着两条街飘过来。

那段时光真是迷人，像半熟的青梅，苦涩又甜美。我们初入社会，战战兢兢地伸出触角，用并不太自信的声音诉说自己的理想，出了事也不会有任何后果，导师兜着，大不了擦干眼泪从头做起。

现在想来，我被保护得很好。

太好了。

2016 年我研究生毕业前夕，和其他同学一样投身于滚滚实习流。

本校的研究生平台好，优势大，在业内的认可度也高，我们找实习几乎不成问题。然而学校内部还是打得头破血流，各种宣讲会场场爆满，业内大牛刚放下话筒，就有四五个人冲上去要微信。

谁都希望机会多一点，胜算大一点，入行早一点。硝烟四起，学校变战场，同窗变对手。

吸取本科时的教训，这次我准备得早，第一批和同学们投递简历。面试前后半个月，半数学生拿到了好 offer，我睡觉不关机，夜里睡不踏实，早上起来第一件事就是去看未接来电，好像真有人会凌晨三点通知我。

石沉大海。杳无音信。

宿舍里两个妹子都买好去杭州的车票了，我还在冷板凳中。

第一波招聘结束，我没接到任何电话；第二波招聘结束，有两个公司在三试时刷下了我；最后一波招聘，有几个内推机会，我一看在南京，招聘优先条件是英语好，能和老外聊天。

我英语好啊！初中演讲锻炼出来的！

怀揣着最后一丝希望，我通过作品集面试，买最早的动车票回到南京二面。公司的具体名字不透露，反正是一家有头脸的大公司。面试安排在办公楼，大厅有半个足球场那么大。

一进门，嘿，同学会。

尴尬。

不断有穿正装的男人从面试厅进出，因为和设计部一起面试的还有营销部和市场部。我那天穿白衬衫，外面套了件长毛衣，格格不入。还好我们并没有着装要求。

面试我的是一个矮胖的中年人，穿T恤，戴一副指印清晰的眼镜，神色严肃。我紧张地坐下，他看都没看我，先拿过简历作品集，用十秒钟翻过我三年做的东西。

“XX大学？在哪些地方实习过？”

我如实回答，装老练。

“英语过六级了？考雅思了吗？”

“考了，研二考的，口语不错。”

他这才抬头看了我第一眼，拿出随附的证书确认，随后阖上作品集，扶扶眼镜：“你能力可以，我们项目组正缺外派出差的人，美国啊欧洲啊都有需求，要能和外国人一起工作。

正是用人的时候，不止实习，希望你也能留下来就职。"

我赶紧拍胸脯表忠心，我 can 我 could 我能。

面试出奇顺利，三天后我收到正式实习通知，以十分不起眼的邮件形式躺在堆满广告的 QQ 邮箱里。入职后才得知，面试我的是设计部高管之一，刚从美国飞回来，只在国内待一星期。

如果实习顺利，我可能真的会被高薪所诱惑，成为一年只回家过个年的空中女飞人，朋友圈里都是在飞机上拍的各色落日。可如你所见，我正在他乡念书，用论文和开会的空隙写下这篇文章，直到夜色从窗外一点点蔓延到屋里。

实习结束后，我没有留下。

因为贪心。

同在公司工作的学长为我指点迷津，说我那个部门（姑且叫A部门）看起来光鲜，其实升值空间不大，可以再观摩一阵。恰好同一公司的 B 部门有空缺，我投了简历，也被通知面试并且顺利通过。短短十天，连拿两个 offer，锦鲤本鲤。

经过几天考虑，我答应了 B 部门，正美滋滋地要签约，忽然收到电话，B 部门不要我了。原因是 A 部门已经把我的信息录入系统，哪怕我也还没签约。

大公司规矩多，已经录入的信息更加不好更改，我只好认命。谁知过两天接到电话，说 A 部门也不要我了，因为我重复面试同一家公司，不诚实。

嗯？面试不同部门怎么不诚实了，菜场买菜还能挑挑呢？

我义愤填膺，血冲到头顶，我的同学们也纷纷表示面试多个部门很寻常，大的设计公司里，部门间各自招聘，择贤录用，何况我没和其中任何一个签约。朋友给我支着儿，说你去主管面前哭一通，声泪俱下说你年轻不懂事，万望再给一次机会。

对不起，我真哭不出来。

见B部门主管当天，我像热锅上的蚂蚁一样坐在大厅里煎熬，学长把主管约出来，我能看见主管脸上的不情愿。我想，完了，好好的同花顺拆开单打了，然而还是硬着头皮诉说了自己的委屈，包括一心想进B部门的决心。

主管人很好，终究被我说动。一个月后，我拿到了工牌和欢迎入职的巧克力，坐在设计组的第三张桌前，志得意满地打开photoshop。可能那时我就被拉入了入职黑名单。主管可以给我实习的机会，但不会留下我，A、B两个部门关系本来就不好，而我影响了部门和谐，英语再好也不顶用。一个外人，终究没同事间的面子重要。

一切看起来风平浪静，我有很好的导师和帅气的同事，我的项目都不难，在舒适区之内从容应付。三个月时间，我吃遍了公司里大小四个食堂，在湖边的草地上蹲着看天鹅，我每天九点半到岗，五六点下班，一切都井井有条，未来可期。公布转正名单，录取的不是我，而是另一个能力和评价都很平凡的女生。

当头一棒。

我花了很长时间来消化这件事，巴不得桩桩件件列出自己的委屈，贴在脑门上控诉公司有多不近人情。现在细想，问题真的在他们吗？两个部门同时看上一名实习生，就算不抢起来，也没有同时往外推的道理。说白了，我虽然达标，也仅仅只是达标，连让部门间沟通的价值都没有。两双筷子碰过的红烧肉，彼此都不愿意吃对方口水，扔了最省事。

我要是一锅佛跳墙，谁扔？

靓丽的外形、强劲的工作能力、高情商、高智商……任何一样武器都可以为你谋得一席之地，拥有的更多，选择就更多，大可不必被一家公司拒绝就仿佛末日降临。

好在我留了后手，考完雅思之后一直在联系国外院校读博，流程漫长，等不到反馈。转身投入小论文写作，花一个月时间摸清楚写作思路，每天工作十个小时，翻译、投稿，昼夜颠倒地等待结果。后续是刊发论文，写研究计划，和国外导师沟通。

毕业前，我等来了一纸鲜红的录取通知。

我是博士了。

每次朋友和我聊天都要感慨，当年谁都说要出国，就你没这想法，老娘坐在电脑前加班，你在意大利的 duomo 广场吃炸鸡。

可拉倒吧，我的血泪谁看见了？异国他乡读博，思维差距远比语言问题更大，四顾我的博士同窗们，简直能凑齐一本《人生百苦》。

博士 A，导师出了名的学霸，自己本身就培养了两个儿子，一个哈佛一个剑桥。博士 A 在前线奋斗了三年，天天被虐成狗，一头令人羡慕的黑长直冒出根根白发。

博士 B，典型的选择困难症，每个课题都难以深入，三年内换了两次选题，最后导师都不见他了，和他说的最后一句话是 See you in August（说这句话时才一月）。

我更别提了，大导和小导都不会英语，每次碰头中间都坐一翻译。本来好好地搞学术，最后还被逼着学门语言。

跟谁说去？人家只知道你吃炸鸡。

谁不苦呢？上班苦，读书苦，起早贪黑苦。你做数学试卷苦，他通宵写代码苦，我看英文文献也苦。

苦着苦着，也就习惯了。苦着苦着，就能尝到回甘。有关青春的一切都变幻莫测，没有真正意义上的一苦到底。新的路口，新的机会。当生活用成功给你当作奖赏，嘴里的苦楚才是大人的甜味。

知道我最喜欢哪句鸡汤吗？《棋魂》里围棋圣手对塔矢亮说的一番话——“我无法断言你有没有下棋的天分，可即使没有，你也有比那更好的两个才能：一是比谁都努力的才能；二是比谁都热爱围棋的才能。”

任何低谷期，我都能从这句话中得到真实的力量。天选之人太少，谁都会在新的挑战面前气喘吁吁，会在人前受委屈、被刁难，或仅仅因为能力不足而摔跟头。没有聪明的头脑、足够光鲜的外表、高情商、高智商……但努力与热爱，是坚持必有回响、不分老幼贵贱的好东西。

二十七岁生日前夕，年少的三个问题应当重新回答。

我要选什么专业？

我要上什么大学？

我要怎样度过人生？

我可以选择任何专业，无论是因为喜欢，赚钱或只是为了就业前景好。

我可以选择任何大学，甚至自主创业，但它一定是我能力范围内的最优选择。

我可以用任何方式度过人生——海外求学，投身工作，嫁人做羹汤，远走天涯不问来去。

但它一定无悔，是我拼命思考、舍身努力的结果。

职业。英语教师

破蛋。1991 / 28 岁

自述人。爱丽丝红茶

回头看踏过的雪，都已融化成草原

今年九月五日，几乎所有院校都已经开学，我从北京坐飞机抵达西安咸阳国际机场，又坐了近八个小时大巴，赶赴甘肃省庆阳市正宁县，去见我的学生。

我是某知名线上教育机构的英语老师，我的日常工作就是坐在电脑前，将我的知识通过电脑直播，传授给来自五湖四海的孩子们。

暑假近结束的时候，我的助理、学管师琳达依照惯例开始给家长推荐秋季课程，帮助家长续费。琳达是个很负责任的人，她每天反复询问家长孩子的学习情况、续费的意愿，并介绍我们的秋季课程，以此来确保我的续费率名列前茅。

琳达和我说，有个家长考虑了好几天，一直问能不能再优惠点。我私下里跟家长聊了聊，这才知道这个“嫌贵的家长”其实是一群山区小孩的校长，姓刘。

鲁家沟小学没有英语老师，刘校长就自费买了网上的直播课程。平时到了上课时间，孩子们都挤在狭小的校长室内，对着一台老旧的电脑听我的课。也无怪乎开课前琳达因为调试设备跟这位刘校长纠缠了很久。

说不感动是假的，一位老师最感动的事不过是学生一心向学罢了。于是我跟刘校长说，我向官方申请了免费名额，实则自己掏钱垫付了接下来课程的费用。

暑期一期结束后过了几天，刘校长跟我说，孩子们特别期待秋季的课程，经常问他 Alice 老师什么时候开课。于是我这才萌发了去鲁家沟小学看一看这些孩子们的想法。

我订了一张 2018 年 9 月 5 日的机票，想与那些距我一千多公里的可爱的学生们，来一次面对面的交流。

如果有人跟我说，你以后会成为一名老师，我肯定会怼回去，你才是老师，你全家都是老师。

那就是十几岁的我，恃才傲物，不可一世，唯我独尊。我常常沉醉于自以为是的假象里，看不起同学，也看不起老师，因为我觉得他们和我一样大的时候都没有我优秀。到我 18 岁时，我甚至对老师、同学，对我所处的教育环境充满了怨恨。

我初中和高中都跳过一次级，16 岁进入了国内顶尖大学，称得上是同龄人中的佼佼者。不过我还是要坦诚地说，虽然我在国内顶尖大学，但是读的却是下水道专业。16 岁那年的高考我发挥得并没有想象中那么好，但是为了面子，因为那份轻狂，为了所谓的“宁做凤尾，不做鸡头”，我第一志愿填了这所历年最低录取分数线和我当年高考分数差不多的大学，也只填了这一个志愿。

我那时候就是这样，无论如何，我都要最好的，不给自己留任何退路。

我如愿进入了这所顶尖大学，却进入了一个我毫无兴趣的专业。我本就是为了大学而来，填报专业时不过按照分数梯度填写，完全没有考虑过这个专业我会不会喜欢。哲学系的老师多是些地中海的老头子，满布皱纹的脸上印着黄褐色的老年斑。我常常看他们在讲台上侃侃而谈，什么苏格拉底、柏拉图、亚里士多德，什么黑格尔、拜伦、叔本华。年少的我通常听不懂也听不进去，总自以为是地猜测，他们真的懂这些吗？不过是牵强附会故弄玄虚罢了吧？

于是就像高中时一样，我开始不再听课，随便画些什么、写些什么，迷茫庸碌地度过一节又一节课。不过大学和高中毕竟不同，失去了教辅书和练习册的学习让我如同鸟儿失去了翅膀，更不要说哲学这种需要大量理解和记忆的专业，我在大一的第一次期末考试就遭遇了人生的滑铁卢。

我自然不敢把挂科的事情告诉一直对我要求严苛的母亲，但是心中的郁结却难以排解。这一次挂科像一个人生的污点，给我带来了巨大的打击，从此开始侵染我的内心。

当考试不再像从前那样得心应手，学习不再易如探囊取物，我甚至开始自我怀疑，放假回家都打不起精神。最后，我还是跟一个我最依赖、最信任的人倾诉了这些徘徊的心事——我哥哥。说是我的哥哥，但是我和他其实并没有血缘关系。我母亲和他父亲在各自离婚之后重组了家庭，我从而捡了个便宜哥哥。

慈爱、宽容的继父和我严厉、强悍的母亲完全不同，就像善解人意的哥哥也和争强好胜的我完全不同一样。哥哥安慰我说："大学和高中的学习模式本来就不一样，你还小，当然要比别人需要更多的时间来适应。"

我有些羞愧地说："其实我根本就没学习……"

哥哥拍拍我的肩："慢慢来，没事的。你可以第一天要求自己学习半个小时，第二天学习一个小时……以此类推，直到找回学习的节奏。"

我小声嗫嚅："我觉得那些老师教得都不好。"

哥哥失笑："你的学校那么优秀，那里的老师不好还有哪里的老师好呢？你应该去试着听一听，找到他们的优点。"

我点点头，用坚定的表情比了一个 Fighting。

然而命运对于脱胎换骨的要求总是格外苛刻。

我试着努力去听那些我以前看不起的地中海老头子们的课。西方哲学史的老师知识很渊博，说话很幽默，寓教于乐。然而时至今日，我对于那个学习了近两年的哲学专业，所剩的记忆仅剩寥寥几笔，印象最深刻的只有这个老师讲过的一个小故事。

我越努力就越感到这不是我想要的专业。那时，我看不清我的现在，亦看不到我的未来。我陷入了深深的迷茫。与此同时，我开始发现，那些曾经我觉得不如我的同学们在一步步地超越我，与我渐行渐远，把我狠狠地甩在了后面。

在初高中时，我常常被同学们吹捧，被老师们夸赞，可是事到如今，我其余三个室友在孤僻的我身上交涉未果后，索性不再尝试。她们常常聚在一起讨论参与活动的心得，或是又得了什么新的奖项，那些话不由自主地蹿进我的耳朵，噬咬着我的耳朵。我不愿放弃我的“特殊”，却又懊恼于这种被孤立的感觉。

别人都在朝前走，只有我站在原处徘徊犹豫，故步自封，甚至急流勇退。

有时我抱着书走过校内湖畔，身边形形色色的同学似乎都步履坚定，目光如炬，只有我满目愁容，如同溺水复生的鬼魂，不知何去何从。我过分自恃清高，以至于我到了十八岁都没有一个知心的朋友。除了哥哥，我竟然没有别的倾诉对象。可是哥哥和我是不同的。哥哥身边总是朋友云集，每逢假日，他总会收到应接不暇的节日祝福。心中的自卑让我张不开倾诉的口，那些孤独寂寞、自我怀疑的心魔时时纠缠着我，让我喘不过气来。

终于，我在大二时患上了抑郁症。一向严苛的母亲在电话里也不自觉放软了声调：“怎么会这样呢？要不休学回家吧！”

我摇了摇头，又想起这是在打电话，艰涩地回复：“不用了，只是轻度而已。”

母亲又絮絮叨叨嘱咐了几句，我胡乱地嗯了几声，就挂断了电话。

那天我结束了近一个小时的心理咨询后，口干舌燥，我站在医院门口的自动售货机前想要买一瓶咖啡，却被心中的抑郁压得动弹不得，直到后面伸出一只手，按下了矿泉水下的按键，插入了纸币，又将矿泉水取出来递给了我。

哥哥站在我面前，笑得有些无奈，他的眼神中是显而易见的怜惜。我扑进他的怀里，隐忍了几个月的泪水就这样肆意洒在了他的胸前，所有郁结在心中的对自己、老师、学校和对这个世界的厌弃与反感，都和泪水一起喷涌而出。

我最终请假一周，跟哥哥回了家。

我在家中熟悉的浴室里洗澡，眼神飘忽地乱逛，最终定格在了置物架的最高一层。我踮起脚，从上面拿下了一瓶略带灰尘的洗面奶。

它已经放在那里很久了。久到覆上了薄薄的一层灰。因为它放得太高，即使它还有 2/3 的余量，即使它是一瓶昂贵的、高级的洗面奶，别人看不到它，慢慢也就把它忘了，而它最终也失去了自己的价值。

我就这样握着那瓶洗面奶，号啕大哭起来。

18 岁那年，我大二。我最终决定退学复读。

如果不是哥哥，单单凭我自己，我应该很难做出这样一个决定——跳出自己的 comfort zone。

复读之前，哥哥带我去了一所农民工子弟小学。去教室的路上，我们遇到了很多小学生，他们都热情地和我哥哥打招呼，声音此起彼伏："胡老师好！"看着这些喜欢着哥哥的孩子，我也不自觉地微笑起来。

哥哥摸了摸我的头顶："你应该多笑一笑，真的。"

哥哥带我从一间教室的后门溜了进去，台上的老师看起来还十分年轻，面孔还带着几分青涩，不过讲课的神情却十分自然，声音抑扬顿挫，常常抛出些幽默的小段子，引得学生们哈哈大笑。

我已经很久没有认真听过课了，但是这一天，我却莫名其妙地认真听完了一节小学三年级的语文课。

下了课老师走到后排，有些羞涩地和哥哥讲话：“胡哥，你怎么来听我的课了。”

哥哥看我一眼：“带我妹妹来看金牌老师讲的课啊。”哥哥站起身，拍拍他的肩膀，“讲得很好，我妹妹都听入迷了。”

老师有些不好意思地挠挠头，哥哥跟他道别后，带着我来到了操场。

“刚刚那个老师，你觉得他讲得好吗？”

我点点头。我不得不承认，那个男生讲得很有趣，如果要是让我上台，我未必能把我学到的十分之一的知识成功地传达给学生们。

“你知道他多大吗？十八岁，和你一样大。”

我沉默不言，呆呆地看着风中飘摇的树叶。

“因为生病，他高三要休学一年，于是来到了这所小学当语文老师。”哥哥看向我，“他和你一样大，甚至还没有上大学。我觉得人生其实就像一棵树，有些树长在阳光丰富的地方，有些树长在阴暗的角落，有些树生而名贵，有些树生而平凡，但是所有树都在努力地生长。再高贵的树，亦需要阳光、氧气、营养的滋润；再平凡的树，也可以遮蔽荫凉，阻挡风沙。”

这世上，有“万枝香袅红丝拂”，亦有“岂不罹凝寒，松柏有本性”。我似乎一直自诩不凡，但是在我的成长中，我仍然需要师长的教导、家人的支持和朋友的帮助。这些东西就如同我成长所需的必要养料，而我竟然一直将它们看得太轻。

我觉得，是到了该重新直面阳光雨露的时候了。

放弃已经上了一年半的大学，回去重新面对紧张、繁重的高三，这个决定本该是艰难、痛苦的，但是对于我而言，却有如释重负的解脱感。这一次，我所做的是有目标、货真价实的努力。而这份努力让我深刻感受到了自己的生命力。

在复读期间，我遇到了一个和我同病相怜又完全不同的人。

这两个词听起来有些矛盾，简单说来就是，她和我都是复读生，不过她算得上是一般意义上的“笨学生”，前一年的高考分数甚至连三本线都没够上，就叫她小如吧。

小如在我来的那一天听了班主任的介绍后，就对我产生了一种崇拜感。其实班主任介绍我的时候我非常尴尬。假如我真的非常优秀的话，怎么会回来复读呢？但小如却立刻举手，希望我可以做她的同桌。在她眼里，我看到了我初高中时曾经常看到过的，让我虚荣感得到满足的那种羡慕和崇拜。

不过我现在已经不会因此而膨胀了，我甚至有些羞愧。我开始认真听课，积极回答问题，即使那些东西我前年就会了。毕竟我是小如的偶像，她尚且在一旁努力学习着，我又怎么可以无所事事，神游天外呢？

小如是个热情的女孩，她只是不够聪明。但是她时时洋溢着的活力，总能让周围的人感受到温暖和善良。同样是复读生，她却从未表现出过沮丧和自卑。她甚至让原本自卑的我逐渐忘记了以前孤独的感觉。

在小如的影响和陪伴下，我开始学着与我的同龄人交流，与她们交朋友，我开始参加那些我曾经从不参加的合唱比赛、运动会、社团活动。我脱去了那个曾经是我的荣耀也是我的枷锁的“特殊”。在这一年，我找到了人际交往的钥匙，并用它在此后的道路上打开了一扇又一扇的门。我终于在 18 岁那年，感觉自己真真正正、实实在在地活着，感受着人生的第一次蜕变。

我万分庆幸我选择了复读，让我没有错过这段最纯粹、最美丽的时光，让我把自己从高处放下来。别人看到了我，我也看到了别人。走过的歧路在我的新选择下，成为了让我更好认识自己的垫脚石。世界终于不再是以往俯视中的迷乱和灰暗，我以平视的姿态，看到了更广阔的世界。

高考结束后，在等待成绩期间，我花了大量的时间和朋友们聚会。其实最终成绩如何，我已经有了大概的预测，想去的院校和专业也已了然于胸，因此等待成绩并不令我焦虑。

成绩出来以后，我如愿以偿地报考了中国最好的语言大学，选择了英语专业。如果放在两年前，我可能会选择德语、法语等看起来“高大上”的语言，以满足自己的虚荣心。但是十八岁临将结束的时候，我学会了与这个世界和解，学会了放低自己的视线，我终于看到了我的未来。我想要的未来。

哥哥比我大三岁，成绩平平，高考后挑了一所本市的大学。每周四，他都会去我们之前去过的那所农民工子弟小学做志愿者，教孩子们音乐。高考结束的时候小学还没放假，于是我跟着哥哥去那里做了助教老师。

有时候我会准备一些英语单词教给那些孩子们，更多的时候，我和孩子们一起坐在台下，看着台上的哥哥唱歌。讲台上的哥哥眼瞳里似乎闪烁着光芒，我像小孩一样托着腮，摇头晃脑地跟着哼唱。

十八岁以前的我对老师深恶痛绝，不可一世到极点，但凡有亲戚说到以后做老师，我一定会满身是刺地反驳回去。可是十八岁的末期，我竟然觉得做老师也不错。

以前的那些厌恶，或多或少源于母亲的严苛教育。大量的娱乐时间被学习压榨，我开始对知识的传授者产生了抵触情绪，亦把自己升入大学后失败的原因推到了老师身上。但日久天长，学习慢慢变成了生活的一部分，当我能够正确看待周边的事和人时，未来的蓝图也在手下逐渐描摹清晰。

为什么选择英语呢？因为它更普世化，被更多孩子所需要。

看到孩子们渴望的目光聚焦在哥哥身上的时候，我微微笑起来。

离开小学，在回家的路上，我和哥哥聊起了未来的事情。

我开诚布公地讲："我以后想做老师。"

他大概以为我又是一时兴起："老师吗？其实人生有很多种选择，不必现在就把未来规划得毫厘不差。"

我笑："我更喜欢看得见、抓得住的未来。"

想不到吧，我这样嚣张跋扈的人变成了务实主义者，而温和乖巧的哥哥其实是梦想派。

在大学这四年里，他去全国各地参加过志愿活动，有亚洲环保峰会，有民谣音乐节，有山区支教，有动物保护计划，他和我走的是不同的路，但我们同样都过得很精彩。

进入英语专业的我也接连获得各种演讲、作文、辩论比赛的奖状，但是对于我来说，这些都不再是我标榜自己的资本，而是经历人生的证明。

人生有很多种颜色，要想把它绘成你想要的颜色，必须自己执起笔来。

我将要大四毕业的时候，其实还算清闲，没有被找工作或者读研的事情缠得焦头烂额。

我自大三就开始在某知名线上教育平台做兼职英语教师，临近毕业时，先我入职几年的学姐、我的直属上司跟我说，等我毕业就可以正式转正了。

一切都在朝我希望的方向发展着，直到我母亲给我打来电话。

她说下个月我哥哥要结婚了，要我抽时间回来参加婚礼。

到了婚礼那一天，我第一次见到了我嫂子。那是一个和我哥哥很像，很热情、很温暖的女孩儿。

哥哥带着嫂子挨桌敬酒，他单独敬我一杯："真是感谢有你这个妹妹在。你太优秀了，替我分担了很多父母的注意力，他们的期望全放在你身上，让我过得很自由，哈哈。"

我眼睛一酸，差点落下泪来。

哥哥走以后，我母亲小声对我说："对不起。"

我看向她，她的眼圈有点红："我其实现在也总是后悔，对你要求太过严格，让你没能好好享受童年……"

我知道她在我得了抑郁症之后就很自责，那时候我把病情诊断发回来后，母亲在沙发上呆坐了整晚都没有睡。我也看得到我回家复读以后，她面对我时常常带着欲言又止的表情。我只是故意忽略，因为我还没有做好原谅她的准备。

我以前其实有些讨厌她，所以才过分依赖哥哥。但平心而论，他们两人都在我的人生路上起了所谓的鞭策作用，一个在前半段给了我动力和压力，一个在后半段给了我鼓励。这些东西成就了现在的我。

我抬起眼，目光穿过花柱环绕的长廊，哥哥和嫂子的背影看起来很相配。我扭回头，发现母亲那头总是打理得顺滑精致的卷发已经夹杂了许多白发，她不再是十几年前那个雷厉风行、说一不二、要求无比严苛的女人。她变成了一个普通的妈妈，一个眼角带着皱纹、挂着讨好的笑容、担心长大的子女离她远去的妈妈。

不论他们对我造成了何种影响，我的人生终究是属于我自己的。如果不能将吸收到的全数转化为能量，那该放掉的就放掉。

哥哥婚礼结束后，我回学校办了毕业手续，接着正式成为了一名直播教师。

兼职教师做的是低年级的一对一教学，而正式老师面对的则是高年级的大班教学。这意味着我要和更多的家长以及学生接触，要让自己准备的教案适合大部分学生的水平，还要合理分配回答学生在聊天框提出的问题和讲课的时间。

我乐于向其他老师请教经验，向学生们寻求意见和建议，帮助我提升自己的教学水平，更快地晋升和成长。在复读那年学会的与人交流、理解他人在这时很好地帮助我和学生们构建起了一种和谐的关系，有很多学生把我当作知心姐姐，向我倾诉遇到的困难，而我丰富的经历更是给了我许多素材，让我能够站在他们的立场上为他们考虑问题，给予他们真诚而合适的解决手段。

我退学复读的经历在学生和家长们眼中变成了勇气和优

秀的证明，甚至那年困扰我的抑郁症也给了我很大的帮助，让我能够更好地控制我自己的情绪，明白自己情绪的临界点在哪里，如何调节不快和郁闷，让我即使遇到家长的斥责和误会也可以很快调整心态，不断进步。

我那时觉得，人其实并不像一棵树，而像一棵脆弱又坚韧的草。所有人都渺小而平凡，但是当人与人紧密相连，共同生存的时候，形成的便是无垠广阔的草原。

最开始的时候，我把自己看得比别人更高；十八岁的时候，我把自己看得与别人不同。后来我才明白，我和别人其实是一样的。

2018 年的我已经是线上教育平台的明星老师，拥有近 98% 的好评率和七成以上的续课率。打在我身上的标签除了“专业”“寓教于乐”“深入浅出”等等，还有“平易近人”“和孩子做朋友”这些有关性格的评价。以前那个总觉得自己站在世界之巅的我，应该不会想到现在的我会是一位“平易近人”的老师吧？

此刻我在鲁家沟小学，仿佛又回到了当时哥哥带我去乡村小学的时候。孩子们就在我旁边追跑打闹，欢声笑语如银铃一般动听，他们的手上沾着新鲜的泥土，明亮的眼底清澈到可以看见我的身影。

我给一个小女孩扎好松开的辫子，她回头跟我说：“老师，你好厉害哦。”

我笑笑：“你也很厉害啊。”

我已经懂得，不要把自己看得太厉害。因为不可一世，所以跌得更加惨痛；因为不屑一顾，所以饱受孤独折磨。我不是一个厉害的人，我和所有人一样平凡。或者说，所有人都不平凡，大家都一样厉害。

而人生也很长，可以有后悔的权利，可以有不同的路走。我有过一些错误的选择，但是幸而我及时找回了自己的路。在深陷泥沼、不见天日的时候，有人化身为我的光，带我走了出来。

接下来的时间里，我自己变成了光，引导自己，也引导着他人。回望来时坎坷的路，它已经从莽莽荒野变为了肥沃的草原。那些困住我脚步的积雪，那些顽固不化的坚冰，在我步履蹒跚地走过去之后，都融化成水，滋润无声。

我闭上眼睛，闻到的皆是爱的花香。

我知道所有的河流，终将流入大海

职业。新媒体编辑
破蛋。1994 / 24 岁
自述人。路北

我 18 岁那年，发生了很多事情。

后来我才明白，那时候所有的笃定和确信，是那样可笑；而那时候所有的怀疑和绝望，却是庸人自扰。命运，真是一个奇怪的东西。

2018 年 8 月 12 日，墨尔本

我坐在火车上，下班回家。我把脑袋倚靠在车窗上，看着 Yarra 河边的路灯一盏盏亮起，而暮色，尚未完全消退。

又是一天了。在今天的近十个小时的时间里，我一言不发地敲打着键盘，几乎连姿势都没有变过。

每天下午四点，我准时把一天发生的新闻推送到这座城市里几万个人的手机屏幕上，再从留言的字里行间里，感受着我的文字在他们脑海里造成的跌宕起伏。我，是一个 24 岁的新媒体编辑。

周末两天，我又是一个 24 岁的餐馆收银员。我已经在那家餐馆断断续续做了将近两年。上学的时候是为了补贴生活费，后来我不再需要补贴了，但在那里上班已经渐渐变成了习惯，为的只是能跟朋友们说说话，把前五天的话说出来一点，如同在休假。可能我只是喜欢去那里，其实我也不完全明白为什么。

我还是一个 24 岁的普通姑娘，除了偶尔有点暴躁，经常有点倔强，大多数时候不喜欢和别人相处之外，我看起来还算正常。我喜欢花大把大把的时间在房间里看书；我喜欢在周五下班之后自己跑去看电影；我喜欢把耳机开很大声，手指轻轻敲打着节奏……

我现在的生活繁忙而有秩序，我喜欢这样。很多人会说我有点过于繁忙了，总告诉我，钱是赚不完的。我同意这一点，之后继续忙碌着。他们不懂，如果有大量空闲时间对于我来说意味着什么。

如果 6 年前，你告诉我，你会在一个离家万里的地方，做着一份和本科毫无关系的工作，并且七天无休，我一定会说，

你疯了……

2012年，18岁，高考失利

我从稳定的二模第8名、三模第2名，变成了高考最终的35名。班主任劝我：‘有点可惜，你要不复读一年？”我父亲说：“你决定吧，不过反正你也到一本线了，何必再复读呢？”

我知道，他是看不下去我再辛苦自己一年。他常说：“我对你没要求，你给自己太多要求了。”于是，我做了第一个后来让我“后悔”的决定：不去复读了。

我心灰意冷，窝在家里几天，谁也不想见。

填志愿的时候，我生性里的极端种下了第二个“恶果”。那时我想，既然得不到想要的，去哪里，学什么还有区别吗？文科的专业反正都差不多。

最终，在机缘巧合下，我变成了一个工商管理本科生，大学在一个三线城市。

我母亲知道以后很生气。她给我打来电话说，“我知道你没考好，但是你也拿到了一本的分数，最后跑到一个非211非985的学校，读一个找不到工作的专业？你完全可以报……”

我直接挂断了她的电话。我对她从来都是这样：不耐烦、冷暴力、厌恶，甚至憎恨。她总是有办法说点什么勾起我的暴躁，可能因为她就是这个世界上最让我暴躁的人。我从没试图爱过她，这有很多很好的理由。但如今，这成了我唯一真正后悔的事情，然而这是后来的事情了。

三个月后，当我坐在课上听企业伦理课的时候，我承认，她当时说的有点道理。四年后，当我在人山人海的招聘会里排队递简历，面试官挥着手不耐烦地说“211、985的放这边，非211放那边”时，我忧心地看着那一摞纸和不远处的一个垃圾桶，终于承认，她说得对。

可是说得对又怎么样？说得对的人多了，有用吗？

无论如何，18岁，我和千千万万个同龄人一道迈入了大学校园，也和千千万万个同龄人一样，迅速意识到大学生活的无聊。

2012年，18岁，大一

大一的第三个礼拜，我就迅速对几乎所有的课程都失去了兴趣。我习惯性地翘课，自己一个人窝在宿舍里看电影，或者去图书馆待一天。又或者，我会坐一个小时的公交车，跑到城市最边缘的一家麦当劳里，坐在那儿点一杯咖啡，看对面车站永不停歇的人流。我在那里经常孤身一人一待就是一下午。可是就算我身在坐得满满当当的教室里，又有什么不同呢？

宿舍的妹子都是善良温和的人，她们经常约我出去，我却一直推开她们的好意。大概我无法适应亲密的距离。可能从那个时候开始，孤独这种东西就在我身体里留下了种子，生根发芽，它的藤茎缠绕着我，从眼角直缠绕到心里，让我几乎窒息。直到四年之后在墨尔本，它才终于开出妖异的花。

大学四年，我看了几百部电影，看了几百本书，在麦当劳喝了几百杯咖啡，看着车站的人流来来往往千千万万次，最后拿了四年的奖学金。我不为此骄傲，我因此而痛苦。如果一开始我对工商管理是“几乎没有兴趣”，那么在大一快结束的时候，我就知道“我对它完全没有兴趣”，而且以后也不打算培养对它的兴趣。

18岁，假期

如果我对爱这种东西本不抱有希望的话，那一年，我母亲终于让我对它绝望了。

那是我18岁的最后一个月。我去我母亲那里的时候，恰巧遇上她要出去吃饭。我说那我下次再来，她说，一起去吧。我想了想，就跟着去了。

酒席间，一大拨我不认识的客人已经坐下来了，我母亲的丈夫和儿子也在。后来我才知道，那天本就是她丈夫请客。

他们招呼着我们入座。有一个中年男人问我母亲，“这位是……”

我盯着面前的一只碗，若无其事，好像他说的不是我一样。但我放在膝上的手已经攥紧了桌布，我用余光看她。

她没有看我，微红了脸，有些尴尬地说：“这是我亲戚家的女儿。”

“原来是这样啊，欢迎欢迎！”那个男人说。

我抬起头，对着满桌的客人微笑着。她的丈夫紧张地看着我，他知道我可能会当场站起来拍了桌子就走。可是我没有。从头到尾，我微笑着。我只是没有看她。

那天之前，我可能恨她，但我也一直恨我自己恨着她。那天之后，我不再恨我自己了。我终于明白，我是她不光彩的过去，我的存在时时刻刻提醒着她，她的失败。

从那一刻起，我知道我再也不会原谅她了，直到她死去的那天。

但我那时也以为，那还有很久很久……

18 岁本应是充满梦想和希望的季节，我却觉得自己一日日偏离了轨道。而我在学校学得越好，似乎就意味着我偏离得越快、越远。与此同时，我对生活几乎丧失了全部的热情，未来对我而言已经越来越清楚。那时候的我毫不怀疑自己是在浪费生命，毫不怀疑将来我会在一家小公司里，做着人力资源或者行政专员的工作。我将孤身一人，独自衰老，最终在孤独里腐烂。

我的 18 岁，疏离着，孤独着，痛苦着，消沉着，迷茫着，无法自拔……有且只有一件事，我依然对它充满热情。

大学生活给了我大量的空闲时间，于是我发现我对写小说这件事几乎要着魔了。那些人物在我脑海里旋转跳跃着，场景和台词在我脑中飘浮缠绕着。甚至睡醒之后，我仍然记得在梦里想到了一个绝妙的人物，睁眼第一件事就是用手机记下来，免得自己忘记。

有时候，我并不觉得我在创造一个人物，而是觉得这些人物找到了我，让我替他们说话，通过我的纸和笔，他们才能生活。我知道我是个疯子。

写作的冲动日复一日折磨着我，直到某一天，我觉得我必须把写东西当作一个职业。

“我要改变自己的命运。”这是我某天睁眼之后还没完全清醒的时候跟盈盈说的话。

盈盈睡在我下铺，勾着个脑袋想看清我是不是傻了。

“我要改变自己的命运。”我在五分钟之后清醒的时候，又对她说了一次。

她终于没办法假装自己没有听见了。

“嗯，咱改，你能先把口水擦干净吗？”

我去图书馆坐了一整天，直到太阳缓缓下沉。当太阳的光芒完全被无边的黑暗所吞噬的时候，我想清楚了，我要去做新闻媒体。

跨专业考研变成了我唯一的选择。可我想要的更多，我想知道，世界究竟是什么样子。我决定出国。我父亲瞪着眼睛看着我，“啊？”好半天之后他才反应过来，他说：“你决定吧。”他那话听起来就好像我刚刚是在问他要吃面条还是要吃米饭。于是，事情就这样决定了。

一个多月之后，我告诉母亲我的决定。

她不喜欢。“你一个女孩子，去考个公务员不是挺好的吗？”她坐在车里，皱着眉头对我说。

我说：“我只是通知你。”

我看着她的脸，我知道我最终一定能够考上。

我一定要考上！

19 岁，大二

我终于开始去上课了，为的是让自己保持着一个学习的状态。当然我承认，我经常在经济学书下面放一本托福单词书。下课之后，我便去图书馆做题，累了就找一本毛姆或者马尔克斯的书来读。

有一天深夜，我从图书馆回宿舍，走在一条小路上。春天的风吹过我的头发，痒痒的，桃花的香气突然就让我颤抖起来。我的泪水奔涌而出，长久以来的压抑、委屈、孤独在这个春夜里开了闸，如潮水般汹涌。那是我长久以来第一次觉得，生活，有时候也很美好。

我重新又找到了生活的动力。大概从那个时候开始，我就开始模糊地明白，忙碌于我，是良药，是救命的稻草。

就这样日复一日的，我一个人从宿舍走到图书馆，从图书馆走回宿舍。一个人吃饭，一个人跑步，一个人逛街，一个人看电影。有时，我为自己委屈；偶尔的，我为自己难过，但是大部分时候，我和我自己相处得挺好。后来在墨尔本，我看着有一些人在孤独里濒临疯狂，我甚至庆幸自己早早便习惯了一个人的生活。

孤独，教会了我很多。

2016年，22岁，墨尔本

你当然知道，最后我如愿以偿，到了墨尔本读书。当我第一次站在墨尔本的土地上时，一切恍若隔世。我觉得自己终于回到人生的正轨，可以去做自己想做的事情了。

可是没过一个月，当我发现我在传媒学院学习着“和媒体没有一毛钱关系”的法学、哲学、心理学、经济学、政治经济学等知识的时候，我再一次对自己的选择产生了怀疑，我再一次觉得自己是在浪费时间。这一次，还搭上了我父亲过半的积蓄。

我承认，我很喜欢学这些“没用”的东西，但是我天生的理性告诉我，我不能凭借这些东西找到一份好工作，将来也不能凭借这些照顾我的父亲。18岁那年梦魇般的自我怀疑和暴躁重新噬咬着我，让我觉得我的人生回到了那个原点，我再一次把自己的人生弄得一团糟。我以“Z”字型在人生的道路上行走，而同龄人却直直朝着目标前进。

我问自己：你到底在干吗？！

我突然间觉得，过去两年里没日没夜的努力，就是一个偌大的笑话。如同一只猴子每天清晨朝着太阳龇牙咧嘴，还真的以为自己天天向上呢！

而这一次，我已经退无可退。

我母亲给我打来电话。远在异国他乡听见她的声音，我竟然破天荒地柔软起来。我对她说："好像学的东西很理论，有点空。大概也很难找工作吧。"

她说："怎么会这样，那你不是又浪费两年时间？两年回来你都多大了……"我立刻后悔跟她说了这些。

不过这一次，我忍住没有挂她的电话，仅仅是因为她跟我说她这两天身体一直疼，查了半个月也不知道什么原因。

我把话筒拿得远了一点，免得我再听下去没忍住还是要挂掉。我在想，生病还那么精力旺盛，估计也不是什么大病。

我等她讲完，跟她说我要去洗澡了，然后挂上了电话。

一个半月以后，她又一次打来电话，接通以后，我说："喂？"

"北北……"她的声音有点奇怪。

我讨厌她叫我的小名。

"……我不能动了……"她话还没说完，就已经哭了起来，电话立刻就断了。

我一愣，不能动了？什么意思？

我立刻打回去，没有人接。

再打回去，她挂断了。

接下来的一周，我每天都要打几个电话给她，可是从来没有人接过。

我翻了所有的通讯录，发现没有一个人有可能联系到她。我只好继续每天都打电话。可依然没有人接。

两周之后，一个不认识的微信号码加了我，发来的第一条短信就是：小北，我是你邱叔叔，你现在有时间吗？

邱叔叔，就是我母亲的丈夫。我有些颤抖，回了句：我妈好吗？

你妈妈，今天早上去世了。

我愣在那里，大脑一片空白。整整十五分钟，我什么感觉也没有。

半个小时之后，大滴大滴的眼泪却在往下流淌。我以为自己一定不会流泪的，可是我却控制不住地哭了一个多小时。而在那天之后长达一个多月的时间里，我不敢看镜子里的自己——我长得太像她了。

我从来不喜欢自己的样子，我恨自己长着一张那么像她的脸。如今，我和她的儿子却成了她在这个世界上留下的唯一痕迹。

她什么话也没留给我。我想知道她在离开的时候，有没有想起过我。我很想问一问她，这么多年，她是不是真的觉得我让她丢脸了？

那几个月，我一直在思考，关于死亡，关于人生，关于她，关于我自己。我一直在想，她短短的四十几年的人生到底有什么意义。

我知道她小的时候想成为一个画家，可是大概在工作之后就极少碰画笔了，只是做着一份比较"有前途"的工作。

我很想很想知道，在生命的尽头，她有没有点遗憾呢？

我突然明白，人的这一生，真的是活给自己看的。你可以在活着的时候取悦所有人，但是当死神来临的时候，只有你自己，欺瞒不了自己。你无法违心生活了一辈子，还在生命的尽头欺骗自己说，“我这一生，快乐而有意义”。

我想清楚这些的那天晚上，我看着镜子里的自己。我说：“去他妈的，我要为自己活！”

我再也不去问自己学习那些“空洞”的理论能不能找到工作这种问题了，我问自己，“我喜欢学这些吗？”

答案是肯定的。于是我无比疯狂地学习。

我想要疯狂地忙碌起来。于是我去餐馆找了一份兼职，一周除了学习就去打工。我忙到筋疲力尽，我忙到昏天黑地，我忙到再没有时间去想那些。

暑假，我依然在那家餐馆里忙碌着。我的同学说：“你应该趁着这个机会去找找实习。”

我承认她说得对，但是我问自己，我喜欢在这家餐馆工作吗？答案也是肯定的。所以，去他妈的吧。

换作几年前，我绝对不会为了一个收银的工作，放弃去找实习。如今，我真的庆幸自己这样做了。我在这家餐馆里学到了我一辈子都不可能在其他地方学到的东西，认识了那些本来我一辈子都不会结识的人。在某种程度上来说，我在那家餐馆学到的东西，比我前二十多年在课堂上学到的多得多。

2018 年，24 岁，墨尔本

毕业以后，我决定再留在墨尔本一段时间。我父亲说：“你看着办就好。”

我想，如果我母亲还在，她一定会说：“还留在那里干吗？快点回来，老大不小的了，一个女孩子家家的，青春是很宝贵的。”我当然还是不会听她的。

我找到了一家小小的自媒体公司，做着新媒体编辑的工作。随着时间一天一天过去，我发现我不再恨她了，我只是后悔，我从来没有哪怕试图去爱她。至今我仍然能够想起六年前她在饭桌上说“是我亲戚家的女儿”的样子：尴尬地微笑着，脸有些发红，嘴角堆积着一点白色的吐沫。我从没问过她这件事，我想我们都心照不宣地闭口不提。我只是在想，我为什么不当面问一问她，在她心里，我到底是谁。她大概丝毫不知道，她的这句话，压得我整个 18 岁几乎窒息。

可是如今，一切随风逝去，我永远不会知道答案了。面对她，我那颗曾经永远暴躁的心终于全部变成了遗憾。

我尽量不去想她。我一头扎进工作里。我突然发现，曾经所有那些我以为“没用”的东西，竟然全部都派上了用场。有时候工作很无聊，有时候工作让我很痛苦，但是我知道，我依然热爱着这个行业。

我写澳洲的经济，我发现本科学的经济学是那么信手拈来；我写政策，我发现我在传媒学院学的政治经济学是那么有用；我写墨尔本的中餐馆业，没有一个编辑会比我更加了解。而我在那家餐馆学到的配合、效率、逻辑思维、察言观色，处处让我得益。

我突然间明白，我以前走过的那些“弯路”，竟然并不是那么的弯曲。

现在，我坐在火车上，看着车站的人流，恍惚之间我好像回到了六年前，坐在麦当劳里，也看着对面的车站。就在那么一刹那间，我看清了命运的伏线：人生的路，从来不是一条直线，而是不同时间、不同空间里一个一个散碎的点。

在某一个时间、某一个空间里，你看不见这些散点的全貌，只有你走过很久，再回头看那些折叠着的、弯曲着的空间和时间，你才会突然发现，那些散点连接成了一个清晰可见的图形。命运每次只会给你一块拼图，只有当你收集到足够的拼图的时候，你才能模糊地明白你拼的是什么。而在此之前，千万不要觉得某一块拼图毫无用处。

从 18 岁到 24 岁，整整六年里，别人看我好像绕了很远的路，但是我自己却明白收获了什么。如今，我也许有遗憾，但却不后悔。也许 18 岁那年我选择了复读，有可能现在是名牌大学的毕业生；也许当时我就选择传媒专业，现在可能是一个工龄两年的编辑，而不是一个初出茅庐的新手。可是，如果真是那样，我可能不会来到墨尔本，更不会遇到我现在遇到的这些人——那个一喝多就哭得没完的如飞，那个大半夜把我抓起来为我庆生的思琪，那个特意为我学做我家乡菜的香港师傅 Anson……

如果我可以重选一次，我依然会选择他们，而不是那条看起来笔直的路。如今我依然会有怀疑，会有犹豫，会不知所措，会迷茫，但我不再暴躁不安，患得患失，因为我知道，一切都自有它的轨迹。

人的一生如同一条河流，有时候总要走过一些弯弯曲曲的路，有时你觉得自己离最终的目标越来越远，但是你看到的是你从没有看过的风景，所以又何必着急。

到最后，你才会发现，或早，或晚，或快，或慢，所有的河流，都终将流向大海，都终将平静安宁……

THE END

总 经 理 | 常蓦尘
总 编 辑 | 熊 嵩
执行总编 | 罗晓琴

执行策划 | 沈 曼
装帧设计 | 刘黎君

设计总监 | 李 婕
运营总监 | 蒋 雷
印 务 | 谭坤杰

流程校对 | 沈 曼 刘伊思梦
李苗苗
宣传营销 | 蒋 惊

总出品 漫娱图书

图书在版编目（CIP）数据

18 个女生的 18 岁 / 今日夕主编 .—武汉：长江出版社，
2019.6
ISBN 978-7-5492-6498-8
Ⅰ. ①1… Ⅱ. ①今… Ⅲ. ①随笔－作品集－中国－当代Ⅳ.
① I267.1
中国版本图书馆 CIP 数据核字（2019）第 110079 号

18个女生的18岁 / 今日夕主编

出　　版	长江出版社 （武汉市解放大道1863号　邮政编码：430010）		
市场发行	长江出版社发行部		
网　　址	http://www.cjpress.com.cn		
责任编辑	李　恒	**开　　本**	880mm×1230mm 1 / 32
装帧设计	刘黎君	**印　　张**	8.25，彩页8页
印　　刷	中华商务联合印刷（广东）有限公司	**字　　数**	190千字
版　　次	2019年6月第1版	**书　　号**	ISBN 978-7-5492-6498-8
印　　次	2019年7月第1次印刷	**定　　价**	35.00元

电话：027-82926557(总编室）　027-82926806（市场营销部）